国家出版基金项目
NATIONAL PUBLICATION FOUNDATION

张国云 ——

著

共同富裕浙江纪实

浙里风

天津出版传媒集团

百花文艺出版社

图书在版编目（CIP）数据

浙里风：共同富裕浙江纪实 / 张国云著. —— 天津：
百花文艺出版社, 2023.12
　ISBN 978-7-5306-8699-7

　Ⅰ.①浙… Ⅱ.①张… Ⅲ.①纪实文学–中国–当代
Ⅳ.①I25

中国国家版本馆 CIP 数据核字(2023)第 234456 号

浙里风:共同富裕浙江纪实
ZHE LI FENG:GONGTONG FUYU ZHEJIANG JISHI
张国云　著

出 版 人：薛印胜　　　　选题策划：汪惠仁
责任编辑：刘　洁　李　莹　　美术编辑：郭亚红
特约编辑：朱茹霞　　　　　装帧设计：末末美书
出版发行：百花文艺出版社
地址：天津市和平区西康路 35 号　　邮编：300051
电话传真：+86-22-23332651（发行部）
　　　　　+86-22-23332656（总编室）
　　　　　+86-22-23332478（邮购部）
网址：http://www.baihuawenyi.com
印刷：天津新华印务有限公司
开本：787 毫米×1092 毫米　　1/16
字数：190 千字
印张：16.5
版次：2023 年 12 月第 1 版
印次：2023 年 12 月第 1 次印刷
定价：42.00元

如有印装质量问题,请与天津新华印务有限公司联系调换
地址：天津东丽开发区五经路 23 号
电话：(022)58160306　邮编：300300

目 录

建设全国第一个省域共同富裕示范区,既是实现物质富足,也是实现精神回归;既是一次灵魂革命,也是一次文明跃升;既是一种历史召唤,也是一种现实启迪。

—— **题记**

引　子

共同富裕示范区为何浙江能

共同富裕是千百年来人类的一道未解之题,从老子的"大同世界"到陶渊明的"桃花源",从柏拉图的"理想国"到莫尔的"乌托邦"……

这里的共同富裕是指全体百姓通过辛勤劳动和相互帮助,普遍达到生活富裕富足、精神自信自强、环境宜居宜业、社会和谐和睦、公共服务普及普惠,实现人的全面发展和社会全面进步,共享改革发展成果和幸福美好生活。

也许,谁也没有想到,共同富裕在今天的中国终于落地生根了。

2003 年 7 月,时任浙江省委书记习近平提出,要进一步发挥八个方面的优势、推进八个方面的举措,即"八八战略",指引浙江走出改革创新开放图强之路。2003 年 6 月,浙江省委做出了实施"千村示范、万村整治"工程(以下简称"千万工程")的战略决策。浙江历届省委、省政府持续深化"千万工程",20 年来,逐步形成了

"千村向未来、万村奔共富、城乡促融合、全域创和美"的动人画卷。"八八战略"和"千万工程"科学分析了浙江的独特优势和发展重点，从理论和实践上为浙江共同富裕先行奠定了坚实基础，指明了浙江共同富裕先行的一条内生性发展道路。

它让我们清醒地认识到，共同富裕是社会主义的本质要求，是中国式现代化的重要特征，是人民群众的共同期盼。

它让我们踔厉奋发，全面建成小康社会，一个也不能少；共同富裕路上，一个也不能掉队。

党的十八大以来，党中央更是以"一诺既出，万山无阻"的姿态，直面历史考验，为这一目标开花结果提供了强大思想指引。

对浙江来说，那是一个春暖花开万物复苏的日子。2021年5月，党中央、国务院正式印发《关于支持浙江高质量发展建设共同富裕示范区的意见》，明确了浙江高质量发展高品质生活先行区、城乡区域协调发展引领区、收入分配制度改革试验区、文明和谐美丽家园展示区等四个战略定位，正式赋予了浙江为全国推动共同富裕提供省域范例的重任。

"治国之道，富民为始。"所以时下，共同富裕对浙江不只是民族复兴的担当，还有引领示范的责任。

1

当时，共同富裕示范区浙江方案就像一道高光，不但令全国振奋，甚至引起了全球瞩目。

细心的人会发现，继2019年8月18日深圳获批建设"中国特色社会主义先行示范区"，2021年7月浦东被列为"社会主义现代化建设引领区"之后，中央赋予浙江重要示范改革任务，令其先行先试、做出示范，为全国推动共同富裕提供省域范例。

这就是说，无论是深圳的"先行示范区"，还是上海浦东的"现代化建设引领区"，二者更多着眼于经济产业，解决的是改革再出发和高质量发展的问题。而建设共同富裕的目标更深一层，指向的是改革开放的终极追求：先富带动后富，实现共同富裕。

毕竟，共同富裕是社会主义的本质要求，是人民群众的共同期盼。一方面要大力提高生产力发展水平，让创造社会财富的源泉充分涌流；另一方面又要着力推动城乡区域协调发展，不断缩小发展和收入差距，让全体人民更多更公平地享受改革发展成果，增强广大人民群众的获得感、幸福感、安全感。

在这里，共同富裕是全民共富。全面建成小康社会，一个也不能少；共同富裕路上，一个也不能掉队。共同富裕不是一部分人和一部分地区的富裕，是要满足最广大人民群众对美好生活的需要，使全体人民共享改革发展成果。

在这里，共同富裕是全面富裕。共同富裕的最终目的不是简单的物质占有，是包括物质和精神两个层面、人与自然和谐共生等在内的人的充分享有、更好满足，是人的全面发展，是物质文明、政治文明、精神文明、社会文明、生态文明的全面提升。

在这里，共同富裕是共建共富。我们要推动的是涉及14亿人口的共同富裕，绝不能允许出现"养懒汉""等靠要"的现象，必须鼓励勤劳守法致富，挖掘低收入人群内生发展动力，先富带后富，在人人参与、人人尽力的基础上实现人人享有。

在这里，共同富裕是逐步共富。中国发展不平衡不充分问题仍然突出，城乡区域发展和收入分配差距较大，促进全体人民共同富裕是一项长期艰巨的任务，不可能一蹴而就，要在实现现代化过程中逐步解决好这个问题。

说到这里，人们不免产生疑问，为什么这次浙江能成为共同富裕示范区呢？

这让笔者想到一句话："盛花时节又逢君，一步一履总关情。"对浙江来说，就是要牢记嘱托、勇担使命，把党中央对浙江的亲切关怀、深厚感情和殷切期望转化为改革创新、奋发作为的前进动力，为尽快建成全国共同富裕示范区做出新的更大贡献。

——我们不会忘记的是，习近平在浙江工作时就高度重视推动共同富裕，把坚持走共同富裕道路作为改革开放以来浙江发展的鲜明特色，把"加快推进城乡一体""推动欠发达地区跨越式发展"等作为重要内容纳入"八八战略"，亲自部署实施山海协作、百亿帮扶致富、欠发达乡镇奔小康等重大工程，为浙江省推动共同富裕先行示范提供了思想指引和实践基础。

这些战略工程使得浙江富裕程度较高。2020年浙江地区生产总值为6.46万亿元，人均地区生产总值超过10万元；居民人均可支配收入5.24万元，仅次于上海和北京，是全国平均水平的1.63倍。

这些战略工程使得浙江发展均衡性较好。城乡居民收入倍差为1.96，远低于全国的2.56；最高、最低地市居民收入倍差为1.67，是全国唯一一个所有设区市居民收入都超过全国平均水平的省份。

这些战略工程使得浙江改革创新意识较为浓烈。浙江探索创造了"最多跑一次"等多项改革先进经验,创造和持续发展了"依靠群众就地化解矛盾"的"枫桥经验",各地普遍具有比较强烈的改革和创新意识,便于大胆探索和及时总结提炼共同富裕示范区建设的成功经验和制度模式。同时,浙江在市场经济、现代法治、富民惠民、绿色发展等多个领域也取得了一些显著成果。

——我们倍加感激的是,每逢浙江改革发展的关键节点,总能感受到习近平的亲切关怀。2020年春天,习近平考察浙江并赋予浙江省"努力成为新时代全面展示中国特色社会主义制度优越性的重要窗口"的新目标新定位。这些都有力地推进了浙江在省域层面,对中国特色社会主义进行卓有成效的理论创新和实践创新。

这要求浙江始终高举新时代中国特色社会主义思想伟大旗帜,将科学思想转化为制度优势,将制度优势转化为治理效能,将治理效能转化为实践成果,从省域层面深入回答中国共产党为什么能、马克思主义为什么行、中国特色社会主义为什么好,以"浙江之窗"展示"中国之治",以"浙江之答"回应"时代之问",为国际社会感知中国形象、中国精神、中国气派、中国力量提供一个"重要窗口"。

这需要浙江努力建设展示坚持党的科学理论、彰显习近平新时代中国特色社会主义思想真理力量的重要窗口;努力建设展示中国特色社会主义制度下加强党的全面领导、集中力量办大事的重要窗口;努力建设展示发展社会主义民主政治、走中国特色社会主义法治道路的重要窗口;努力建设展示坚持和完善社会主义市场经济体制、不断推动高质量发展的重要窗口;努力建设展示将改革开放进行到底、使社会始终充满生机活力的重要窗口；努力建设展示坚持社会主义核心价值体系，弘扬中华优秀传统文化、革命文化、社会主义先进文化的重要窗口；努力建设展示推进国家治理体系和治理能力现代化、把制度优势更好转化为治理效能的重要窗口；努力建设展示坚持以人民为中心、实现社会全面进步和人的全面发展的重要窗口；努力建设展示人与自然和谐共生、生态文明高度发达的重要窗口；努力建设展示中国共产党自觉践行初心使命、推动全面从严治党走向纵深的重要窗口。

这还佐证了浙江省具备开展示范区建设的代表性。从规模看，浙江面积、人口具有一定规模。从地理区划看，浙江有"七山一水二分田"，行政区划上有 2 个副省级城市、9 个地级市和 53 个县（市），代表性较强。从城乡分布看，浙江既有城市也有农村，农村户籍人口占了一半。这是浙江努力成为"新时代全面展示中国特色社会主义制度优越性的重要窗口"的基础，也是共同富裕作为中国特色社会主义制度优越性在新时代的集中体现。

——我们还需清醒地认识到的是，浙江在许多方面还有很大探索空间。"干在实处、走在前列、勇立潮头"的浙江，要继续改革创新，狠抓落实，勇闯新路，续写精彩。浙江还要坚持国家所需、浙江所能、群众所盼、未来所向，协调处理好各方面关系，汇聚全体人民奋斗之力共建共享，为全国实现共同富裕先行探路。针对发展不平衡不充分的问题，浙江坚持不断深化"山"与"海"的协作、城与乡的融合、重点人群的帮扶，实现共享发展、共同富裕。

山海协作工程有了一个升级版。截至 2020 年，山海协作工程合作项目高达 450 个，到位资金 550 亿元，结对双方共推进 42 个飞地园区建设。到 2023 年 8 月,30 个消薄飞地对 2500 多个村已返利十亿元以上。通过体制机制创新,人才、市场、资金等要素循环更畅通,26 个山区县内生动力明显增强,主要经济指标增速均高于全省,成为全省发展的新引擎。

城乡融合有了一个"加速器"。浙江开启"村"变"城"的探索,东阳花园村成为全省首个"村域小城市"培育试点,探索如何把农村打造成为新型城镇化的节点,进一步畅通城乡经济循环;嘉兴和湖州入围国家 11 个城乡融合发展试验区,嘉湖片区正加紧突破城乡融合改革瓶颈,穿越改革深水区,在户籍制度改革、城乡产业协同发展等方面破题。

生态文明有了一个"绿色空间"。作为全国首个通过生态省验收的省份,2020 年,浙江画出两条优美弧线:一条是金线,经济指标持续上扬;一条是绿线,生态环境质量持续改善——空气质量优良天数比例达到 93.3%,地表水省控断面Ⅰ至Ⅲ类水质比例达到 94.6%,公众满意度连续 9 年持续提升。

低收入农户吃了一颗"定心丸"。省市县乡村五级联动,为人均年收入 8000 元以下的农户落实帮扶计划;救助保障有兜底,率先实行低保城乡同标,全省平均达到每人每月 886 元,位居全国省区第一;低收入农户医疗补充政策性保险实现全覆盖。2020 年,全省低收入农户人均可支配收入 14365 元,增幅 14%。

所以,这个时候选取富裕程度较高、均衡性较好的浙江省作为试验区,推进浙江建设共同富裕示范区的地方试验,是实事求是的选择,是"推动共同富裕取得更为明显的实质性进展"的破题和开篇,显示了党中央实现共同富裕的坚定决心和战略意图,有利于在实践探索中为进一步丰富共同富裕的思想内涵提供丰富理论素材和生动实践例证。

2

行而不辍，未来可期。这次中央专门出台文件支持浙江建设示范区，对浙江而言，是重大光荣使命，也是前所未有的重大机遇。

建设共同富裕示范区是理论和实践的一次新探索。共同富裕是马克思主义的一个基本目标，是人类对未来社会的一个基本理想。邓小平理论强调允许一部分人、一部分地区先富起来，先富帮后富，最终实现共同富裕。习近平新时代中国特色社会主义思想进一步丰富和发展了共同富裕的理论内涵。共同富裕具有鲜明的时代特征和中国特色，是指在建设社会主义现代化强国的道路上，全体人民通过辛勤劳动和相互帮助，普遍达到生活富裕富足、精神自信自强、环境宜居宜业、社会和谐和睦、公共服务普及普惠，实现人的全面发展和社会全面进步，共享改革发展成果和幸福美好生活。

随着中国全面建成小康社会、开启全面建设社会主义现代化国家新征程，我们必须把促进全体人民共同富裕摆在更加重要的位置，脚踏实地，久久为功，向着这个目标更加积极有为地继续努力。显然，在浙江建设共同富裕示范区，是贯彻落实习近平新时代中国特色社会主义思想的具体实践，也为党的创新理论，特别是共同富裕的思想内涵提供了丰富的理论素材和生动的实践例证。

建设共同富裕示范区是维护公平和正义的一次新尝试。中国特色社会主义进入新时代,中国社会主要矛盾已经转化为人民日益增长的美好生活需要和不平衡不充分的发展之间的矛盾。这就是说,新时代我们既要着力深化供给侧结构性改革,不断提高中国社会生产力发展水平,又要不断深化体制机制改革,确保社会公平和正义。

当前,中国发展不平衡不充分问题仍然突出,城乡区域发展和收入分配差距较大,促进全体人民共同富裕是一项艰巨而长期的任务,也是一项现实任务。一方面浙江在探索解决发展不平衡不充分问题方面取得了明显成效,具有广阔的优化空间和发展潜力;另一方面建设共同富裕示范区,有针对性地解决人民群众最关心、最直接、最现实的利益问题,在高质量发展进程中不断满足人民群众对美好生活的新期待,将为破解新时代社会主要矛盾探索出一条成功路径。

建设共同富裕示范区是省域和国家治理的一个新要求。省域治理是国家治理体系和治理能力在省域层面的落实和体现,是立足省域贯彻中国特色社会主义制度和国家治理体系、推进现代化建设的具体治理实践。改革开放以来,特别是 21 世纪以来,浙江坚持以"八八战略"统领推进省域治理,创造了"干在实处、走在前列、勇立潮头"的显著成就。近年来,浙江坚持"八八战略"再深化、改革开放再出发,全面实施"最多跑一次"改革,牵引推动省域治理再创新优势。当前,浙江正处于"两个高水平"建设的关键阶段,国家治理的新要求、时代变革的新趋势、全省人民的新期盼,对省域治理提出了新的更高要求。

这里,共同富裕不仅是社会发展概念,更是一场以缩小地区差距、城乡差距、收入差距为标志的社会变革。浙江是城乡区域发展最均衡、群众最富裕、社会活力最强、社会秩序最优的省份之一，为浙江共同富裕先行示范打下了坚实基础。各地区在推动共同富裕方面的基础和条件不尽相同，有必要选取一些条件相对具备的地方先行示范，通过在浙江开展示范区建设，及时形成可复制推广的经验做法，为其他地区分梯次推进、逐步实现全体人民共同富裕做出示范。

建设共同富裕示范区是展示浙江经验和打造重要窗口的一项新任务。既然浙江要努力成为新时代全面展示中国特色社会主义制度优越性的重要窗口，共同富裕又是中国特色社会主义制度优越性在新时代的集中体现。浙江在优化支撑共同富裕的经济结构，完善城乡融合、区域协调的体制机制，实现包容性增长的有效路径方面都还有较大的探索空间。尤其是在正确处理好稳定扩大就业与技术进步的关系，发展过程中如何有效破解用地不足、资源约束等矛盾，如何形成先富帮后富、建立有效提高低收入群体收入的长效机制，反垄断和防止资本无序扩张等方面，都迫切需要探索创新。

可见，消除贫困、改善民生、促进共同富裕是我们党矢志不渝的奋斗目标，支持浙江高质量发展建设共同富裕示范区，具有重大历史意义和现实意义。

3

"雄关漫道真如铁，而今迈步从头越。"扎实推进共同富裕，需要准确把握现阶段共同富裕的内涵和要求。党中央的方案做了非常严谨清晰的要求。

提出了"扎实推进共同富裕""取得明显的实质性进展"的要求，表明这一阶段推进共同富裕不再是一个远景目标和执政理想，而是要有切实举措、见到实效。

明确了"坚持共同富裕方向"的要求，表明促进全体人民共同富裕是一项长期任务，必须循序渐进，"量力而为、尽力而行"，兼顾需要和可能。

强调了"实现共同富裕不仅是经济问题，而且是关系党的执政基础的重大政治问题"，说明推进共同富裕是以人民为中心的发展思想的集中体现，关系着党的执政根基和民心所向。

从 2021 年 5 月起，浙江接受了这个光荣的使命。建设共同富裕示范区是党中央交给浙江的探路任务，应该说责任重大，难题也非常多。

我们知道，共同富裕的核心难题和重点就是三大差距如何缩小，即区域差距、城乡差距、收入差距，这是人类共同的难题。2 年多来，浙江努力探索，创新实践，扎实推进，围绕缩小三大差距，创造了一系列框架体系，创新了一系列工作方法，创造了共富型的制度安排、政策制定，同时也呈现出一些看得见、摸得着的标志性成果，初步有了一些成效。

比如缩小区域差距的问题。外界可能认为浙江比较富，收入水平比较均衡。没错，2022 年，浙江的人均生产总值为 11.85 万元，城乡居民人均可支配收入分别连续 22 年、38 年居全国省区第一。但这是一个平均数。浙江有 11 个市、90 个县（市、区），不能只看平均数而看不到内部还是有很大的落差。90个县(市、区)中有26个山区县,土地面积占浙江的45%(将近一半),但这26个县地区生产总值的总量只占浙江省生产总值的9.65%,连10%都不到,可见浙江的区域间均衡依然是很大的难题。

在习近平当年在浙江工作期间部署实施的山海协作等扶贫工程的基础上,浙江不断打造升级版,对26个山区县"一县一策""一岛一功能",精准分类施策,发达区县与落后区县"一对一"帮扶,力争把短板补齐。2022年,26个山区县实现地区生产总值7404亿元,占全省的比重为9.5%;比上年增长4.1%,增速比全省高1个百分点。这1个百分点是非常重要的数据,可见在整个发展态势中两极分化速度没有加快,落后地区或者山区县的发展速度在提升。举一个对省内落后地区进行帮扶支持的小例子,在浙江卫视做广告是收费用的,但这26个山区县是免费的。播放形象广告,这也是一种帮扶形式。

城乡差距如何缩小,也是一个大难题。老百姓感受最多的不是各个县之间地区生产总值的差距,而是交通便利度、教育水平、医疗条件之间的差距。浙江是怎么做的呢?通过交通的成网成线到达末端,快速实现县县通高速、家门口15分钟上高速、农村里村村通公交,让交通不再是城乡落差的最大障碍。

同时,浙江还要把农村和城市差距最大的方面拿出来弥补。比方说医疗,就用城市医共体和县域医联体来解决问题。大医院和小医院结对,大医院的好医生要到农村去看病,农村的医院要连接大医院线上诊疗,共同看片,确定药方,确定治疗方案,提高偏远地区的医疗水平。举个例子,湖州340万人,其中有37.45万人是高血压、糖尿病患者,城里的高血压、糖尿病患者检测、药品配置较方便,但农村可能会相对困难。怎么办？37.45万人全部建立档案,实现城乡一体化管理服务,使得偏远山区的老人或者慢性病患者在共享系统中跟城市中同龄人的待遇是一样的。

缩小收入差距就更难了。共同致富最繁重的任务在农村,社会主义现代化强国的短板还是在农村。怎么办？先富起来的村、先富起来的农民如何好好带动后富？浙江在乡村振兴中冒出了很多创新创业的好典型,比如淳安的下姜村,奉化的滕头村,安吉的余村和鲁家村,以有特色的发展产业富裕百姓。在政府的引导下,每个明星村、富裕村要带动周边,抱团发展,解决问题。所以余村带动了周边4个村,下姜村成立的大下姜乡村振兴联合党委带动了24个村,滕头村带动了6个村。因有好的发展经验共享,浙江农村出现了年轻人回乡创业的好势头,民宿、农家乐等各种时尚产业植入乡村,好风景里出现了新经济,在负氧离子最高的地方有科技型企业、研发中心。

许多农村老百姓的收入这几年为什么大幅上升？因为很多人在土地流转政策实施后,在家门口上班能得到三笔钱:第一笔是土地流转租金,第二笔是在家门口上班的薪水,第三笔是作为集体经济参股入股的股东可以有股权分红。三笔钱加起来,农村老百姓的收入就上来了。

共同富裕是一个共同难题,不是一蹴而就的,而是要久久为功,扎实推进,既"急不得",又"慢不得"。接下来,还有一些难题,比如,要如何做大蛋糕,不高质量发展,蛋糕做不起来,共同富裕的物质基础就没有了,所以必须好好发展经济,做大经济盘子,实现省强民富。又如，保证物质富有的同时还要重视精神富有，所以我们要丰富精神。在农村有文化礼堂，在城里有城市书房，要让大家在 15 分钟内享受到有品质的文化服务、文化生活，在家门口能够吃到文化大餐。最后是数字变革，生产生活和治理在新时代要有技术推动，通过数字化改革来推动治理，推动服务，让老百姓实实在在地有获得感，办事方便，查询顺利。手上点一点，在屏幕上就可以实现，不用让办事的人跑过来跑过去……

没错，春种一粒粟，秋收万颗子。实现共同富裕是人类自古以来的梦想，更是中国共产党人的执着追求。2023 年 9 月，习近平到浙江考察，赋予浙江"中国式现代化的先行者"的新定位，这里的"中国式现代化"是全体人民共同富裕的现代化。浙江定当"咬定青山不放松"，持续发力，探索创造，努力为全国做出贡献。

第一章

"千万工程"是一次伟大革命

山色青青,湖光滟滟,只此青绿。

广袤之江,千里江山如画,浙北水乡荷塘月色,浙中丘陵富春山居,浙西南山区江山多娇,活脱脱一幅村美、人和、共富的图画。有人说,这些都源于浙江持之以恒、锲而不舍实施了 20 年的"千村示范、万村整治"工程,简称"千万工程"。

时针拨回到 21 世纪初,当时的浙江城市化进程加快,但城乡差距却在拉大,地方经济发展存在 "先天的不足""成长的烦恼""转型的阵痛",浙江省委、省政府针对浙江农村环境"脏、乱、差"这一直观问题,紧扣农村建设和社会发展明显滞后这一深层问题,聚焦城乡一体化这一根本问题,亟待找到破解城乡二元结构、解决城市和农村"两种人"、探索"三农"路径问题的"金钥匙"。

2003 年 6 月,浙江省委、省政府在广泛深入调查研究的基础上,提出从全省近 4 万个村庄中选择 1 万个左右的行政村进行全面整治,把其中 1000 个左右的中心村建成全面小康示范村,在浙江大地展开了"千万工程"的时代画卷。时任浙江省委书记的习近平出席了 2003 年"千万工程"启动会,并连续 3 年在"千万工程"现场会发表重要讲话,为实施"千万工程"擘画蓝图、立柱架梁。

党的十八大以来,习近平一直倾心关怀、倾情牵挂、倾力指导"千万工程",多次做出重要指示批示,指引浙江不断把"千万工程"推向纵深,全面塑造宜居宜人的农村人居环境,全面激活创业创富的农村发展动能,全面理顺互动互促的城乡一体关系,全面提升和乐和美的农民生活品质,全面提升善治善成的乡村治理水平,探索走出了一条加强农村人居环境整治、全面推进乡村振兴、推动中国特色社会主义共同富裕的科学路径。

当"千万工程"和美丽乡村建设已经成为浙江一张闪亮的金名片时,2018 年 9 月,浙江"千万工程"又荣获联合国"地球卫士奖",得到了世界的广泛认可和赞誉。2023 年 10 月,全国学习运用"千万工程"经验现场推进会在浙江杭州召开。与会代表走进如画的浙江乡村。越过青山,吹着海风,穿过麦浪,踏上古桥,一张张照片,定格了浙江乡村的现在,也把浙江持续深化"千万工程"的诸多经验装进了行囊。

"千万工程"是展示美丽中国、美丽浙江的金名片,是蕴含中国特色社会主义在省域层面实践、理论和制度创新成果的"大宝库",也是推进中国式现代化省域探索的"强引擎"。用老百姓的话来说,"千万工程"是继实行家庭联产承包责任制后的又一次伟大的革命。

1

这是一次什么样的伟大革命呢?

我们发现浙江"千万工程"的故事,首先是从"垃圾革命"破题的,即以绿色发展理念,引领农村人居环境的综合治理。

那天,我们自浙西南的龙游县城出发,沿灵山港南行,经溪口镇后东拐,即进入山清水秀的大街乡地界。这里地处仙霞岭余脉,贺田村就位于依村而过的潼溪边。不论是谁,只要走进贺田村,都会被这里超乎寻常地整洁、干净所震撼。

见不到生活垃圾,哪怕是一张小小的废纸;每条道路都宽敞平整,两旁没有任何堆积物;见不到乱窜的鸡、飞舞的苍蝇……

在村里走着,你可能还会产生幻觉:怎会有这么整洁的乡间村落? 该不是画作,该不是梦境吧?

没错,这的确是如画之梦境,只不过生活在此的村民,把梦境转化为现实了。这一由贺田村倡导和总结的,以"垃圾源头分类可追溯,减量处理再利用"保洁机制为内容的村庄整治模式,被称为"贺田模式",在"千万工程"中已成为当地及邻近地区的样板。

贺田村党支部书记劳光荣 60 多岁,外形朴实,却闪烁着一双机敏的眼睛。他语速很快,相关数据脱口而出,舌头从不打半个结。对于我们形形色色的问题,他的回答非常到位。他说自从"贺田模式"出名以来,很多人前来参观学习,这让他不得不投入不少精力于此,但他乐此不疲,因为结合"千万工程"的实施,在经济条件并不太好的农村大力推广生态共建的新农村建设模式,自己责无旁贷,乐见其成。

自 1993 年起,劳光荣就担任贺田村的党支部书记。1997 年那年,他的妻子患了重病,求医问药耗尽了家底,还负债 40 多万元。不得已,他在村"两委"换届前放弃参选,外出赚钱。但村民们要求他重新回来的愿望非常迫切,甚至惊动了贺田村所在的大街乡党委。在由乡党委安排的一次"公投"(留在村里的 18 岁以上村民参加)中,600 多张选票里有 500 多张是投给他的。劳光荣于是又担任起村党支部书记,这副担子至今再也没有放下过。

重新执掌村党支部的劳光荣,满怀希望,想要彻底改变村里的面貌,提高村民收入。在随后的几年中,他与村"两委"班子一起,不断推出有利于村庄发展、有益于全体村民的"重大举措",如革除村民盗伐林木的陋习,在村里推广提子种植等,村里还专门组建了农业合作社。近年来,劳光荣等村干部又大力引导村民们种葡萄、毛竹、茶叶、板栗、高山蔬菜等,还联系了山外客户,按照市场价统一进村收购。

发展村级经济,增加村民们的收入,提升共同致富的幸福感,拥有优美的生产生活环境,让村民们生活在宜居的村庄里,这正是乡村振兴的题中之义。可偏居一隅的贺田村毕竟是个典型的小山村,卫生基础设施根本没法与城市相比,村民的环保意识也淡薄,要把这里建设成文明、整洁、环保的美丽山乡,谈何容易!

的确,在劳光荣第一次提出这一建议的 2007 年年底,虽然"千万工程"已实施好几年,别的村已在人居环境整治方面颇有成果,贺田村的村容村貌也有了很大改变,但屋前路旁的卫生环境仍不尽如人意。比如:村内随处可见一坨坨狗屎;每家每户都有一个粪坑,有的粪坑据说还是爷爷辈留下来的,每到夏天,众多粪坑臭气熏天,大头苍蝇乱飞;更糟糕的则是破败的屋舍、脏乱的道路、四处乱扔的垃圾……

有很长一段时间,在整个大街乡各行政村的卫生评比中,贺田村经常排在末尾,"脏、乱、差"曾是本村及周边村民对贺田村的一致评价。

劳光荣是土生土长的贺田村人,让自己的家乡成为一处美丽之地是他深埋心底的梦想。

为什么这片生我养我的土地不能像大城市那样整洁、有序、文明呢?"脏、乱、差"是村庄的沉疴,这些老问题一贯有之,想要一一解决,真的绝非易事。

2008年3月,思忖许久的劳光荣把村"两委"班子成员召集在一起。大家刚坐下,他就迫不及待地道出了自己的想法:"贺田村的当务之急,就是立即搞'垃圾革命'!"

接着,他说出了"垃圾革命"的大致设想。村干部们被他撺掇得摩拳擦掌,但也有一些顾虑。究竟怎么实施?眼下的村集体经济仍显薄弱,难道伸手向村民们要钱?再说,村"两委"马上就要换届选举了,何不平静安稳地度过这一任期,反而要去自讨苦吃?

劳光荣得知大家的心思,便非常诚恳地说:"难道大家能眼睁睁看着我们贺田村的子孙后代就这样穷下去?一个村庄,连垃圾都处理不好,何谈致富?困难再大,只要大家齐心协力,总会有办法的。"

这段话可能稍微空洞了点儿,但接下来的话语却很贴心:"换届是一回事,为村民办实事是另一回事。只要真心为群众办好事,即使一时不被理解,也能求得问心无愧。"

的确,生活垃圾这个让人头疼的大问题不解决,已经取得的整治成果、今后的整治规划都是白搭。村里曾突击搞过一次卫生检查,结果让众人刻骨铭心:村里只有3个垃圾堆放点,由于没有统一管理,每个垃圾堆放点周围几十平方米范围内总是脏乱不堪、臭气熏天;每家门口都有一个垃圾堆,苍蝇、蚊子满天飞。没错,每家每户、每时每刻都会产生生活垃圾,这是生活必然,关键在于必须让村民养成文明处理垃圾、科学投放垃圾的观念和习惯。而劳光荣和村干部们就要在贺田村对生活垃圾发起进攻,开展一场轰轰烈烈、独具个性的"垃圾大革命"!

经过长时间思考和反复商议,劳光荣和村干部们心里有了盘算:他们把全村划为5个责任区,每个责任区都由相应的村民代表和小组长来负责;全村共设24个垃圾投放点,所有生活垃圾都必须投放在这24个点;鸡、鸭等家禽被统一管理,外村的狗一律不准进;村民投放垃圾的时间统一为早上8点之前和下午5点之后,若村民错过投放时间,只能等到第二天早上再把生活垃圾投放出去。

这些规定还不是全部。贺田村还规定,投放垃圾之前,村民必须先把垃圾做一个简单的分类,主要分成4类:有机垃圾、建筑垃圾、可回收垃圾、不可回收垃圾。有机垃圾主要是菜叶、残羹剩饭等,这些有机垃圾可还山还田,是极好的肥料;建筑垃圾可用于填坑铺路;可回收垃圾指的是纸板箱、易拉罐等,村里集中统一分类,到达一定量时,一并拉到废品回收站去换钱,钱留在村委会作为公益金;不可回收垃圾则是指有害垃圾,比如电池、农药罐等,通常由垃圾车每天清运走,在乡环卫站统一协调处理。

为了让全体村民都能按以上各项要求操作，每个月 10 日，村里统一发给村民垃圾袋。垃圾袋分两种，一种黑色，一种黄色。黑色垃圾袋用于不可回收垃圾，黄色垃圾袋用于可回收垃圾。每只垃圾袋上还印有与每家农户相对应的固定代码，一级代码表示所在责任区区域，二级代码表示农户，这像是给每袋垃圾贴上了"身份证"。此法能达到见袋知人的效果，一旦有人家违反规定，很快就能查个水落石出，村民们的自觉性和主动性想不提高都难。

"'垃圾源头分类可追溯，减量处理再利用'，这是我们这套生活垃圾处理机制的核心，即把垃圾处理工作的重点，从以往的终端处理，转移到垃圾源头处理，并要求村民把垃圾细分类别，从而把垃圾量减到最低。我认为，这套机制能够实现'不用花多少钱，举手之劳就能改变村里面貌'的预想。"劳光荣自豪地说。

"这场'垃圾革命'打响之后，不少村民也有过抱怨，有人还当面对我说：'有必要这样兴师动众地对付垃圾吗？还要让我们对垃圾进行无聊的分类，完全是没事找事！'但当全村的环境越来越好，看着舒心，住着也舒心时，大家不仅理解了村干部们的一片苦心，还都很自觉地成为环卫参与者和监督员。现在说贺田村是'全县最干净的村庄'，一点儿也不夸张！"劳光荣说。以前一到夏天，贺田村小店里最好卖的就是粘苍蝇的纸，有些人家不用这种纸，连餐饭都吃不太平。如今，村里苍蝇、蚊子几乎绝迹，店老板早已不愿再进苍蝇粘纸这类货品了。

如此科学、完善、系统、有效的生活垃圾处理机制，绝对可以与大城市的那一套媲美。然而劳光荣还不罢休，他还想做得比大城市更胜一筹。

接着,贺田村又推出了一套十分具体、针对全体村民生活习惯的考评机制,每个月都组织专人进行全村清洁大检查。大检查的主要内容包括:室内环境、庭院绿化情况、家禽家畜情况、门前屋后道路清洁情况。每家每户的清洁状况都要进行统一评分,并在村里的黑板上进行公示。得分高的人家不仅能获得奖品,还有希望被评为村年度"卫生示范户"。村庄卫生状况的提升,还增强了村民的荣誉感,大家越来越看重自己在维护环境卫生过程中的作用,每月的卫生考评结果在墙上公示,哪怕只有零点几分的差距、一两位排名的落差,都让村民们很关注,甚至为此争得面红耳赤。

据说,有一个农户家里妻子热心投入清洁工程,丈夫稍显懒散,即引起了夫妻纠纷,直到村"两委"出面才重归于好。当 92 岁高龄的林日如老人得到奖品时,全村人都羡慕不已,为之感叹……有了这般良好的气氛,还怕村庄卫生整治工作做不好吗?

之后,贺田村还完成了道路硬化、绿化、亮化工程;潼溪标准防洪堤建好了;8000 多米的林区道路建成了,毛竹运输成本大大下降;原本居住在破旧泥墙矮房的老人们,都迁入了舒适的集体公寓;村里陆续建起图书室,内有藏书 2500 余册;建起了村民综合楼,里面有超市、老年棋牌室;建起了休闲公园、灯光球场,全村的老老少少在这里打太极拳、跳舞、唱戏、下象棋、打篮球、打乒乓球;村里还组织了舞蹈队、腰鼓队、民乐队……

"村里每年还举行村级'春晚'活动,推出诸如'和睦家庭''好婆婆''好媳妇'等评比活动,优胜者还会获得水壶、扫帚之类的奖品。如此丰富多彩的文化活动,把全村村民都吸引了过来,也让邻里关系越来越和谐。"

劳光荣把我们领到村里每年举办"春晚"的灯光球场上,把"春晚"的盛况好生描绘了一通:"'春晚'的表演者除了村民自己,还会有村外的民间艺人。村歌《亲亲家园》是必定要唱的,村'两委'干部也要上台演唱《在希望的田野上》。'春晚'演出那晚,整个贺田村喜气洋洋,连外村的村民都会赶到这里看热闹。"劳光荣说,一场轻松、祥和、快乐的村级"春晚"让全村人更加团结和谐。

这正是"前山微有雨,永巷净无尘"。在贺田,多年不见的画眉、喜鹊和一些不知名的鸟儿,叽叽喳喳地在花丛中鸣唱。走在清洁美丽的乡村小道上,犹如置身于山水画中。

2

这是一次什么样的伟大革命呢?

我们发现浙江"千万工程"的故事,敢于从江南水乡的"水革命"起步。治污水、防洪水、排涝水、保供水、抓节水的"五水共治",既是"千万工程"基础性、长远性战略工程,也是事关千家万户幸福安康的民生工程。

为了破解"九龙治水、各自为政"的困局,浙江成立了治水专班,全称是"浙江省'五水共治'工作领导小组办公室"。我们向施振强副主任了解治水情况时,他突然扑哧一声笑道:"看来,你们今天找对人了!"

原来他刚从浦江县委书记转岗过来,浦江"铁腕治水",他是主要组织者之一。施振强副主任说:"你看'浦江'两字,必定是因水得名。"据说,在 1 万年以前,浦阳江畔的先人择水而居,"上山文化"遗存中的一颗稻谷,改写了世界稻作文明的历史。

时光回到 20 世纪 80 年代,浙江流传起一句民谣,形容几个具有代表性的地方产业:"永康一只炉,义乌一只鼓,东阳一把刀,浦江一串珠。"这里所说的"一串珠",指的是浦江的水晶。

浦江的水晶产业,其实主要就是灯具饰片、服饰上的水晶贴片以及水晶工艺品等的加工。加工过程,一般是先用硫酸等化学液体去除杂质,再用抛光粉在抛光机上将晶体打磨成多角多棱状。

没有复杂难学的技能,只要有两只手,有一条板凳配上一张木案,有一台电机带动一个转盘,就可以完成水晶加工,设备投入只要几百元;只要肯吃苦,就可以开水晶加工厂。因此,在极短时间内,水晶加工点遍布浦江城乡,并在浦江形成了一条产业链,从产品加工、原料设备供应到房屋租赁、商贸服务等"三产"格局也很快形成。

最兴旺之际,全浦江有水晶加工户 2.2 万余家,85%的行政村有水晶加工户,水晶产业产量占全国 80%以上。水晶加工毫无悬念地成为当地"富民产业",甚至在广东灯具市场说起浦江水晶,无人不知,且市场里从事水晶灯具销售的大多也是浦江人。其时,全县 38 万户籍人口中,一半以上与水晶产业链利益相关。

"刚开始加工水晶时,磨一颗八角水晶珠能卖 3 毛钱,利润有 1 毛多。到后来一颗售价约 6 分,利润只有 1 分多。"一名曾经的水晶加工作坊主介绍,因人工费用不断上涨,激烈的竞争中卖方压价,产品利润下降,单家单户做水晶加工赚钱越来越难。

一边是产业的急剧发展,一边是环境付出的沉重代价。由于在整个水晶打磨加工过程中,必须一直用清水冲洗,水晶加工业用水量极大。更严重的是,冲洗后产生的废水中含有玻璃粉末、重金属,是对环境有极大污染的工业废水。这类废水呈奶白色,一旦排入河流中,好端端的溪河就会变成"牛奶河""牛奶溪"。加工水晶贴片时往往还要用沥青等物质进行黏合,冲洗过这类产品的废水呈黑褐色,直排后又让原本清亮的河流成了墨河、黑水河。

那时,每天有 1.3 万吨水晶加工产生的废水、600 吨水晶废渣未经有效处理而直接排入浦江,导致固废遍地、污水横流。数据显示,治水前,浦江共有 462 条"牛奶河"、577 条垃圾河、25 条黑臭河,全县 85% 以上水体受污染,而浦江人的"母亲河"——浦阳江更是成为钱塘江流域污染最严重的支流,出境断面水质连续 8 年为劣 V 类。

施振强越说越激动:"浦江人已经到了无路可退的地步!'牛奶河'、垃圾河,甚至黑河和臭河比比皆是,在这样一种环境中,哪一个浦江人不是苦不堪言!

"当地有位叫傅美芳的中年人,眼含热泪说:'我们住在这里,已经忍受不了这种恶臭了,周围都是得癌症的,我丈夫也得了癌症。'

"还有位叫吴杏芳的上年纪村民更是悲愤地哭诉:'我自己已经 60 来岁了,但我们还有下一代,子子孙孙日子还要过下去,这条西溪请政府部门一定要帮我们治理好。'"

还有人用瓶子灌了东溪或西溪的水,直接找到政府信访部门。一边是浦江人的泪和恨,再也不能在垃圾堆上数钱,再也不能在病房里花钱;一边是水晶加工业已经成为整个浦江的支柱产业,当外表闪亮的水晶成为浦江人的金饭碗时,浦江人对水晶已经深度依赖。要革除产业弊病,这个难度可想而知。

施振强回忆,当时让他感到最煎熬的是:治水屡战屡败。2006年开始治水,仅仅是对上万家水晶加工户进行了一些规范管理。到2011年第二波整治时,相关部门要求水晶加工户对污水进行最初步的沉淀处理,结果反而招致激烈反弹,又以失败告终。

"对此,我们也不断地反思,经过反复权衡,这才慢慢清醒过来,浦江治水,涉及浦江几十万人的生活,也涉及几万家水晶加工户的彻底整治,这无疑是一场革命。既然是革命,肯定涉及社会的方方面面,关系到既得利益。这就需要打破常规,必须将违法乱纪、顶风作案的经营户,甚至一些黑恶势力绳之以法。"施振强说。

2013年4月25日,顺应浦江百姓的强大民意,借着全省"五水共治"和"三改一拆"的有利形势,浦江县委、县政府再次打响了水晶产业整治战。

这是一场关系浦江未来的生死之战,也是一场关系每个浦江人的全民之战。

一场大规模水晶产业污水整治行动,在浦江大地展开。如同一场风暴,迅速席卷无数水晶生产户,席卷每条污水河、每处排污口。

从2013年4月25日0点起,1000多名县、乡干部组成各种类别的工作组、巡查队、突击队,对全县所有无照经营户、违法经营户、污染物偷排经营户发起了一轮又一轮的整治。

河山村是这场水晶产业整治打响"第一枪"的地方。在这个只有348户人家的村庄里,竟然聚集着140家水晶加工户。100多名检查整治人员在此集中行动,1个多小时的时间里,就查出30多家偷排漏排污水或无证生产的水晶加工户,其中7人涉嫌违法被警方带走。

检查整治行动共分两部分。以工商部门牵头的"金色阳光突击行动",主要在白天行动,专门查处无证无照的非法企业、作坊、加工点;以环保部门牵头的"清水治污零点行动",多为夜间行动,主要是查处趁着夜幕偷排、漏排的企业或个体加工户。

逢山开路,见水搭桥,势不可挡。检查整治人员和执法人员实施突击检查,关停、取缔偷排污水的水晶加工户,对偷排重金属超标污水的作坊主予以立案侦查。拔掉一个个钉子户,啃掉一块块硬骨头。这样的突击行动反复进行,有时一天内会有好几次。

浦江县水晶整治办主任傅双庭介绍:从 2013 年 4 月 25 日至 12 月 27 日,全县开展"金色阳光突击行动"657 次、"清水治污零点行动"485 次,检查水晶加工户 11200 户次;553 人被移送相关部门处理,其中治安拘留 147 人,追究刑事责任 25 人;依法拆除水晶违法加工场所 64.7 万平方米,减少水晶加工设备 6.58 万台。

另一组重要数据是,水晶行业整治攻坚战打响后的 8 个月里,浦江水晶加工户数由 15837 家减至 2507 家。

这次大规模整治,涉及一二十万人的利益大调整,可并未引发一起出县上访和群体性事件。对于前些年信访量一度高居全省榜首的浦江来说,这绝对是个奇迹。其原因究竟是什么?

"这是因为这回动了真格!起初,大家还是观望的多,后来看到有人因为违法排污被逮捕法办,就知道这回政府下了天大的决心。"云南籍打工者罗印田说。

那年,水晶磨盘加工户邓善飞因涉嫌严重污染环境罪,被当地检察院批准逮捕,邓善飞也成为浙江首例因污染环境而被追究刑事责任的犯罪嫌疑人。后来,笔者曾调阅他的案卷,内容大致如下。

　　邓善飞:先把磨盘上的油渍清洗干净, 然后用电解的方法,放到自己配好的化学药水里面电解除砂。

　　警察:化学药水里有什么东西?

　　邓善飞:硫酸镍、氯化钠、高锰酸钾之类,排到外面水沟里。

　　警察:从水沟流到哪里去了?

　　邓善飞:水沟是通到外面居民区的。

　　…………

　　磨盘生产应用电解原理, 在铁质的磨盘坯子表面镀上金刚石粉、硫酸镍、氯化钠、高锰酸钾等物质,最后一道工序是用清水清洗磨盘。整个简陋的生产过程,将产生大量含有重金属镍的废水。若不对废水进行必要的处理,任其排放,对环境的破坏不可想象。但邓善飞为了攫取更大的利润, 根本没有配置什么废水处理设施。他在加工点的墙角凿了一个洞,把未经任何处理的重金属严重超标的废水直接排入门口的小水沟,污水流入附近居民区的溪河中,再由溪河汇入浦阳江。

　　本以为这样做,只有天知地知,但 2013 年 6 月 22 日,他被浦江县环保执法人员逮了个正着。通过对加工点的排入环境口(地上)、排入沟(地下)、废水排放口的样本分别化验,发现这 3 个点的废水样本的重金属含量已分别超过国家标准 10000 多倍、47 倍和 1000 多倍。要知道违法排放的废水中,重金属只要超标 3 倍以上,即构成严重污染环境罪!

2013年7月17日,浦江县人民检察院以污染环境罪对犯罪嫌疑人邓善飞批准逮捕。11月19日,浦江县人民法院以污染环境罪,依法判处邓善飞有期徒刑1年,并处罚金3000元。

一大批简陋的水晶加工点消失了,企业主转而从事其他行业。一名原先做灯饰水晶球的企业主坦言,尽管以往从事水晶加工业1年能赚400多万元,如今转行做服装生意收益稍少了些,但如果算上环境账,"那就是赚到了"。在最早开展水晶加工的虞宅乡,曾经的水晶加工户虞丽元正在和乡邻们一起做土面。她认为,自己放弃了水晶加工,仍然可以找到更为适合的致富门路。

据浦江县经济商务局提供的数据,2013年5月至11月,全县用电量同比下降15.6%。在60年一遇的高温季节,全县没有因限电而拉闸一次,这在往年是不可想象的。"与此同时,2013年上半年,全县万元地区生产总值能耗同比下降了11.7%。

如今,浦江的传统产业如纺缝、葡萄种植、麦秆画制作等重现热闹景象,仙华山、郑义门等山水人文景点以及特色民宿吸引着一批批游客到来,乡村游正蓬勃兴起。一江清水还引来了产业"俊鸟",经济新常态下,浦江水晶等各大支柱产业以治水去产能促转型,由此腾出的发展空间和不断改善的生态环境,也给电商、智能锁、生物医药等新兴产业带来发展契机,一批新经济、新业态破茧而出。

通过整治,浦江就像被一双"魔术之手"拂去了工业化进程中留下的沉疴腐疾,抚平了落后生产方式造成的满目疮痍,实现了一场脱胎换骨般的蜕变。

当时,施振强亮起嗓子:"我负责地说,到 2014 年,浦江就已消灭了境内全部 462 条'牛奶河'、577 条垃圾河。"

为了扶持浦江水晶产业健康有序发展,在省有关部门支持下,至 2015 年上半年,浦江加紧建成东、西、南、中 4 个水晶产业集聚园区,总面积约 0.67 平方千米。全县所有水晶企业都搬入园区,实行统一治污、统一管理、统一服务,其入园标准有 12 条,在注册资本、设备水平、环保处理等方面有严格限定。

我们在浦江水晶产业园区参观,看到从园内各个企业排出的污水,统一进入巨型污水处理池中,经过几轮过滤,污染物被逐渐去除,直至污水成为清水。据园区负责人介绍,经过这套净化设施处理的污水,其水质可以达到 I 类。

更让人欣慰的是,在浦江县工业园区内,一家新型建材企业的两条生产线正在运行,每天可消耗水晶废渣 600 多吨。从全县各地统一回收的水晶废渣,按比例与页岩、石灰石和其他建筑废料混合,经熔化、碾压就变成了新型建材砖。

"年前小别才三月,归燕悄然已报春。淡淡微风吹弱柳,绵绵小雨润烟村。已经治水惊天地,再使转型泣鬼神。大美小康如我待,此生欲作浦江人。"这是浙江省政协原副主席、诗词爱好者陈加元为浦江之变写下的一首名为《又回浦江》的诗词,环境治理前后的强烈对比,以及对如今浦江之美的深深爱恋,跃然纸上。

3

这是一次什么样的伟大革命呢?

我们发现浙江"千万工程"的故事,以事关百姓日常的"厕所革命"为突破口。如厕这件事看似小,实则大也。从某种程度上说,厕所卫生水平反映着一个地方的文明与发展程度,也反映着社会管理能力。

常山县位于浙江西部,地形以山地丘陵为主,是农业大县。2018年,全县人口34.4万,其中农村人口29万余,占全县人口总量近85%。在户厕改造上,常山实现了困难群众厕改率100%、农村旱厕拆除率100%两大目标,显著提高了农民群众的获得感、幸福感。

"千万工程"推进过程中,常山县围绕建设"何处心安、慢城常山"大花园的目标,针对农村公厕脏、乱、差、偏这些痛点,提出"小康路上,一厕也不能少",借鉴"河长制"的做法,在全省首创并推行公厕"所长制",使得一座座干净方便的公厕"登上了大雅之堂",成为常山"千万工程"建设的亮点。

那天,常山县委书记叶美峰接待了我们。说到公厕,他引用了美国作家朱莉·霍兰在其著作《厕神:厕所的文明史》里的话:"文明并非从文字开始,而是从第一个厕所建立开始。"

受传统观念影响,常山县的乡村公共厕所一般建在较为偏僻的地方,而且不少还是旱厕,蚊蝇滋生,异味四溢,不知已有多少人反映公厕"连脚都踩不进去"了。乡村公厕不仅没起到服务群众的作用,反而给群众带来了困扰。

没错,常山虽不是经济富裕县,但为了"厕所革命",这几年县里砸锅卖铁的决心都有。县农办牵头负责乡村公厕建设,安排了专人专职主抓。县财政每年设立1500万元的专项资金。等级公厕建设被列入文明村镇、美丽乡村评比中的"一票否决事项",也被列入乡镇考核事项,并每月进行督查通报。

但老百姓对此不认可,觉得民生问题千千万万,这么大张旗鼓搞"厕所革命",是不是捡了芝麻,丢了西瓜?显然,人们对"厕所革命"的真正用意还没有认识清楚。

针对这一情况,常山县开始将工作向后退了一步,更多地与百姓交流文明的问题,改变他们的观念。

"中国是农耕社会,尊重农业生产是最基本的社会共识。过去的皇帝也是农民,也信奉肥水不流外人田,皇家的便溺也是要拉去郊区当肥料用的。中国的农民,撒泡尿都得跑自己地里。"常山县环卫所一位工程师对我们说,"过去人与自然是一种融合的和谐状态,这个问题不突出。现在经济和城市都急速发展,打破了原有的自然融合,因此厕所问题是复杂的发展问题,是多层次的融合性问题,需要系统解决。"

也许思想长一寸,行动进一尺。是的,要让老百姓深深体会到生活品质改善之重要,他们才会强烈意识到农村必须来一场"厕所革命"。

后来在"厕所革命"的实施过程中,常山县又遇到了新的阻力。这个阻力主要来自全县农村改厕工作进展不平衡,乡镇重视程度有高有低,推动方式有简有繁。加之农民主体作用不突出,技术创新跟不上,农民群众"不愿用、没法用、用不上"等现象不同程度存在,使得常山县的公共厕所改造工作,一度徘徊在十字路口。

怎么办?众人细细反思后,觉得是"厕所革命"的初衷出现了偏差。

之所以坚持不懈推进"厕所革命",其初衷应该是努力补齐影响群众生活品质的短板……是的,公共厕所改造的重点应该在农村,难点也应该在农村。众人马上调整工作思路,把农村"厕所革命"作为改善农村人居环境、促进民生事业发展的重要举措,接着又调整工作方案,启动实施农村生活污水治理攻坚行动,与全省农村卫生厕所覆盖率一致达到 98.6%。

自 2017 年起,常山县分期分批启动农村 210 座独立公厕的新建和改造提升工程,确保"每村都有一座公厕"。在公厕建设与运作维护过程中,常山克服经济基础薄弱的劣势,切实保障资金来源。县财政从美丽乡村建设资金中连续 3 年、每年拨付 1500 万元专项经费,让农村公厕的运行维护有了持续的资金保障。

根据建造等级的不同,常山农村公厕建设造价从 15 万元到 50 万元不等,由村镇自主筹资建设。在公厕的管护方面,除了三格式化粪池定期清掏等工作,常山县还为每一座农村公厕配备了一名保洁员。保洁费每座公厕每年 5000 元,由县财政统一拨付。对于新建公厕和改造公厕也出台了详细的奖补措施:A 级公厕每座最高奖励 10 万元,AA 级最高奖励 15 万元,AAA 级最高奖励可达 20 万元,被评为"最美乡村公厕""优秀所长"的单位和个人还有奖励,这大大激发了大家建设和维护公厕的积极性。

常山县腾出力气抓农村公厕建设,最终目的是充分保障群众如厕方便,所以公厕的覆盖面、便利性尤为重要。这些农村公厕的面积多在 40—80 平方米,麻雀虽小,五脏俱全。公厕有的建在卫生所、活动广场附近,有的建在主干道两旁,还有的建在乡村旅游景点周边。公厕内除了男女卫生间,还有专门的工具间、管理间和第三卫生间,无障碍设施齐备,并注重运用环保新技术和智能设备。同时,公厕尽可能延伸服务,厕纸、洗手液、搁物板、衣帽钩一应俱全,为广大群众提供了舒适舒心的如厕环境。

在农村公厕建设过程中,常山县坚持实事求是,既不搞贪大求洋,也没有哗众取宠,而是量力而行,尽力而为,合理布点,理性投入,使农村公厕建设严格做到了"六不":污染控制无异味,不臭;环境卫生无杂物,不脏;简约美观、环境协调,不难看;路口指引、临近引导,不难找;数量满足、布局合理,不排队;优质服务、免费开放,不收费。

常山县青石镇砚瓦山村是这一轮农村"厕所革命"中的最大得益者之一。村里因为有材质、造型各异的奇岩怪石,因而成了当地小有名气的赏石佳地。许多游客慕名而来,村里的乡村旅游也日益红火起来。然而,村里很快发现了新的问题:因为没有一个像样的公厕,许多游客万般无奈只得到村民家"行个方便"。

村民徐德胜家的厕所就常常被游客借用。"有些时候十来个人排着队来,说心里话,麻烦是有点儿麻烦的。"平常无人关心的公共厕所,这时成了乡村旅游发展的"拦路虎"。全面开展的农村"厕所革命",为砚瓦山村解决这个难题提供了契机。村支书徐卫国高兴地说:"2018 年村里新建了 3 座旅游公厕,很快建成并投入使用,游客如厕难的问题已大大缓解。"

常山县规定,新建、改建公厕全部按照国家《旅游厕所等级标准》《旅游厕所质量等级评分细则》的要求进行景观化建设,也就是按照旅游厕所 A、AA、AAA 等级标准布局、设计。为了达到"一厕一风情、厕厕成风景"的良好效果,常山县根据每个镇、村的实际情况,因地制宜采用浙派、徽派、现代等建筑样式,形成了别墅式、田园风、水岸船形等多元风格。

此举不仅让公厕"从无到有",还让公厕"从有到优",根据公厕周边环境、景色特点,配合设计与之相生相融的造型和色彩,做到景、厕相得益彰。比如江源村公厕就是在村民家老房子的基础上重新翻建的,保留了老建筑的骨架和韵味,还与紧挨着的古老江氏家庙风格协调。又比如长风村在全村建筑外立面改造时,将公厕一并设计到位,以黑白灰为主色调,仿照浙派建筑风格,让小小厕所和特色民居巧妙地融为一体。

为解决农村公厕后续的维护运营,这时的常山县又从浙江全省推行的"河长制"中获得启发,建立了常山公厕"所长制"。

那天一大早,外面下着小雨,我们几位早早来到塔山脚下的一座星级公厕。厕所白墙青砖,竹林为障,24 小时开放,所有蹲坑和洗手池均采用感应式冲水器,同时还为残疾人设立了单独卫生间,男女厕内都有老年人和儿童专用厕位。2017 年,这座公厕被评为"全国最美公厕"。我们刚到这里,只见常山县住建局局长徐敏急急忙忙走进来。他一会儿用手摸一摸,看看洗手台有无灰尘,一会儿用脚划一划,看看地面是否湿滑。原来,徐敏还是这间公厕的"所长"。

"我们常山县的'所长制',明确县委书记任全县公厕总所长,县委副书记任乡村公厕总所长。县住建局干部和各街道党工委书记担任城区各公厕所长;乡镇党委书记担任集镇公厕所长和辖区公厕总所长;村支书担任所在村公厕所长;一村有多座公厕的,由村'两委'干部分别担任。全县形成'县、乡、村三级联动、乡镇部门紧密配合'的工作机制,做到'一厕一所长、责任全覆盖'。"徐敏介绍了如今全县每个公厕都有了"所长"。

我们在当地调研中发现,常山县农村的每座公厕都做到了"一牌一本,一日一巡,一考一评"。"一牌一本"即所长公示牌和"所长制"工作日志,公开"所长"信息。"一日一巡"即落实"所长"职责,每天巡查不少于一次。"一考一评"即建立考核机制,倒逼"所长"主动作为。

而在一些小城镇厕所,我们还见到从市场方向寻求厕所长效运行的方法。如果有一座公厕,里面竟有音乐吧、书吧,还有 Wi-Fi 网络。最具特色的是这里首创"以商养厕"的管理模式——通过在厕所内摆放自动售卖机、销售工艺品等,来解决公厕日常维护、保洁等所需的费用。据了解,这座公厕每月除了支付公厕日常维护、保洁等所需费用外,还有上千元的盈利。

厕所有了"所长"之后,常山县还建立了公厕"所长"考核和星级评定机制,定期开展"最美公厕""优秀所长"评选活动,把等级公厕作为文明村镇、美丽乡村评比中的"一票否决事项",列入对乡镇的考核内容。在"所长制"的强力推进下,常山县到 2019 年年底已完成全域所有乡村"至少有一座公厕"的建设目标。自从"所长制"确立以来,农村公厕就成了"总所长"叶美峰下乡必看的地方之一。

"自 2017 年年初常山开始推行'所长制'后,上级许多同志见到我都说'总所长你好',口气怪怪的。直到'厕所革命'在全国打响,同志们的目光由不屑一顾变成不可思议,都提出想来常山看看我们的美丽公厕。"叶美峰说,的确,公厕"所长制"至今在中国诸多省份中仍是罕见的。

如今的常山农村公厕,不仅在服务上体现了人文关怀,还引入了互联网思维,实现了智慧管理。运用互联网技术,常山重点实现公厕定位功能,形成一张常山公厕电子地图,让群众有如厕需求时可一键搜索,精准定位;建立公厕管理网络平台,开发手机小程序,引入自动化控制技术和自动化管理,实现自动开关门、照明、排风、冲厕等功能。

围绕"何处心安、慢城常山"的城市品牌,常山公厕还统一设计标志,以胡柚娃卡通形象制作公厕导向牌,在装点风景的同时,也让市民和游客备感亲切。

在常山县,我们还见到了一座"会呼吸"的公厕。"这个公厕是在原有旱厕的基础上改建而来的。我们在公厕内外种上能净化空气的绿萝、三角梅、吊兰和茶梅等绿植花卉,使它与周围环境融为一体,为正在创建的'县级美丽乡村精品村'增添一抹美丽的文明风景。"该公厕"所长"说。"会呼吸"的公厕,正是常山县公厕改革的一个缩影。

如今的常山县,"村里的公厕比自家的厕所还漂亮"的现象比比皆是,许多村民下田回来上村里的厕所时,甚至都会脱鞋进入,原因就是不想弄脏干净的地面。

或许,厕所在我们的生活空间里只占了一个小角落,但厕所既是"面子",也是"里子",体现着一个地区的文明程度。常山县的美丽公厕,确实在一定程度上改变了民众对厕所的偏见,帮助村民养成了良好的卫生习惯,提升了村民对村庄的认同感和归属感。

4

这是一次什么样的伟大革命呢？

我们发现浙江"千万工程"的故事,说到底就是一场生态文明的"绿色革命"。这是一项系统工程,迫切需要全面推进乡村振兴,发展新型集体经济,走向共同致富。

来到安吉县天荒坪镇余村,连绵的山、流淌的水、摇曳的竹,仿佛扎进绿水青山的海洋。20 世纪 80 年代、90 年代,因开矿采石,余村长年笼罩在烟尘中,虽然靠"卖石头"致了富,但山变成了"秃头光",水成了"酱油汤"。余村的困局正是当时浙江农村发展的一个缩影。

作为浙江最早启动"千万工程"的村庄之一,余村痛定思痛,决定关停矿山,调整发展模式。然而,矿山关停造成了集体经济与百姓收入的双双下滑。正在举棋不定的时候,2005 年,习近平来到余村考察,充分肯定了余村的做法,果断明了地说"下决心关停矿山是高明之举",并提出"绿水青山就是金山银山"的理念,给村民们吃下了定心丸。

余村也因此努力修复生态,保护绿水青山,走出了一条生态美、产业兴、百姓富的可持续发展之路。2020 年 3 月,15 年后再访余村,习近平感慨系之:"时间如梭,当年的情景历历在目,这次来看完全不一样了,美丽乡村建设在余村变成了现实。"

"全面建设社会主义现代化国家,既包括城市现代化,也包括农业农村现代化。实现全面小康之后,要全面推进乡村振兴,建设更加美丽的乡村。相信余村的明天会更美好,祝乡亲们生活芝麻开花节节高!"习近平勉励的话语,深深印在余村人民的心里,源源不断转化为奋斗的动力。

一村富了不算富,一起富才是真的富。2021年起,"千万工程"步入"千村未来、万村共富"迭代升级新阶段,余村也迎来新的发展机遇。村党支部书记汪玉成表示,浙江建设共同富裕示范区,余村应该打头阵、当先锋、做表率,跳出余村发展余村,打破"一亩三分地"的局限,带动周边乡村实现共同富裕——就像当年余村人关停矿山转身发展生态旅游和农家乐,今天的余村人又开始了新的"突围",着力探索中国式现代化的乡村路径,让发展空间更大、产业更新、活力更足。

余村要变"大",该怎么变?安吉县画出了三个发展圈层:"小余村"为乡村现代化样板建设区、余村(山川)省级旅游度假区为"大余村"核心建设区、"天山上"(天荒坪镇、山川乡、上墅乡)为"大余村"延展区。

今天,沿着余村出发,串联起周边村庄的余村大道已经全线贯通,沿线美丽乡村、景区景点串珠成链,成了别具一格的景观;余村还把旅游集散中心搬到周边村子的中心区块,让周边村民共享余村的"流量"。在"大余村"里的银坑村,曾经的茶农袁育兴致勃勃地装修老屋,开起了亲子民宿。得益于银坑村良好的基础设施、优美的自然风光和毗邻余村的优势,"五一"刚开业,民宿就一房难求。"我们坚持'小余村'宁静致远、'大余村'风起云涌,努力形成发展一张图、管理一体化,共通共融、百花齐放新格局。"安吉县委常委、天荒坪镇党委书记贺苗说。

有了空间和蓝图，如何吸引人才成为余村发展的当务之急。2022年年初的一个晚上，天荒坪镇党委班子成员聚在一起，大家集思广益，讨论热烈，从晚上7点一直到第二天早上4点，最终决定，以余村的名义面向全球招募合伙人，通过全新的合作模式，助力乡村振兴。

"一个小乡村，怎么会发起全球合伙人招募令？"这份气魄、这个格局，深深吸引着远在上海工作多年的安吉小伙陈喆。抱着试一试的态度，2022年，陈喆携手上海美术电影制片厂，在余村印象图书馆创办了"美在余村"国漫茶咖零售空间。"起名'美在余村'，是希望把国漫美学带到乡村，把中国动画的传统美学与绿水青山的自然美结合。"开业不久，这家零售空间就成了网红店。慕名而来的年轻人徜徉在有着浓郁国漫风的文创产品中，让淡淡的茶香伴着清风飘荡。向远眺望，草坪天幕下，几位音乐制作人弹着吉他，创作着新歌；竹林环绕处，插画师勾勒着自己的"诗与远方"；潺潺溪流旁，设计师团队进行着头脑风暴。绿水青山中，事业与情怀比翼齐飞。

余村正在打造3000个自然工位，吸引设计师、程序员等"只要有电脑和网络就能工作赚钱的人"。"离开了高楼大厦的格子间，背靠着青山、面朝着田野，在这样的环境中工作，敲键盘的节奏都更轻快了。""90后"短视频创作者张航说。如今，信步余村，目之所及皆青春。青年人才社区、青创基地、美术馆……从产业到人才到运营，时尚新赛道会集了年轻人的梦想与热情。

这些新空间、新产业、新活力，既开辟了乡村振兴的新境界，也是迈向中国式现代化新图景的生动展现。

走进长兴,我们读到一首诗:"三万六千顷,湖侵海内田。逢山方得地,见月始知天。南国吞将尽,东溟势欲连。何当洒为雨,无处不丰年。"

这是一首描绘浩渺太湖的诗,写的是太湖的阔大和太湖畔丰饶的生活,如今人们又在谱写太湖更新、更美的诗篇。湖州市长兴县是浙江最北的一个县,紧依宽如大海的太湖。

来到该县和平镇毛家店村,用"旧貌换新颜"来概括它的今昔变化,既简洁又准确。这是一座已经建成的可谓典范的中心村,道路宽阔,绿树成荫,白墙蓝瓦的新房与周边的青绿茶山相映成趣,与以往混乱斑杂的难堪不可同日而语。

村党支部书记徐建国向我们介绍说,已有近300户家庭迁入新居,家家户户的房子都非常舒适,新建中心村的环境也特别优美。随着居住区域的集中,全村已腾出近0.7平方千米的土地,全都用于发展现代效益农业。村里的林场和猕猴桃基地已基本建成,将成为村里发展生态农业、村民致富的重要支撑。

中心村建设是长兴县社会主义新农村建设的主要内容,是该村全面深入实施"千万工程"的重要抓手。早在2011年,经反复酝酿,长兴县委、县政府出台了《关于加快中心村培育建设的实施意见(试行)》,把全县249个行政村规划成92个中心村(含92个集中居住区和150个居住点),引导农村人口、产业、公共服务集聚,配套建设农村基础设施和公共服务设施,加快进度,建设中心村。

也是从这一年开始,长兴县启动了林城镇北汤村、虹星桥镇港口村等18个试点村的建设工作;2012年起,又对部分试点村进行调整,并在此基础上新增 8 个重点培育村。林城镇北汤中心村的居住区,采用了徽派建筑风格,远远看去像一幅雅致的水墨画,近处则可发现即便是建筑细节都很讲究。确保建筑质量,让村民们住得满意,让村民享有和城里人一样的居住条件、居住环境,甚至超过城里人,是中心村建设的基本要求。

环境整洁、服务完善、管理有序、文明和谐,同样是长兴县中心村建设的基本要义。结合"千万工程"实施而推出的新农村建设十大工程、中心村培育、魅力乡村创建等,围绕上述这些基本要求展开,力求绘就长兴新农村版图。数字表明,2012 年以来,在新农村十大工程建设的过程中,长兴县每年统筹 10 多亿元资金,协调交通、建设、国土、教育、文化、卫生、环保、农业、林业、水利等县级有关部门,通过农村联网公路建设工程、农村社区服务中心建设、农村环境卫生整治等各项工作的开展,确保政府公共资源向中心村倾斜,统筹城乡发展步伐,建立健全农村尤其是中心村公共服务体系。

"由于前几年的中心村建设成果不错,2012 年之后又启动了洪桥镇金星村、虹星桥镇后羊村、煤山镇新安村、泗安镇管埭村、吕山乡吕山村等 23 个村的中心村和魅力乡村创建。近年来,我们花大力气全面提升中心村个性特色和魅力乡村建设品位,为全力争创'浙江省美丽乡村创建先进县'做好保障。"长兴县发改局局长陈剑峰说,通过一、二、三产业并举,功能与品位并重,精神与物质齐抓,优化村庄功能,改善农村环境,提升人居条件,促进农民增收,中心村建设切实达到了务实、有效、群众满意的应有效果,呈现出"村民富、村庄美、村风好"的美好景象。

"予独爱莲之出淤泥而不染,濯清涟而不妖,中通外直,不蔓不枝,香远益清,亭亭净植,可远观而不可亵玩焉……"这段出自北宋大哲学家周敦颐之手的《爱莲说》的文字,被工工整整地书写在杭州市桐庐县江南镇环溪村的爱莲堂内。

经常充当导游的环溪村村委会主任周忠莲介绍说,环溪村住的都是周敦颐的后裔,村子迄今已有 620 余年的历史,历代乡贤名士辈出,是国家级历史文化名村。

不单是历史文化名村,环溪村还是一座文明和谐的中心村。"为了实实在在地打造一座中心村,我们村投入的整治费用达到 2500 万元,不仅将河道、街面统统整治了一遍,实现了'三线'(电线、宽带、数字电视)入地,还建起了 9 个生活污水处理池,全村 600 多户的污水全部纳入了管道。池上面种着花,铺着草,要不是有人指点,根本看不出是个污水处理池。"周忠莲介绍,对环溪村来说,最重要的改变,是村庄的定位、个性的开发和历史文化资源的充分利用。

2003 年开始,"千万工程"在全省拉开序幕。那时的环溪村还不是第一批待改造整治的中心村,但在村党支部书记周忠平和村"两委"的带领下,大规模的规划、改造和提升工程还是在环溪村展开了。党员干部和广大村民们已在思考:环溪村的老房子、古树木以及纵横全村的发达水系,都有很大的历史价值和利用价值,为什么不对它们进行保护和整治?村里的历史文化资源这么丰富,为什么不突出它的个性,把村庄打造成一座以休闲旅游文化为特色的中心村?

环溪村的想法很快得到了江南镇和桐庐县的支持，水利、农业、城建各部门专家相继来到环溪村考察，改造和整治计划也有了眉目。但是难题接踵而至，尤其是旧村改造，涉及不少村民的利益，先前的纠葛重新翻了出来，新的矛盾又在滋生。该怎么办？周忠平便首先从自家亲戚"开刀"，给大家立个榜样。就这样，村民们越来越主动地配合村里的各项工程。至环溪村延续5年的改造整治工程结束，全村共拆除建筑近万平方米，且没有发生一起信访事件。

2012年之后，环溪村成为一座以"莲文化"为休闲旅游主打产品的美丽村庄，村"两委"又在思索一个新的问题：在拆除猪栏、关停小作坊后，村民的生计该如何保障？这一片绿水青山，怎样才能真正变成带动百姓增收致富的金山银山？显然，做大做强"莲文化"这篇文章是最稳妥、最靠谱的。经过村"两委"反复研究，在上级部门的支持下，环溪村以村集体的名义，将全村原本分散经营的约0.4平方千米的土地统一流转过来种植莲花，进一步开发以赏莲花、摘莲蓬、挖莲藕为主题的农业观光游，得到了全村的认同和支持。

之后，环溪村又把"环溪"的村标注册成商标，进一步扩大莲花田，休闲旅游业产值持续上升。新发展的"清莲文化"又打出了"清正廉洁"这个牌子，始建于明嘉靖年间的周氏宗祠"爱莲堂"几经修缮，引得更多人在此驻足，深悟古风高洁的优良传统。如今，环溪村不仅成为一座环境整洁、服务完善、管理有序、文明和谐的中心村，更是江南一带新时代新农村建设的典型样本。

"80后"叶洪清的"茶+物联网"模式，让爱茶者实现了"从茶杯到茶园"的无缝对接；陆俊敏、梅晓芬夫妇离开大学讲台回归故乡，丈夫种起了茶叶，妻子则在村里办起了私塾煮茶讲经；村民孟雪芬为了"让茶不仅仅是茶"，一直在尝试茶产业创新路径；建立了云缬坊的叶科，提取了茶色素，将"茶+扎染"文创产品推向了国外……

除了本地人士，还有更多的外地年轻人才也陆续来到这里。有在茶园中设计茶室、茶亭的著名建筑师徐甜甜，有把老街中的老屋改造成书吧茶馆的资深媒体人夏雨清，还有"小茶姑娘"等民宿业主、餐饮业主，在茶园周边建起了一家家茶宿、茶餐厅……他们发挥特长，让这里的茶产业界、茶文化界风生水起。

以上这些场景，发生在浙西南的丽水市松阳县。这里山清水秀，生态环境一流。近年来的"千万工程"和美丽乡村建设，让这里的天更蓝、山更绿、水更清，宜居宜业，且留住了田园乡愁。在好山好水中，松阳县的茶产业更加兴旺起来。

据典籍记载，松阳茶叶源于东汉，曾是松阳人民引以为傲的"三张叶子"之一。20世纪90年代之后，松阳的茶产业开始进入快速发展的轨道，在扩大茶叶种植面积的同时，众多茶农不断完善、改进原有茶叶加工技术，琢磨出一套独特而完整的"松阳香茶"种植加工生产技术，使松阳成为中国香茶发源地。如今，"松阳香茶"不但已成功注册了地理标志商标，还成为浙江优质绿茶的典型代表，被评为2017年最受消费者喜爱的百强中国农产品区域公用品牌、2018年浙江省最具成长性十强品牌。

与此同时，松阳涌现了一批优秀的茶叶加工技术人才，他们除了带动和引导本地茶农发展茶产业,还有不少人走出松阳,带动其他地方的农民从事茶产业。比如在庆元县龙溪乡,由于"松阳茶师"孟文化的带动帮扶,从事茶产业的村民的生产生活条件得到了很大改善。有人说,几乎全国的产茶区都能找到像孟文化这样的"松阳茶师",他们带动当地农民种植、加工和销售茶叶,颇受欢迎。松阳县有关部门曾经联合开展"松阳茶师"培训工作,并建立了"松阳茶师"档案。据统计,本籍的"松阳茶师"已超过 6000 人,不少"松阳茶师"被各产茶区高薪聘请,有的月薪超过 10 万元。

随着松阳的山水环境越发秀美,乡村全域美丽基本完成,生态农业成了松阳发展的重中之重,茶产业的扩大和升级成了一大亮点。如今,不仅有上千外地茶商慕名来到松阳,经销茶叶,创办茶企,从事茶延伸产业,更有大批松阳籍茶师、企业家、创业者回到故乡,投入蓬勃发展的茶产业,还有成批年轻人纷纷离开大城市返乡,成为松阳的新生代茶人。小小的松阳县因有了各路人才的会聚,变得热闹,变得忙碌,充满生机。

2018 年 3 月 28 日,一个全国性的关于茶叶品质提升的研讨会在松阳召开,50 余位知名专家学者共同为茶叶品质提升发展出谋划策。会议提出,要坚持绿色发展理念,通过搭建互联互通平台,促进"品牌强茶"走出去,进一步推动一、二、三产业有机融合,实现茶产业的可持续发展……这只是在松阳举办的其中一项茶产业高端活动。松阳已连续 10 多年举办"中国茶商大会·松阳银猴茶叶节",将业界专家学者、知名企业老总、茶商、各茶叶产地市场负责人等请进松阳。还是在 2018 年,联合国粮农组织(FAO)、中国农业科学院农业环境与可持续发展研究所又选择与松阳县雪峰云尖茶业有限公司签订示范合作协议,实施"碳中和茶叶生产项目",该公司成为全国唯一合作示范点。在松阳街头遇见国内外一流的茶叶和茶产业专家,这绝不是什么稀罕事。

古市镇上河村的魏碧华成功研制出单口锅全自动智能扁形茶炒制机等茶叶加工机械,还获得了 3 项国家专利,原来手工炒制一锅茶起码需要半个多小时,如今只需要短短 8 分钟;范正荣在松阳从事茶叶加工销售 20 余年,创办的浙江振通宏茶业有限公司是最早一批涉足茶资源综合开发利用领域的企业,已成长为超亿元企业;因为参加了松阳茶商大会,深圳市悠谷春茶业有限公司总经理孔晓澄将深圳的精制茶厂搬到了松阳,大量松阳茶叶经他之手从农产品转化成了商品……各路人才会集松阳之后,找到了适宜自己的发展平台,发挥各自作用。毫无疑问,诱人的创业创新天地吸引着各路人才"上山下乡",投身乡村振兴,创新共创共富机制,农村经济活力由此如泉水涌流。

松阳现有生态茶园面积约 102 平方千米,2022 年实现茶叶产量 1.86 万吨、产值 20.49 亿元,茶叶全产业链价值达 135 亿元,形成了全县 40% 的人口从事茶产业、50% 的农民收入来自茶产业、60% 的农业产值来自茶产业的发展格局。

回家创业,各路人才"上山下乡",投身乡村振兴,在美丽山水间成就事业,实现梦想,这已经成为最近几年一股不可小视的潮流。

5

这是一次什么样的伟大革命呢?

我们发现浙江"千万工程"的故事，本身就是一场"自我革命"，不但要革除沉积的顽瘴痼疾，而且要以此认识世界，把握规律，改造世界，最后得到世界的认可。

这对于湖州市安吉县递铺镇鲁家村村民裘丽琴来说，更是一件石破天惊的大事：这一天，作为来自浙江的普通村民，她竟然代表5700多万浙江百姓，站到了联合国的领奖台上。

北京时间2018年9月27日，美国纽约曼哈顿。联合国总部大厅灯火通明，气氛热烈。联合国环境规划署将年度"地球卫士奖"中的"激励与行动奖"，颁给了中国浙江"千万工程"，而这个奖的受奖代表，就是裘丽琴。站在领奖台上，在众人注目下，裘丽琴刚开始发言时难免有些紧张，声音略显颤抖，但当她说起浙江的乡村变迁，说起"千万工程"给她和同村乡亲带来的巨大变化，她的声音渐渐变得昂扬、响亮："我是一名家庭主妇，过去每天要提着重重的污水桶，走到很远的地方倒掉。现在管网接到了家里，我再也不用提着桶走路去倒污水，村子也变得更美了。感谢'千万工程'让我的生活更幸福！"

全场顿时响起长时间的掌声。

这一发自内心的拳拳盛意、肺腑之言，再一次证实了，通过努力，浙江从过去的"垃圾靠风刮，污水靠蒸发，家里现代化，屋外脏乱差"，变成了如今"污水有了'家'，垃圾有人拉""雅居美庐，满目叠翠"。

或许大家会好奇，站上领奖台的为什么是鲁家村？

在浙江北部，有一个县叫安吉。在安吉县余村，习近平首次提出了"绿水青山就是金山银山"这一理念。安吉也被称为"中国美丽乡村发源地"。

裴丽琴就来自这个山区小县。她是一名已有 20 多年工龄的村干部,也是一位"千万工程"的参与者和见证者。与笔者谈起鲁家村这些年发生的变化,她特别强调:"用年轻人的话来说,我们村成功实现了逆袭。"

什么叫"逆袭"?

说得明了一点,"逆袭"就是原本身份、地位、资源、能力等均处于绝对下风的人,不安于现状,凭借自己顽强的意志和战斗力,最终战胜比自己强很多的对手,或完成了几乎不可能完成的任务,为自己打造出另一片天空。

而"逆袭"用在村庄变化上,就是实现了华丽转身。如果不是与她面对面,笔者真的不敢相信从一个中国村民嘴里,会蹦出"逆袭"这么一个词。

故事还得从 10 多年前说起。

那时的鲁家村是一个典型的贫困村,村民中流传着一句顺口溜,把村里糟糕的状况说得很形象:"垃圾堆成山,污水遍地流,蚊蝇满天飞,臭气四季吹。"裴丽琴记得很清楚,那一届村委会新班子上任的第一天,就收到了一份特殊的礼物——在全县 187 个村的卫生考核中,鲁家村排倒数第一,这犹如当头一棒。

从青年时嫁入鲁家村,到中年时成为村干部,裴丽琴面对的都是一个环境脏乱、没有产业、少有年轻人的落后村。尤其在工业化、市场化浪潮中,不少村民纷纷走出乡村,走向城市,鲁家村的村容村貌更加不堪。很长一段时间,让裴丽琴羡慕的是相距不远的高家堂村,因为那里宜居宜业。为统筹城乡发展、优化农村生态环境,2003 年 6 月,浙江启动"千万工程",高家堂村率先将环境整治与乡村旅游产业发展相结合,成了绿色生态富民家园,为其他村提供了样本。

裘丽琴与村支书朱仁斌上任后的第一个目标,就是尽快恢复乡村发展的底色——绿色。但千头万绪,从何入手?两人在村里转了无数圈,方案拟了一份又一份,最后盯上了房前屋后的垃圾。"偌大的村子连个垃圾桶都没有,环境怎么会好?"裘丽琴觉得,垃圾入桶,看似小事,指向的却是生活方式变革和可持续发展的大事。

正当村干部兴冲冲地准备买垃圾桶、开展入户宣传时,一翻账本都傻眼了:村集体可用现金 6000 元,负债 150 万元。找县里、街道垫付?没有先例,不现实。让村民出钱?村庄发展缓慢,大家本就有怨言,不靠谱。最后,朱仁斌等村干部自己筹资 8.5 万元,给村里每 25 户分发了一个垃圾桶,为每个村民小组聘请了一位保洁员。

然而,要改变农民千百年来的生活习惯谈何容易?筹钱买来的垃圾桶,放在路边成了摆设,村民依旧把垃圾往路上扔、向河里倒,还有人抱怨:"赚不到钱你们不管,扔个垃圾却要来管,吃饱了撑的!"

裘丽琴难免有些委屈,却也不恼:"只有干部做出表率,才能让村民从实实在在的变化中看到乡村的未来。"那些年里,与别的村干部一样,她下河捞过垃圾,在烈日下扫过村道,吃过村民的闭门羹,也收获了无数点赞。党员干部们把整座村庄当成了自己的家,像勤劳的母亲操持着"洒扫庭除、内外整洁"的事务。渐渐地,鲁家村没了五颜六色的垃圾,垃圾分类成为大家新的生活方式。

从被村民亲切地称为"裘妈"起,裘丽琴知道:村庄的第一步跨越,成功了!

但另一个问题接踵而至,让裘丽琴揪心:村庄环境变好了,但经济发展没有起色,约三分之二的村民依旧外出打工,村庄空心化严重。"种1年田,赚2—3万元,不如在城里打工。"裘丽琴说。这也是很多乡村当时遇到的难题。绿水青山向金山银山转化的通道难以打通,城乡差距难以缩小,农民无法安居乐业,"农民没有活力,村庄就没有希望"。

关键时刻,村党支部召集全体党员、村民代表开会,大家坐下来专门商讨出路。会上声音很多,有人想发展种养业,有人希望引进工业企业,也有人觉得乡村旅游才有前景。"最后大家决定,先做规划,找准方向。"裘丽琴动情地说。

随后,朱仁斌等村干部动员乡贤众筹300万元,请来上海、广州的专业设计团队,量身定制发展蓝图。3个月后拿到新规划,裘丽琴惊讶不已:"山还是那座山,但换种思路,就完全不一样了。"比如村里低丘缓坡较多,以往种养业规模效益低下,但在新蓝图中,18个家庭农场布局错落、各具风格,非常符合2013年中央一号文件提出的发展家庭农场的要求。

裘丽琴记得,那一年,这份规划被做成PPT后,用于县里招商引资。一家蔬菜企业看到后动了心,成为最早入驻鲁家村的投资者。很快,更多的投资纷至沓来。可大家又很快发现,随着工商资本大量涌入,如何保障村民利益成为新问题。"只有你中有我、我中有你,才能抱团共赢。"裘丽琴说,当时村里的想法,就是要把投资者的利益和村集体的利益融为一体。

2015 年 1 月,鲁家村引入专业旅游公司。在权益分配上,旅游公司占股 51%,村集体占股 49%,采用"公司+村+农场"模式,每年给全村村民分红 600 万元以上。将股权量化,村民不出一分钱就当了股东,既拿租金,又挣薪金,还分股金。不久,村民年人均纯收入近 4 万元,股权增值 60 多倍,一本股权证大幅提高了村民的幸福指数。

2015 年年底,为把散落的 18 个农场串联起来,长约 4.5 千米的铁道环线建成了。小火车正式通车,整个鲁家村沸腾了!多年来,小火车载来数以万计的游客,为村里带来 10 多亿元工商资本,也吸引了大批外出务工的年轻人回乡开启新生活。鲁家村成了名副其实的"网红"打卡地,还被誉为"诗和远方的田野"。

裘丽琴与我们分享鲁家村成功"逆袭"的故事和心得,希望越来越多的村庄变得美丽整洁,越来越多的绿色环境变成生态资源,越来越多的村民过上美好生活。

美丽的鲁家村像一个窗口,见证着浙江农村生态环境的变迁。鲁家村这种创新的乡村产业发展模式,也为其他乡村发展提供了新的思路。众多的浙江乡村,探索出各具特色的美丽经济发展之路,成为一座座宜居宜业的美丽村庄。

……………

联合国环境规划署在颁奖词中,对浙江"千万工程"给予了高度评价——

"这一极度成功的生态恢复项目表明,让环境保护与经济发展同行,将产生变革性力量。"

浙江在生态环境领域,以一个省的一项工程,获得联合国"地球卫士奖",这在全球是史无前例的。

说到这里人们不免产生疑问:浙江为什么能?

我们也一直在思考这个问题,经过粗略勾勒后,发觉浙江乡村建设大致经历了"三步走"。

第一步是 2003—2010 年,以村庄环境整治为重点的"千村示范、万村整治"阶段,广大乡村从脏乱差迈向整洁有序。

第二步是 2011—2020 年,以美丽乡村建设为重点的"千村精品、万村美丽"阶段,广大乡村从整洁有序迈向美丽宜居。

第三步是 2021 年以来,以未来乡村建设为重点,开启"千村未来、万村共富"新阶段,推动乡村从美丽宜居迈向共富共美。

列出来仅几步,但你要知道每一步浙江都以实施"千万工程"、建设美丽乡村为载体,聚焦目标,突出重点,持续用力,常常需要经历示范引领、整体推进、深化提升、转型升级,以此推动美丽乡村建设发展。如果非要说出可供人们学习借鉴的经验,大致有以下几方面。

不断以绿色发展理念,引领农村人居环境综合治理。浙江省通过深入学习和广泛宣传教育,让"绿水青山就是金山银山"的理念深入人心,使推进"千万工程"成为自觉行动。把可持续发展、绿色发展理念贯穿于改善农村人居环境的各阶段各环节全过程,扎实持续改善农村人居环境,发展绿色产业,为增加农民收入、提升农民生活品质奠定基础,为农民建设幸福家园和美丽乡村注入动力。

不断高位推动,党政"一把手"亲自抓。习近平在浙江工作期间,每年都出席全省"千万工程"工作现场会,明确要求凡是"千万工程"中的重大问题,地方党政"一把手"都要亲自过问。浙江省历届省委和省政府坚持农村人居环境整治"一把手"责任制,成立由各级主要负责同志挂帅的领导小组,每年召开一次全省高规格现场推进会,省委、省政府主要领导同志到会部署。全省上下形成了党政"一把手"亲自抓、分管领导直接抓、一级抓一级、层层抓落实的工作推进机制。省委、省政府把农村人居环境整治纳入为群众办实事内容,纳入党政干部绩效考核和末位约谈制度,强化监督考核和奖惩激励。注重发挥各级农办统筹协调作用,发展改革、财政、国土、环保、住建等部门互相配合,明确责任分工,集中力量办大事。

不断因地制宜,分类指导。浙江省注重规划先行,从实际出发,实用性与艺术性相统一,历史性与前瞻性相协调,一次性规划与量力而行建设相统筹,专业人员参与与充分听取农民意见相一致,城乡一体编制村庄布局规划,因村制宜编制村庄建设规划,注意把握好整治力度、建设程度、推进速度与财力承受度、农民接受度的关系,不搞千村一面,不吊高群众胃口,不提超越发展阶段的目标。坚持问题导向、目标导向和效果导向,针对不同发展阶段的主要矛盾问题,制定针对性解决方案和阶段性工作任务。不照搬城市建设模式,区分不同经济社会发展水平,分区域、分类型、分重点推进,实现改善农村人居环境与地方经济发展水平相适应、协调发展。

不断有序改善民生福祉,先易后难。浙江省坚持把良好的生态环境作为最公平的公共产品、最普惠的民生福祉,从解决群众反映最强烈的环境脏乱差做起,到改水改厕、村道硬化、污水治理等提升农村生产生活的便利性,到实施绿化亮化、村庄综合治理提升农村形象,到实施产业培育、完善公共服务设施、创建美丽乡村提升农村生活品质,先易后难,逐步延伸;从创建示范村、建设整治村,以点串线,连线成片,再以星火燎原之势全域推进农村人居环境改善,探索农村人居环境整治新路子,实现了从"千万工程"到美丽乡村、再到美丽乡村升级版的跃迁。

不断系统治理,久久为功。浙江省坚持一张蓝图绘到底,一件事情接着一件事情办,一年接着一年干,充分发挥规划在引领发展、指导建设、配置资源等方面的基础作用,充分体现地方特点、文化特色,融田园风光、人文景观和现代文明于一体。坚决克服短期行为,避免造成"前任政绩、后任包袱"。推进"千万工程"注重建管并重,将加强公共基础设施建设和建立长效管护机制同步抓实抓好。坚持硬件与软件建设同步进行,建设与管护同步考虑,通过村规民约、家规家训"挂厅堂、进礼堂、驻心堂",实现乡村文明提升与环境整治互促互进。

不断真金白银投入,强化要素保障。浙江省建立政府投入引导、农村集体和农民投入相结合、社会力量积极支持的多元化投入机制,省级财政设立专项资金,市级财政配套补助,县级财政纳入年度预算,真金白银投入。据统计,15年来浙江省各级财政累计投入村庄整治和美丽乡村建设的资金超过1800亿元,积极整合农村水利、农村危房改造、农村环境综合整治等各类资金,下放项目审批、立项权,调动基层政府积极性主动性。

不断强化政府引导作用,调动农民主体和市场主体力量。浙江省坚持调动政府、农民和市场三方面积极性,建立"政府主导、农民主体、部门配合、社会资助、企业参与、市场运作"的建设机制。政府发挥引导作用,做好规划编制、政策支持、试点示范等,解决单靠一家一户、一村一镇难以解决的问题。注重发动群众、依靠群众,从"清洁庭院"鼓励农户开展房前屋后庭院卫生清理、堆放整洁,到"美丽庭院"绿化因地制宜鼓励农户种植花草果木、提升庭院景观。完善农民参与引导机制,通过"门前三包"、垃圾分类积分制等,激发农民群众的积极性、主动性和创造性。注重发挥基层党组织、工青妇等群团组织贴近农村,贴近农民优势。通过政府购买服务等方式,吸引市场主体参与。同时,通过宣传、表彰等方式,调动引导社会各界和农村先富起来的群体关心支持农村人居环境,广泛动员社会各界力量,形成全社会共同参与推动的大格局。

6

这是一次什么样的伟大革命呢?

这里有一组数据让我们发现,围绕浙江"千万工程"的所有变革,经过 20 年的扎实推进,最终成为一项山乡巨变的富民工程,让农民过上高质量的富裕生活是推进"千万工程"的一切出发点和落脚点。

2003 年,"千万工程"在浙江实施时,各地都很欢迎,但也有少数基层干部群众心存顾虑。对此,时任浙江省委书记的习近平想了两个办法。

一是每年开一次现场会,由省委书记出席,带领市县干部考察两三个示范村,并做现场指导;二是每年办一次成效展,他亲自抓部署落实和示范引领,调动大家的积极性。

事实证明,"现场会"加"成效展"的办法相当奏效,基层的热情一下子就被调动了起来。此后,新的标准和措施陆续提出,为"千万工程"的顺利铺开起到了很好的推动作用。由此可见,做好任何一项工作,既要我们在顶层设计上认真谋划,也要我们有抓好落实的方式方法。下面这组数据权当是"成效展"吧——

浙江各级财政累计投入超过2000亿元。据统计,"千万工程"实施20年来,浙江全省各级财政累计投入村庄整治和美丽乡村建设的资金超过2000亿元。浙江建立了政府投入引导、农村集体和农民投入相结合、社会力量积极支持的多元化投入机制,省级财政设立专项资金,市级财政配套补助,县级财政纳入年度预算。透过"千万工程"20年实践看,浙江始终坚持以民为本的发展观、政绩观,持续推进农业发展、增加农民收入、促进农村进步,把增进广大农民群众的根本利益作为检验工作的根本标准。

九成以上村庄达到新时代美丽乡村标准。据浙江省委农办摸排,2002年的浙江仅有约4000个村庄环境较好,剩余3万多个村庄环境普遍较差。浙江改革开放先行,此时当地农民已经较为富裕,纷纷盖起小别墅,但家里现代化、屋外脏乱差,"垃圾靠风刮、污水靠蒸发",老百姓对环境问题反映越来越强烈。这是发展方式多年累积的结果,如何有效扭转,考验执政能力。对此,"千万工程"采取务实、渐进式的路径,规划先行,以点带面,扎实推进农村人居环境建设:"污水革命"率先全面完成,"垃圾革命"实现全域分类,"厕所革命"实现全面覆盖,美丽乡村形成全域格局。基于此,浙江成为首个通过国家生态省验收的省份,农村人居环境测评持续位居全国第一。截至 2022 年年底,浙江全省 90% 以上的村庄达到新时代美丽乡村标准;创建美丽乡村示范县 70 个、示范乡镇 724 个、风景线 743 条、特色精品村 2170 个、美丽庭院 300 多万户,浙江美丽大花园映入眼帘。

农村等级公路比例 100%。与"千万工程"配套,浙江又创新实施农村指导员、科技特派员、"四好农村路"等机制,多层次支持农村加快发展。浙江"四好农村路"建设全国示范;农村等级公路比例 100%,县域内跨乡镇、跨行政村断头路基本打通;农村电网持续改造升级,供电可靠性达到 99.99%,显著高于全国平均水平;率先基本实现城乡饮水同质,城乡规模化供水覆盖率 90%。浙北水乡、浙中丘陵与浙西南山区各美其美,美丽公路串起"美丽乡村创建先进县示范县""整乡整镇美丽乡村""精品村""美丽庭院","千万工程"引领浙江美丽乡村建设走在全国前列。

农民收入连续 38 年领跑全国省区。2022 年,浙江农民人均可支配收入达到 37565 元,已经连续 38 年领跑全国省区。实践证明,浙江农村人居环境的大力整治与持续建设,并不是以牺牲农村产业发展与农民增收为代价的。"千万工程"是造福浙江千万农民的民心工程,能给农民带来美丽生态、美丽经济和美好生活。农旅融合、民宿经济、生态工业……浙江乡村产业百花齐放,整体走在全国前列。截至 2023 年上半年,浙江全省乡村旅游和休闲农业接待游客 3.9 亿人次、营业总收入 469 亿元,从业人员 33.4 万人。如今在浙江,美丽乡村成为当地发展的又一张金名片。农民有切身的获得感、幸福感,"绿水青山就是金山银山"的理念也在实践中深入人心。

城乡居民收入比降至 1.90。统计数据显示,浙江城乡居民收入比从 2003 年的 2.43 缩小到 2022 年的 1.90,低于全国平均水平 2.45,连续 10 年呈缩小态势。田园变公园,村庄变景区,农房变客房,村民变股东,资源变资产……在"千万工程"引领下,村美、人和、共富成为浙江乡村发展最动人的形态,这也为浙江高质量发展、建设共同富裕示范区打下了扎实基础。2023 年浙江省委一号文件提出,以"千万工程"统领宜居宜业和美乡村建设,并部署把提高县域承载能力与深化"千万工程"结合起来,在城乡融合中提升乡村建设水平。

建成农村文化礼堂 20511 家。截至 2022 年年底,浙江累计建成 20511 家农村文化礼堂,实现 500 人以上行政村全覆盖;建成农家书屋 25335 个,全省行政村农家书屋全覆盖。此外,浙江农村建有图书馆 102 家、文化馆 102 家、博物馆 142 家;从省到村的五级公共文化设施网络布局日臻完善,"15 分钟品质文化生活圈""15 分钟文明实践服务圈"遍及城乡。农村环境建设由点及面,乡村振兴发展由表及里。从产业兴旺、生态宜居,到乡风文明、治理有效,是自然生发、迭代升级的过程。伴随"千万工程"持续深化,结合广大农民精神生活需要,浙江省 2013 年启动农村文化礼堂建设。如今,浙江建设新社区、培育新农民、树立新风尚、构建新体制等全面推进,乡村人文善治的局面生动呈现,活力凸显。

农村集体经济年总收入 760 亿元。截至 2022 年年底,浙江农村集体经济总收入达到 760 亿元,全面消除了集体经济总收入 20 万元以下、经营性收入 10 万元以下的行政村,这组数据从侧面反映出浙江乡村的组织化、市场化水平。集体经济实力强,基层领导班子强,是实施"千万工程"的重要保证和前提。20年来,以环境建设为载体,浙江农村组织力持续提升,这对于产业发展、基层治理等都十分关键。乡村建设迭代升级,浙江省正在大力实施"强村富民"集成改革,助推农村集体经济改革发展,并将其作为打造共同富裕示范区建设十大标志性成果之一。2023年上半年,浙江全省村级集体总资产8800亿元、占全国十分之一强,集体经济收入30万元以上且经营性收入15万元以上行政村占比85%以上,经营性收入50万元以上行政村占比51.2%。

培育超过4.7万名农创客。农创客是指大学毕业后投身农业农村创业创新的乡村人才,这一概念由浙江在全国率先提出。浙江省农业农村厅数据显示,2023年上半年,浙江省已累计培育农创客超4.7万名。在提高农业效益和竞争力、实现小农户与现代农业发展有机衔接、助推农业高质量发展和乡村振兴战略实施中,农创客发挥着生力军作用。要素跟着市场转,这反映出浙江乡村发展的内生动力。基于"千万工程"打下的基础,发展要素加速流向乡村——2019年,浙江省提出实施"两进两回"行动计划,即科技进乡村、资金进乡村、青年回农村、乡贤回农村。2021年,浙江省正式启动实施"十万农创客培育工程",着力留住原乡人、唤回归乡人、吸引新乡人,乡村振兴的蓬勃局面加速形成。

县级以上民主法治村占比90%以上。浙江全省累计建成省级以上民主法治村1643个,县级以上民主法治村占比90%以上,17784个村实行"一村一辅警"制度,18886个村设立法律顾问、法律服务工作室。在美丽乡村外在建设、产业发展基础上,随着老百姓需求不断提升，近几年浙江基层治理领域创新也不断结出硕果。德润民心引领风尚，浙江有序推进新时代文明实践中心创建。"智治"支撑精准有力，"雪亮工程"精准定位，农村公共区域视频监控覆盖率、联网率分别达到 100%。行政村党务、村务、财务"三务"公开水平达 99.8%，村级治理智能化水平稳步提升。

连续 20 年召开现场推进会。按省内最高规格，浙江省连续 20 年召开"千万工程"现场推进会，省市县党政"一把手"悉数出席。浙江省委、省政府每 5 年出台一个行动计划，每个阶段出台一个实施意见，针对主要矛盾问题制定解决方案、工作任务。一件事情接着一件事情办，一年接着一年干，20 年来，浙江历届省委、省政府按照习近平的战略擘画和重要指示要求，一任接着一任干，一张蓝图绘到底，锲而不舍、持之以恒推进"千万工程"迭代升级，形成了促进"千万工程"持续高质量推进的组织机制：党政主导、各方协同、分级负责的责任机制；规划先行、标准规范、分类指导的引导机制；循序渐进、丰富内涵、迭代升级的发展机制。由此在美丽中国、绿色发展的浩瀚长卷上，写下了浙江先行先试的美丽答卷。

这正是"古来青史谁不见，今见功名胜古人"。20 年久久为功，浙江坚持一张蓝图绘到底，从"千村示范、万村整治"引领进步，推动乡村更加整洁有序，到"千村精品、万村美丽"深化提升，推动乡村更加美丽宜居，再到"千村未来、万村共富"迭代升级，推动乡村实现共富共美，"千万工程"的内涵不断深化、外延不断扩展、成果不断放大。

也许，任何一次伟大的社会变革，都伴随着一次伟大的历史觉醒。浙江"千万工程"之所以取得突出成效，最根本在于习近平的战略擘画、关心厚爱和关怀指导，在于习近平新时代中国特色社会主义思想的科学指引，而"千万工程"结出的硕果，也从一个侧面彰显了习近平新时代中国特色社会主义思想的理论魅力和实践伟力。

2023年6月，浙江省委、省政府发布了《关于坚持和深化新时代"千万工程"全面打造乡村振兴浙江样板的实施意见》，浙江将扛起"千万工程"发源地和率先实践地的使命担当，推动新时代"千万工程"再出发、再深化、再提升，围绕绘就"千村引领、万村振兴、全域共富、城乡和美"的新画卷，聚焦重点，扎实推进，加快涵养整体大美好气质，做深产业兴旺大文章，跑出城乡融合加速度，探索出中国特色社会主义共同富裕的新路径。

哦，这是一次什么样的伟大革命呢? 既然是继实行家庭联产承包责任制后的一次伟大的革命，那么我们可否断言，"千万工程"还是解决中国"三农"问题的一场破天荒的伟大革命，更是中国特色社会主义走向共同富裕的伟大革命。

那好吧，就让我们赶紧一起投入"千万工程"这场伟大革命!

第二章

拨浪鼓何以敲响世界

见到义乌的朱位松时,笔者发现他很激动。握手时,想不到他流了一手的汗。怎么这么紧张?为了缓和气氛,笔者说来义乌之前,刚好在北京出差,专门跑到国家博物馆,在上百万件馆藏品中,见到有把破旧不起眼的拨浪鼓。

这把羊皮制成的拨浪鼓,鼓皮早已发黄,镶嵌的铁钉也开始生锈,连接鼓体和鼓耳的红绳几近散开。

笔者故意找点儿题外话,好让朱位松放松一下。过了许久,他不紧不慢地接过话茬儿说,义乌是中国的一座县级市,在物资匮乏的 20 世纪 60 年代、70 年代,来自义乌的小商小贩正是摇着拨浪鼓走街串巷,"鸡毛换糖"把小商品推向了全世界。

从一个相对贫困的地区一跃成为备受瞩目的民富强县,义乌崛起的原因到底是什么?

根据《习近平在浙江》记载,习近平曾诙谐地讲:"我说义乌的发展是'莫名其妙',其实奥妙就在丰厚的文化底蕴。"

1

　　从义乌当地的文化传统中,如何找到经济发展的不竭源泉?

　　这就不得不说起拨浪鼓和一个发轫于乡野的草根组织。

　　在漫长的历史长河中,义乌一直以农耕经济为主,商业的萌芽和兴起,是在南宋。那时义乌土地少而贫瘠,但居住人口众多,为了填饱肚子,义乌人尝试用各种方法提高土壤肥力。

　　当时,有人用宰杀禽畜留下的羽毛当作肥料撒到田里,发现效果特别好,土地变得相当肥沃。怎么去收集禽畜羽毛?手中没钱的农民想到了以物换物。义乌拥有一批手艺人,能把粳米或劣质火烧米配合大麦芽酿成糖油,煎成老糖,再掺和碱水,打造出各种各样的糖条、糖饼、糖块等。用糖块换取千家万户的禽畜毛羽,这就是"鸡毛换糖"的来历。

　　两个看似微不足道的物品,在义乌人手里,居然莫名其妙地变废为宝。"鸡毛换糖"是个既脏又累还只赚微利的苦差事,需要一年四季在外面跑。春节前后是"鸡毛换糖"的旺季,人家杀猪宰羊、喝酒吃肉欢度节日,换糖人却挑着糖担,顶风踏雪、挨家挨户上门换取鸡鸭鹅猪的毛。正是这种艰苦环境,孕育出了换糖人坚韧顽强、不畏艰辛、诚实守信的精神品质。

　　到了清代顺治年间,种蔗制糖技术传入义乌,使得"鸡毛换糖"的生意越做越大,并形成了有组织的"敲糖帮"。据史料记载,乾隆年间,义乌有"糖担"近万副,以廿三里镇和苏溪镇最为集中。人们肩挑糖担,手持拨浪鼓,走户串巷,送货上门。"敲糖帮"的足迹,北至江苏徐州,南至湖南、广东。

至清代咸丰、同治年间,"敲糖帮"开始兼售针线、糖油等少量百货。"生意不嫌小,只要做得精。"义乌人自古就"不以小本营商为贱、为苦",在他们眼中,生意不分轻重大小,职业不分高低贵贱,只要有钱赚就要努力。

改革开放初期,商品经济在部分地区萌发,马路市场在义乌悄然兴起。1982 年,当时的义乌县委、县政府顺应改革开放大潮,大胆做出了允许农民经商、允许从事长途贩运、允许开放城乡市场、允许多渠道竞争的决定。同年 9 月 5 日,正式开放稠城镇小百货市场。1992 年 2 月,首个大型室内市场、第四代义乌小商品市场篁园正式建成,义乌小商品市场也以成交额 10.25 亿元的业绩,位居全国十大市场榜首。同年 9 月 3 日,国家工商总局批准义乌小商品市场更名为浙江省义乌市"中国小商品城"。

义乌兴商建市,市场即是城市,城市即是市场。从"鸡毛换糖"到"买卖全球",从"贩卖商品"到"自产自销",从"仿制"到"创新",义乌人的进取精神实现了自身跨越时代的发展, 也带动了 210 多万家中小企业发展壮大,提供了 3200 万个就业岗位。

从此, 义乌小商品开始走向全国, 走向全世界。令人欣慰的是,拨浪鼓行走天下数百年,其管理者往往是集体轮流坐庄,没有形成"帮主"或者"大鳄",大家利益均沾。从这个角度看,草根性和共富性是拨浪鼓与生俱来的标记。

2

就在朱位松说得津津有味时,笔者才抛出了今天我们要说的话题:如今小商品已做到极致,摇着拨浪鼓的义乌人靠什么增添新动能——走向中国式现代化?

可能许多人不知道,直到 2019 年,义乌工业生产总值还不如邻居——兰溪市,而兰溪常住人口仅是义乌的三分之一。一直以来,义乌除了贸易市场领先全国,其他还真的说不上来。

观察浙江的千亿县,会发现大部分地区都有附加值较高、核心优势鲜明的产业集群,比如慈溪的小家电、余姚的汽车零部件、温岭的数控机床等。唯独义乌,过去因小商品产业低小散长期被人诟病。义乌除了小商品,还能找到新的赛道吗?

朱位松朝笔者一笑,幽默地说了一句,"那就说说俺老朱的那些事儿吧"——

一把拨浪鼓搁在苏溪镇的义乌工业园区已经许久了。

朱位松摇动这个拨浪鼓,是在 2014 年 4 月,他调入园区任党工委书记。这时,园区与苏溪镇是两块牌子、一套班子。不可思议的是,园区版图 7 平方千米,道路都是断头路。园区内的几百家服装厂,没有一个有自己的品牌。10 个村驻扎在园区中,可以拆迁安置的土地面积仅有 0.14 平方千米。

有人问这个园区到底是姓"农"还是姓"工"? 当时义乌政府意图很明确,如果园区这个平台再不担当解决小商品低端短板,试问,还有谁能拖动义乌小商品这驾马车?

同年 11 月, 义乌市主要领导带着相关部门负责人到园区调研,安排了下一年度园区工作目标。当时,朱位松考虑产业结构转型得有一个时间差,不能既要马儿跑得快,又要马儿不吃草。朱位松一下子急了,冲着市领导亮出了自己的想法。

那天领导好像火气比较大,话没说完,掉头就走了。两天之后,朱位松被免去园区书记职务,调整为园区副书记。

为什么在这个节骨眼上调整职务?谁都明白,可能是义乌领导层对产业转型升级的焦虑,但朱位松仍觉得很委屈。没过几天,朱位松的老父亲知道了,问道:"外面都在传你犯错误了,被降职处理了?"

朱位松苦涩地笑了笑,对老父亲保证自己没有犯错误。老父亲当然相信儿子,从怀中掏出一个用布里三层外三层包裹的拨浪鼓,说是自己当年靠它"鸡毛换糖",让朱位松千万记住拨浪鼓的初心。

不久,义乌市政府做出一个重大战略决策:整合义乌工业园区和义乌科创新区重要产业和科技人才资源,成立义乌信息光电高新技术产业园区,集全市之力助推高新区发展。同时,园区与镇政府分设,园区 10 个村移交镇托管。

这下,园区规划面积一下扩大到上百平方千米,毗邻义乌国际商贸城,距义乌机场、保税物流区、高铁站等地仅 10 分钟的车程,高铁抵沪约 1 小时,具备了明显的地域优势。当然,一个新兴的园区仅有地域优势显然是不够的,招商引资、引凤来栖才是发展的硬道理。

第二天,市主要领导带着高新区招商团队引进项目去了。这次,被义乌人盯上的项目是发光二极管(LED)行业。投资商为华灿光电,是中国领先的半导体技术企业,已是国内第二大 LED 芯片供应商。

这些高大上的技术对招商团队来说,一时半会儿还弄不明白,但有一点他们心里有底,就是冲着项目在全国的地位,以及华灿光电老总周福云是义乌苏溪镇人,从小就是摇着拨浪鼓"鸡毛换糖"走出义乌的。

当时招引这个项目面临一大压力,就是武汉、张家港等地政府,已与华灿光电高层基本谈妥了扶持政策。这个时候义乌人杀进来,有点儿"半路杀出个程咬金"的味道。

这事也把招商团队逼疯了。要知道,华灿光电是义乌新区招引的第一个项目,如果义乌籍企业家都不肯回归,这义乌高新区还有什么指望呢?

一起参与招商的朱位松,每天追着华灿光电的周福云谈项目,最后周福云被义乌人的拨浪鼓唤醒,答应先到义乌考察后再说。

好不容易,把华灿光电董事会拉到义乌家门口召开,遗憾的是会上董事们七嘴八舌,争论不休,最后不欢而散,又把义乌人气得差点儿要把桌子掀翻。

不甘心的义乌人,连夜重整旗鼓,把会上争论的问题一一梳理出来;又逐一上门,耐心地做解释工作。

这年,招商团队有 280 天以上都在天上飞、地下行,不分昼夜,没有休息天,全都在路上。

2016 年 2 月 13 日,义乌高新区与华灿光电终于签下了 60 亿元投资大单。

首个光电项目,终于在义乌尘埃落定。

这也让人们顿生好奇:高新区为什么非要把招引的第一重锤,赌押在华灿光电的身上?

与华灿光电周福云老总见面时,笔者不解地问:"华灿光电项目怎么最终还是回归到义乌?"

没想到周福云幽默地说:"哪里呀,义乌招商团队给我下了通牒,说如果华灿光电项目不回归,他们就永远'吃在华灿、住在华灿、花在华灿'。你说我能怎么办?"

这话听起来像玩笑,周福云这样一个远在他乡的游子,想必还是被家乡熟悉的拨浪鼓所感召。

与大多数义乌的"创一代"一样,周福云从小就吃过不少贫穷的苦,"40年前的义乌很落后,尤其是乡下,吃饭都成了问题"。

周福云说,为了摆脱贫苦,自己早早拿着拨浪鼓,走街串巷,鸡毛换糖。

1984年在本地一家化工厂打工时,觉得服装行业有前景,周福云便向家里要了200元钱,雇了4个工人,办起了家庭式服装作坊,很快赚得了人生中的第一桶金。

1994年服装利润下降,周福云又转行服装辅料行业。2年后,周福云又改行了,办起塑料彩印厂,而后又做纸张彩印。10多年间,周福云做了5次转型。在外人眼里,他看着是个不踏实专心做事的人。

对此,周福云淡淡地说了一句:"谁让我生在拨浪鼓之乡义乌呢!"

2006年一个偶然的机会,周福云接触到了邻村一位打算从事LED芯片生产的海归博士,在得知其团队苦于空有技术、缺乏启动资金后,他当机立断进行投资。

一开始,周福云邀请了 7 个朋友来入股,到第二天,所有人都打了退堂鼓,只有周福云坚持了下来,与海归博士共同创办华灿光电股份有限公司。

2009 年,LED 行业突然迎来了春风,华灿光电每天扩产,销售额每月翻番,从年初产值只有 100 多万元,到了年底盈利达 2800 多万元。隔年,华灿光电的年毛利更是达到了 1.1 亿元,在国内打出了名气。

2011 年,华灿光电获净利润 1.23 亿元,并在显示屏细分行业做到了全国第一。2012 年,经过慎重考虑,华灿光电成功在深交所挂牌上市。"尽管在外面事业顺风顺水,我始终有一个'回家梦'。"周福云满脸愁云地说。

"落地义乌的事,是 2015 年正式拿到董事会上讨论的。当时整个 LED 行业运作都很不好,价格触底,面临行业洗牌,不少董事以及大股东都反对这一提议。"

那次股东会没有通过项目落地义乌的事,大家强烈要求回武汉总部投资。周福云就说如果武汉把当初的承诺兑现,他们就到那里投资。但如果到义乌投资,当地所有政策的兑现,他周福云就包下来。

这时,周福云对家乡拨浪鼓的感情占了上风,最终才将总投资 60 亿元的华灿光电 LED 外延、芯片和蓝宝石加工项目落户义乌。

出乎意料的是,5 月 28 日义乌基地开工当天, 华灿光电就接了 20 亿元订单。不仅如此,企业 3 年内的订单都已经接满。从回家开始,周福云也一次次见证着"义乌速度"。不到 1 年时间,华灿光电一期就实现了试生产。2017 年 5 月 21 日 0 点,第一颗芯片被点亮。

2018 年,华灿光电再投资 108 亿元建设先进半导体等器件项目。迄今为止,华灿光电在义乌的投资已达到 168 亿元。

除了将"总部"搬回义乌,周福云对家乡的深情,又促使他马不停蹄地撮合义乌与瑞丰光电、木林森等 LED 企业达成合作,在义乌打造了一个 LED 产业集群"高地"。

随后,在华灿光电的带动下,东方日升等十多家上下游企业先后"逐光"而来,义乌由此构建完成了国内首条 LED 全产业链,强势崛起了一座"世界光明之都"。

3

"随着 LED 产业链在义乌布局大功告捷,另一个相关产业——高端太阳能光伏产业,也开始在高新区初露端倪。"到义乌高新区刚刚接任书记的虞秀军告诉我们。

听到这一消息,我们特别兴奋,就问光电与光伏区别在哪里。

虞秀军淡淡一笑:"我刚来没几天,对高新园区工作还在扫盲。这电变成光,我们叫它光电;这光变成电,我们叫它光伏……"

记得有一次,招商团队得知广东爱旭科技是全球最大的单晶钝化发射极和背面电池(PERC)制造商。尽管其在广东佛山设有工厂,工业基础也不差,但义乌人还是毅然决然向爱旭科技摇响了拨浪鼓。

人们知道,2010 年中国光伏行业进行了一轮洗牌。这几年,在国家大力扶持及市场红利爆发的利好背景下,光伏行业又迎来新一轮的增长。

当时市领导得知这一项目,认为对义乌而言这不是一次简单招商,还有可能成就一个千亿级的大产业……因此招商遇到的最大难点就是一个"急"字。

项目急成什么样子呢?这家企业急于扩产,必须尽快寻找落地"入场"。而若要落户,对当地的项目场地要求又极高。虞秀军介绍道:"用地长度要大于240米,用地宽度要大于140米,同时对仓储、物流空间都有特别要求。"

看来,要破解难题,市领导觉得必须"两条腿走路":一方面他得带着招商团队,不厌其烦争取企业落户;另一方面他要抓紧寻找项目落脚点。

"招商工作必须跑、必须快、必须勤,只有这样才不会让机会流失。"这是招商团队的诀窍,凡由他们经手谈判的项目,均要以分秒计算,每天的行程都排得满满当当,"五加二""白加黑"是家常便饭。

经过大约1个月的强势招引,总投资60亿元的浙江爱旭科技年产8吉瓦(GW)高效太阳能电池项目,基本达成协议落户义乌。

而相差不多的时间,招商团队得知广东中山市的木林森公司要在当地扩大产能,就连夜火速赶赴中山,推介若到义乌落户有什么优势,义乌有什么管用的政策。因为这是一家国内领先的集LED封装及LED应用产品为一体的综合性光电LED新技术产业公司,专业生产全系列光电器材,公司汇集LED材料、LED光电器件、LED灯饰,总产量位居中国LED市场第一位。

义乌人就像一头头战狼,遇见这么好的项目,两眼早已发红。后来,这个项目惊动了广东省领导,义乌人这已经不是虎口夺金,更像是虎口拔牙,硬是把木林森公司招引到义乌。

还有跟了几年的瑞丰光电项目,当时有 5 个省跟踪招商。毕竟瑞丰光电早已成了全球知名的 LED 封装生产商、中国领先的绿色材料供应商,正在努力打造一个世界级的中国 LED 品牌。

想想看,对这样的好项目,谁不争夺呢？直到有一天,朱位松得知瑞丰光电项目将在第二天早上在深圳搞开工典礼。

这下朱位松傻眼了,突然觉得这几年工夫白费了,眼泪差点儿涌了出来,决定连夜飞抵深圳。

第二天早上八点半,朱位松准时出现在瑞丰公司门口,硬是把老总拦在办公室内,直到当天下午,他才做好了对方的工作——将瑞丰光电项目引进到义乌。

记得那天,深圳沿海正受台风影响,风大雨急,朱位松觉得必须在第一时间赶回义乌,汇报瑞丰光电项目落地义乌的紧急情况。所以,他执意连夜赶回义乌。

晚上,朱位松要了一辆车,顶着瓢泼大雨直冲机场。这时他坐在副驾驶位置上,再也控制不住自己感情的闸门……

必须承认,如此高强度的招引工作,招商团队何尝不是以生命作为代价？

曾经在部队翻越障碍拿到全军速度第一的朱位松,如今再也敌不过整天绷紧发条的躯体,这些年他做过两次心脏手术。

正是凭借这份拼劲,坚持项目为王,这年高新区实行全员奔跑招商,累计外出招商 200 余批次,接待客商来访 260 余批次,全年签约引进亿元以上项目 18 个。其中,投资 110 亿元的晶科能源项目是义乌全市引进的投资额最大的工业项目,为高新区光伏产业和 LED 产业"补链、强链、延链"。

笔者去的那天是星期日,苏溪镇从上到下都在加班,据说这在义乌是常态。

分管工业的负责人说早上有时间,想与我们交流一下。我们当然求之不得。

苏溪是传统的工业强镇,原义乌工业园区所在地,发展工业产业具有得天独厚的优势。近年来,随着投资近 400 亿元的光电产业和 LED 产业的落地,苏溪已从传统的服装制造业转型升级为义乌高新技术产业的主阵地。

这位负责人说:"在义乌小商品转型升级的关键期,苏溪紧紧依托高新区建成全球一流的光电、光伏产业链示范区,发挥产业集聚效应,辐射周边经济产业圈,带动工业经济转型发展。"

笔者不好意思地打断对方的话,问道:"镇与园区体制,不是已经分设了吗?"

这位负责人跟我们急了:"园区在苏溪这片土地,本就是一根藤上的两个瓜。"

"什么意思?"

"你看我们 10 个村的老百姓,吃喝拉撒都在园区。项目来了,老百姓的拆迁、农保地如何转为建设用地,等等,没有镇上配合与服务,园区招商工作恐怕一天都过不下去。"

哦,主要是服务。难怪朱位松那阵子干得特别起劲。

2 年前的一个早春,朱位松冒着春雨,踩着泥泞,陪同深圳某上市公司高层到义南工业园区，为有意落户的新材料项目选址、踏勘地形。

"这块地的旁边就是镇里的主干道，到义乌城区半小时交通圈内，土地已经平整了，水电也通了，就等着你们来开工……"

朱位松一边忙着为已落地的企业做开工前准备事宜，一边要给还在犹豫中的目标企业吃"定心丸"。

"好项目大家都想引进。在没有正式签约前，一切都是未知数。"说起华灿光电项目落地时，朱位松还故意压低声音说："反正我现在已经调离园区，说出来也不怕了。华灿光电项目开工时，我们土地审批手续还没有办好。"

但第二天就要举办开工典礼仪式，朱位松只有硬着头皮，在前一天的晚上，匆忙跑到义乌市一位领导家中说："土地手续来不及办了，但一切必须按计划开工。因为我们已经向投资商承诺过。如果因违规使用土地，你们就免我的职吧。"

领导问："为什么要免你的职？"

朱位松哽咽了："全当上次组织已把我免职了。"

领导鼓励道："千万不要破罐子破摔呀！"

正说着话，苏溪镇的一把手也赶到这里，反映开工项目的土地问题，说是镇里拖了后腿，请求给他处分。

这场景让义乌市这位领导很激动："要处分也得先处分我。如果组织要处理我，对不起，我再考虑处理你们！"

"嗯嗯！"三个男人的眼圈全都红了。

庆幸的是，在华灿光电所有厂房交付使用前，项目土地审批手续终于拿到手了。

"金鹁鸪,银鹁鸪,飞来飞去飞义乌。"时下,晶科能源、晶澳科技、天合光能、东方日升、爱旭科技等光伏企业纷纷落地义乌,甚至向外辐射至邻近的浦江县等地,形成较完整的光伏产业链。根据规划,至 2025 年,义乌光伏产业总产值将达 1000 亿元,形成 5 家产值超 100 亿元的领军型企业。

光伏产业的发展,是近年来义乌加快发展装备制造业和战略性新兴产业的一个侧影。如同 41 年前"无中生有"诞生出小商品市场一样,深谙"无工不富""贸工联动"之道的义乌再度"无中生有",打造出信息光电和汽车制造两大千亿级现代制造业集群。

对于义乌这种拨浪鼓精神,省委书记批示要求全省各县(市、区)学习义乌招大引强的做法,省长还提出要把小镇打造成"世界光明之都"。想不到吧,义乌拨浪鼓过去贡献了一个世界小商品,如今又贡献了一个世界光源大产业。

4

文章成稿后,笔者习惯请当地组织部门把一下关,可能朱位松见到了稿子,所以他急匆匆给笔者打来电话,建议不要突出他个人。

这又是为了什么呢?

朱位松直言,义乌发展光电光伏产业本身还有一些争议。

与土地、能源便宜的中西部相比,义乌大力引进、发展光伏及配套产业难度不小。拿爱旭科技来说,一天用电量高达 100 多万度,苏溪镇光伏业用水量日均约 5 万吨。如何更好、更科学地规划用地,是义乌面临的一大考验。

还有光伏行业"内卷"严重。行业协会的资料显示,过去 2 年里,超过 70 家与光伏"八竿子打不着"的外部行业公司,开始跨界做光伏。

不过,义乌如何在这场博弈中取胜? 在诸多光伏大佬们看来,义乌具备发展新兴产业的诸多条件。

首先,作为"世界超市",义乌人流、信息流和物流高度集聚。义乌小商品"飞"到哪里,义乌物流就跟到了哪里,义乌有着面向全球、覆盖全国、低成本的物流配送网络。

"光伏组件是'大进大出'的产品,原辅材运输量很大,成品的运输量也很大,比如 1GW 组件要用到 2000 辆大货车,所以控制物流成本对企业来说非常重要。"义乌市高新区招商一局局长盛志敬介绍,物流成本是义乌的最大优势,要比其他城市低两成。他们曾在晶科能源太阳能组件项目上算过一笔账,项目若在义乌落地,仅物流成本就能为企业节省 1 亿元。

其次是营商环境。45 天建成 10 千米的临时水源管、99 天实现天合光能 2 期 4GW 项目建成投产……在省工商联发布的《2021年浙江省万家民营企业评营商环境报告》中,义乌位居 2021 年浙江省工业大县(市、区)营商环境综合排名第一。

科研创新同样至关重要。近年来,义乌市委、市政府先后出台了一批政策,规定企业当年研发投入超过 3000 万元的,按 10% 给予奖励;研发投入 2000 万元(含)—3000 万元的、100 万元(含)—2000 万元的,分别按 8%、6% 给予奖励;单个企业奖励最高 1000万元。义乌拿出总额 4080 万元的"真金白银",奖励 2020 年首次认定的 68 家国家高新技术企业，其中就有多家光伏光电公司。

企业更是有所准备。像爱旭科技，就在德国建立了庞大的研发基地。这种全球性的联合研究院，掌握了光伏光电产业的最新动态，并拥有行业第一梯队一定数量的科研人才。

在华灿光电，负责人聊得最多的就是科研团队的建设。邀请院士加盟，和 985 大学教授专家团队签约合作，一切只为了技术的迭代更新和突破。

但危机没那么容易跨越。2022 年，光伏生产主要原料多晶硅，发展可谓"疯狂"。不到 1 年，每千克硅料的价格从 80 元涨到 300 元。

疯狂的利润必然导致疯狂的产能扩张。朱位松分析，2022 年新增至少 60 万吨多晶硅产能。到 2022 年年底，中国地区的硅料产能将由 50 万吨增长至 110 万吨。这根增长曲线也在向产业下游传导。

随着硅片、电池片等下游环节抢囤硅料，一边继续助推硅料价格上涨，一边可能会产生供大于求的风险。

就义乌而言，当然不希望光伏产业像一道光，转瞬即逝。

近几年，随着碳中和以及国家大力扶持 BIPV（光伏建筑一体化），义乌光伏产业已具备 100GW 以上产能。在引进投资和合理扩大产能方面，义乌需要和各企业进行有效沟通，避免出现光伏"大跃进"而导致产能严重过剩的局面。未来新能源发展离不开储能，光储一体化将是大势所趋。

上马配套储能项目，与目前的光伏、动力小镇多头并进，或许能成为义乌光伏产业可持续发展的有用招数。

朱位松建议,义乌可以利用分布式光伏,在屋顶、山坡、湖面等安装大量光伏组件,其未来发电增量将大大改善义乌原有的用电能耗。

说到这里,朱位松还是开心地告诉笔者,现在每天都有成千上万件的货物,搭乘海铁联运班列从义乌启程,前往宁波舟山港装船,发往世界各地。

值得关注的是,以小商品闻名世界的义乌,如今出口的货物不再仅仅是小商品。数据显示,2022 年前 8 个月,义乌太阳能电池出口达 218.8 亿元,增长 318.3%。

义乌正变得更加多元,在坚持小商品主导地位不动摇的同时,"世界光明之都"正在强势崛起。

笔者附和地问道:"是不是谁谋划得早一些,谁动作快一些,谁就更容易抢先或领先?"

朱位松一笑说:"也许是吧!近年来义乌始终坚持项目为王,按照'建设大平台、发展大产业、培育大企业、推进大创新'的发展方向,大手笔投资、高起点运作,积极抢占先机,'无中生有'打造了以半导体照明、新能源光伏为主的全省最大信息光电产业集群,成为推动中国光伏产业发展的重要新兴力量,为义乌经济高质量发展提供了强劲动能。"

听到这里,笔者一语双关地对朱位松说:"兄弟,在义乌的共富路上,你没有让老百姓失望。你很清醒,你把拨浪鼓摇得更深沉了。"

今天,随意走进一家光伏光电企业,扑面而来的高科技场面,不只象征着当地百姓共富路上的拨浪鼓声,同时也刷新了人们对义乌固有的认知。

5

不可否认,朱位松的故事本身就是一个典型的产业致富实证,说到这里本可结束,但义乌光电产业与小商品,到底是否同频共振、相得益彰呢? 这事仍让笔者纠结,甚至放心不下。

所以,我们又一头扎进义乌国际商贸城,发现这里车如流水马如龙,商机在这里涌动,生意在这里兴隆。截至 2023 年 10 月,这里已有 26 个大类、210 多万种商品,通过辐射全球 700 多个枢纽城市的物流网络,与 233 个国家和地区有贸易往来。

改革开放以来,义乌市坚持"兴商建市"不动摇,建成全球最大小商品市场,成为浙江改革开放大潮的一个生动缩影。而今,义乌正围绕党中央赋予的"世界小商品之都"的目标,强力推进创新深化、改革攻坚、开放提升,持续提高市场法治化、国际化、便利化、数字化水平。

令人欣慰的是,2023 年 3 月 17 日,备受全球采购商关注的全国首个新能源产品市场在义乌国际商贸城二区东开业亮相,首批260 多户经营户入驻新市场,为全球客户提供新能源系列产品一站式采购服务。

新能源产品市场紧邻义乌国际商贸城二区(F区),与义乌金融商务区隔街相望,于 2020 年开工建设,市场建筑面积近 13 万平方米,地上五层、地下两层,设有停车位 1400 个。目前,新能源产品市场已初具规模,汇聚了光伏组件、储能系统、新能源照明、新能源汽车等若干大类 200 多个品牌的万余款单品，市场主要辐射中东、非洲、东南亚以及南美等地。

实际上，从原有义乌国际商贸城开辟而出的新能源产品市场，正在见证着"世界小商品之都"的转型之势。其中，数字化改造成为标志化举措。最新数据显示，2023 年前 4 个月，义乌机电产品出口 584.7 亿元，同比增长 11.5%。其中，光伏产品出口破百亿元——太阳能电池出口 101.7 亿元，同比增长 14.5%。

紧挨着义乌国际商贸城的义乌港，如今已成为宁波舟山港"第六港区"，出口货物到此，便视同进入宁波舟山港，只需"一次申报、一次查验、一次放行"，便可从这里一路畅通无阻地通过宁波舟山港直接出海。

海关通关前移，不仅提高了出口效率，还便利了进口。义乌中国进口商品城里，各国商品琳琅满目，吸引了大批采购商和顾客慕名而来，南非、贝宁、埃塞俄比亚、马达加斯加、白俄罗斯、马来西亚等国家的商品也借助义乌这个进口贸易"桥头堡"走向了中国乃至世界。

目光从国内转向迪拜。一个占地 20 万平方米、总投资约 10.6 亿元，有效辐射周边（中东、北非、欧洲等地）近 10 亿人口消费市场的迪拜义乌中国小商品城已经投入运行。不单是迪拜，在西班牙、德国、马来西亚等 50 多个国家，义乌布局海外仓 210 个，境外采购商在"家门口"就能完成看样、选品、下单。所以，当地人无比自豪地说："只要有义乌海外仓的地方，就能做全球贸易。"

"义乌的小，藏着世界的大"，这是一句非常富有哲理的话。近年来，义乌着力推动自贸试验区、综合保税区、跨境电商综试区等开放平台融合发展，深入推进国际贸易 16 项集成改革和实施优化涉外服务 10 项举措，稳步扩大制度型开放，打造开放生态"最优城"。义乌"地瓜经济"的市场主根基不断壮大，"陆、海、空、铁、邮"通道主藤蔓不断繁茂，"国贸自贸改革"主养分不断充沛，"买卖全球"不断被赋予新内涵。

当地人告诉笔者一组数据，2012—2022 年，义乌进出口总额从 590.8 亿元跃升至 4788 亿元，其中出口额从 569.1 亿元跃升至 4316.4 亿元，增长 6.58 倍，以全国万分之一的国土面积贡献了全省八分之一、全国五十五分之一的出口量；进口额自 22.8 亿元跃升至 471.6 亿元，增长 19.68 倍。

是啊，义乌就是义乌，善于一板一眼摇着拨浪鼓，绝不会坐失半点商机，走在共同富裕的大道上，仍以"坐不住、等不起、慢不得"的紧迫感、使命感，全力构建"买全球、卖全球、买卖全球"的贸易新格局。小商品、大市场，小天地、大世界。义乌为世界提供了合作共赢的中国方案，也向世界持续讲述着新时代的中国故事。

第三章

赴一场山海之约

说起共同富裕,区域差距的问题有时就像一只拦路虎,让你进退两难。正如前面说过的,可能外界认为浙江比较富,收入水平比较均衡。这话看起来没错。但这是一个平均数,浙江各市、县之间的均衡依然是一个很大的难题。

在笔者看来,这是高山与大海形成的落差,又是发达与落后引发的一个难题。

习近平当年在浙江工作期间创新创造了山海协作工程,在此基础上,浙江不断打造升级版,对 26 个山区县"一县一策""一岛一功能",精准分类施策,发达区县与落后区县"一对一"帮扶,力争把底板拉高。

于是,这才有了山海协作工程在浙江大地上的横空出世。

这"山",是指以浙西南山区和舟山海岛为主的欠发达地区;这"海",是指沿海发达地区和经济发达的县(市、区)。在这里,山海协作工程成为浙江人缩小地区差距,实现共同富裕的一个重要手段。

大家知道，改革开放之初，邓小平提出："一部分地区有条件先发展起来，一部分地区发展慢点，先发展起来的地区带动后发展的地区，最终达到共同富裕。"这时的京津冀、长三角、珠三角等东部地区依托区位优势、工业基础等率先发展起来，但东部地区的快速发展也造成了其内部城乡、区域、群体等差距的拉大。

"七山一水二分田"的自然条件，曾让浙江不同地区之间横亘着一条发展不平衡、不充分的沟壑，浙江将之总结为"山海"差距。以人均生产总值为例，1978 年，浙江省内最高的杭州市为 565 元，最低的丽水市为 226 元；2000 年，杭州市为 22342 元，丽水市为 6304 元，人均生产总值的差距从 2.5 倍扩大到 3.544 倍。

如何通过先富带动后富，缩小各区域、城乡之间的发展差距，实现后发地区的跨越式发展，从而推动全省区域一体化协调发展，无疑是浙江亟待破解的难题。

2002 年 4 月，浙江省发布《关于实施山海协作工程帮助省内欠发达地区加快发展的意见》，决定组织省内沿海发达地区与浙西南、海岛等欠发达地区相互结对，共同实施社会经济协作活动，即山海协作工程。

2003 年 7 月，时任浙江省委书记习近平提出"八八战略"，其中之一即"进一步发挥浙江的山海资源优势，大力发展海洋经济，推动欠发达地区跨越式发展，努力使海洋经济和欠发达地区的发展成为浙江省经济新的增长点"，还多次强调山海协作工程是实施"八八战略"的重要内容，是统筹区域发展的一个重要抓手。

2003 年 8 月，浙江省发布《关于全面实施山海协作工程的若干意见》，确立了"政府推动，部门协调，企业为主，市场运作，突出重点，梯次推进，形式多样，注重实效"的原则，大力促进欠发达地区与发达地区的协调发展、共同繁荣。此后，浙江在"八八战略"引领下，不断深化山海协作，推动先富带后富，实现从沿海地区率先发展到全域共同发展。

直至 2015 年，这 26 个山区县全部摘掉了"欠发达县"的帽子，全面消除家庭人均可支配收入 4600 元以下贫困户。同时，不再考核地区生产总值，转而着力考核生态保护、居民增收等。"摘帽"后，相关政策力度不减反增，反倒使这些区县的绿色发展成了浙江省经济新的增长点。

接着，浙江又着力解决"两不愁三保障"、家庭人均年收入 8000 元以下、集体经济薄弱村等问题，到 2020 年，26 个山区县全面实现"三个清零"，使得山海之间的发展差距逐步缩小。城乡居民人均可支配收入倍差由 2015 年的 2.07 降至 2020 年的 1.96，自 1993 年以来首次降至 2 以内；11 市人均可支配收入最高与最低市倍差由 1.75 降至 1.64，是全国城乡、区域差距最小的省份之一。

站在高质量建设浙江共同富裕示范区的新阶段，人们不免想问山海协作到底是如何双向奔富的，一部新时代"山海经"画卷又是如何徐徐展开的？

1

山有所呼，海有所应。

以 26 个山区县为代表的"山"如何实现高质量发展，实现与

"海"的双向奔赴？当务之急，应该加快山海协作的持续迭代升级，以真金白银的大投入、集成精准的大政策、系统重塑的大变革，全面激发山区县域发展活力、创新力、竞争力。

《中共中央国务院关于支持浙江高质量发展建设共同富裕示范区的意见》明确要求，强化陆海统筹，升级山海协作工程，挖掘海域和山区两翼的潜力优势，支持一批重点生态功能区县增强内生发展能力和实力，带动山区群众增收致富。缩小地区发展差距，是示范区建设的主攻方向之一，重点在 26 个山区县，难点在26 个山区县，突破点在 26 个山区县。要补齐 26 个山区县发展短板，加快 26 个山区县高质量发展步伐，让人民群众真切感受到共同富裕看得见、摸得着、真实可感，推动实现更高质量、更有效率、更可持续、更为安全地发展，打造共同富裕示范区的标志性工程。

衢江区是浙江衢州西部的山区，山水为根，山海协作让他们可以不以山海为远；对口的东部沿海的宁波鄞州，向海而生。两地合作，这里有一个古村幸福蝶变的故事。

先把时间推到 1300 多年前，风华正茂的杨炯离开洛阳，踏上赴任盈川县令的旅途。由此，一代名贤在盈川留下了一段绵延不绝的佳话。

"盈川，自唐代设县，首任县令便是'初唐四杰'之一的杨炯。"这几天，盈川村党支部书记占小林每天都忙着在村里的杨炯纪念馆接待游客。

作为"当家人"，他主动当起讲解员，为游客讲述盈川县首任县令杨炯的故事，让来到盈川村的游客感受古村魅力。

"这里的建筑古色古香，还能感受杨炯的精神，真不错！"一名从安徽慕名而来的游客直呼："来对了，来值了！"

盈川村位于衢江区高家镇，仍保留了极具初唐特色的街道，文化底蕴深厚，自然风光优美，是远近闻名的网红打卡地，仅 2022 年春节期间就接待游客 20 多万人次。盈川村从一个年集体经济收入仅有几千元的穷村，一跃变为年收入近百万元的乡村振兴共同富裕示范村。

盈川文旅的兴盛，离不开山海协作的帮扶机制。2021 年，盈川村被列为衢江—鄞州山海协作乡村振兴示范点，两地充分利用 450 万元结对帮扶援建资金，围绕杨炯勤廉精神，由国内知名设计团队设计，打造了盈川村文化礼堂项目，引入杨炯纪念馆、游客集散中心等业态，带动整村旅游产业的发展。仅鄞衢山海协作援建的 19 间民宿，每年就可为村集体增收超 20 万元。

如今，盈川村已搭上了文旅融合发展的"高速列车"，村里已建成 100 多间中端民宿。2023 年，盈川村继续新建木屋民宿和高端民宿区。"山海协作给我们盈川带来'三变'：闲房变民宿、闲地变菜园、闲人变管家。村民都在家门口'上班'。"占小林说。

一幢幢唐代风格民宿，成为村民增收致富的"金饭碗"。

村民姜利甫算了一笔账，他家中有一栋三层楼房，预计每年租金就有 22500 元，再加上成为民宿管家，1 个月的收入约 3000 元，这样他 1 年在家中就能增收 5 万多元。

2023 年，鄞州、衢江继续携手打造山海协作升级版。"村里还要建未来农业产业园、水上游乐项目，未来发展会更加美好。"占小林信心十足地说。

在这里必须说清楚，有如此美丽蝶变的，不仅仅是盈川。近 3

年来,宁波的鄞州累计投入援建资金1380万元,重点帮扶打造了莲花镇西山下村、高家镇盈川村、湖南镇蛟垄村等一批乡村振兴示范点。

不仅如此,鄞州还利用"鄞州之夜"等平台,推动"衢货入甬",带动衢江农产品销售超6000万元。通过教共体、医共体、文旅体、青春帮共体等结对,常态化开展文化走亲、企业帮扶、学术交流等,近3年来,两地累计签订各类合作协议20项,培训转移就业劳务人员1500余人次,援助慈善资金185万元;累计开展示范课117节、支教活动18人次,参与师生超5000人次。

与此同时,一批"领头雁"飞抵,齐心协力共念"致富经"。在鄞州下应街道湾底村村口,镌刻在文化石上的"人民第一、创业万岁"的醒目大字,成为"落后村"变"亿元村"的密码。

这种创业精神,也融入了鄞衢山海协作的血脉。近年来,鄞州以项目招引为载体,为衢州输送了一批创客"领头雁",带动乡村产业振兴。

"2022年,我们建成了衢州市首个星空房车营地,一经推出就成为网红打卡地。"衢江区莲花镇西山下村第一书记陈凯跃说。

陈凯跃所说的房车营地,位于西山下村国际未来乡村。阳春三月,放眼望去,10辆洁白的房车,停在金黄的油菜田里,错落有致,犹如一幅油画。

2022年7月,在鄞州赴衢江挂职团队与镇村协同下,总投资400多万元的路溪社房车营地开建。其中,房车由鄞州区的宁波耐克萨斯专用车有限公司生产,衢江区、莲花镇出资建设配套基础设施。房车营地采用"固定保底租金+收益提成"的模式运营。

"从无到有,这个过程就像一次创业。"作为鄞州区派驻衢江区的挂职干部,这3年,陈凯跃不知走过多少遍两地间的往返之路。

房车营地项目增强了西山下村的"造血"能力,类似的还有总投入130万元的智慧光伏项目,每年为西山下村集体创收10万元。2023年,西山下村集体经营性收入突破100万元,同比增长400%,还成功创建为省级未来乡村、省数字乡村百优村。

山海协作搭起大舞台,吸引了一批乡贤返衢创业。

奶牛吃着荷兰进口草,听着音乐产奶,这样的事情就发生在荷鹭牧场。这家牧场已成为当地一家知名的乳制品企业,其创办人便是乘着山海协作东风返乡创业的乡贤代表。

近年来,衢江区探索农业转型升级的有效路径,谋划选址建设大型农旅融合项目。鄞州得知衢江的诉求后,随即引荐了在甬发展的衢江人阮国宏。

"我一直有个梦想,建一家漂亮的奶牛场,养最幸福的奶牛,生产出最好的牛奶。"阮国宏说。

55岁的阮国宏曾担任宁波牛奶集团副总经理,本已在宁波扎下根的他,还是在家乡的呼唤下回来了。

荷鹭牧场位于衢江区高家镇,总投资5.7亿元,2016年从澳大利亚引进第一批200头荷兰奶牛,2018年9月正式对外营业。

如今,荷鹭牧场已成为集奶牛观光、挤奶体验、亲子活动、家庭聚会、田园采摘等功能于一体的现代农旅综合体,还吸纳了衢江当地就业人员500余名。

2022年,在山海协作的帮扶机制下,荷鹭牧场积极拓展市场,将牛奶推广到宁波、新昌、杭州等地,还将与宁波文旅企业合作建设休闲观光配套酒店等。

这类创业故事不断在衢江上演,鄞州源源不断地将"海"边的技术人才、优质项目输送到"山"里,仅 2022 年,两地就开展人力资源培训 1406 人次。

近 3 年来,在山海协作中,以挂职团队为桥梁,鄞州成功为衢江引进衢州启迪科技园、永安新能源、衢州金哲物产有限公司等 29 个亿元以上重点项目,到位投资 27.83 亿元,真正在山与海之间架起了"共富桥"。

唱好山海协作"大戏",产业合作无疑稳居"C 位"。近 3 年来,鄞衢两地系统谋划,精准施策,科创飞地、产业飞地、消薄飞地实现"三箭齐发",成为全省唯一三大飞地全部落户帮扶方的县(市、区)。

"去年我们刚申报上市级众创空间,今年准备申报省级,未来我们还要向着国家级努力!"鄞衢科创飞地运营管理负责人陈洪勇说。

2021 年,锚定"技术在鄞州、产业在衢江"的发展目标,鄞衢两地合力投入近 6000 万元创新打造科创飞地,深耕新材料、高端装备、信息产业孵化与培育。

"别看我们的办公空间只有这 3 层,大概占地 4800 余平方米,但成果已有不少。"陈洪勇说。

2023 年,鄞衢科创飞地已招引包括俄罗斯两院外籍院士阮殿波领衔的银贮科技在内的高科技企业 18 家,创业团队 31 个,还与浙江万里学院共建大学生创业基地。2022 年,衢州启迪科技园项目正式签约落地衢江区,率先开创山海协作"飞地+本地"科创双平台模式。

除了科创飞地,鄞衢产业飞地也在苗壮成长。"2022 年,鄞衢产业飞地 10 家入驻企业,产值超 5 亿元。"走进位于鄞州经济开发区的鄞衢产业飞地,现场负责人兴奋地介绍说。

这片占地 1 平方千米的飞地,分启动区和主区块两期建设,启动区块主导产业为高端装备制造和新材料,至今已招引易田精工、舒鑫医疗、鄞智产业园等亿元以上项目 5 个,完成固定资产投资 17.63 亿元,成为全省首个投产的产业飞地。

作为全省受益人口最多的消薄飞地,鄞衢消薄飞地为衢江的村民带来了真金白银。"通过投资入股,目前村里已获得收益 10 万余元。"莲花镇西山下村党支部书记余越越说。

鄞衢消薄飞地位于鄞州万洋众创城,已累计返利 2024.5 万元,带动衢江 162 个村集体增收,直接受益人口达 13.5 万人,为鄞衢山海协作"造血式"帮扶开辟了新路径。

"2023 年是浙江省深入实施'八八战略'20 周年,鄞衢两地将以此为新起点,进一步完善协作机制,以项目合作为中心,以双创平台为动力,以乡村振兴示范点建设为支点,把'山海经'越念越好,让'共富路'越走越宽。"鄞州区衢江挂职团组组长张宾胸有成竹地说。

2

山有巍峨,海有浩瀚。

以 26 个山区县为代表的"山"如何实现高质量发展,实现与"海"的双向奔赴?借助"一县一策"为每个县量身定制发展方案和政策工具箱,全覆盖推进资源优势互补、生产要素流动,这是加快缩小山区与全省发展差距、推动山区共同富裕的重大举措。

浙江省委、省政府专门组建 26 个山区县高质量发展工作专班,制定了《浙江省山区 26 县跨越式高质量发展实施方案(2021—2025 年)》等政策,努力提高 26 个山区县内生发展动力:着力打造山海协作工程升级版,"一县一策"推动山区高质量发展,推进科创飞地、产业飞地精准落地,推进万企进万村行动,构建新型帮共体;着力补齐山区交通基础设施、优质公共服务和新型城镇化建设短板,积极推动山区群众增收致富,加快山区县共同富裕步伐。

雨后的磐安县白云山透着清凉。站在山腰眺望,依山而建的磐普产业园施工现场,一派热火朝天的景象。

"再过几年,这里将成为县城最繁华的地方之一。"磐普产业园党政办主任蔡军华解释道,"'磐普'这个名字取自山海协作工程中结对的金华市磐安县和舟山市普陀区。"

白云山林木葱茏,风景瑰丽。成立磐普产业园之前,县里不是没想过要对这里实施保护开发。"但找不准功能定位,又缺少龙头项目带动,盘活旅游资源始终收效甚微。"蔡军华坦言。

磐安县围绕"特色产业开发"、淳安县围绕"生态保护前提下的点状开发"、龙游县围绕"生态工业发展"……浙江创新编制"一县一策"发展举措,加大支持引导力度,磐安县保护、开发白云山迎来新契机。

"到底什么才是这里最具优势的资源？"具有旅游度假区开发经验的普陀挂职干部这样发问。

"借助磐安的好山好水与中医药材发展,康养休闲产业就是优势。"磐安挂职干部也在思考。

经过两地干部的共同探索,由磐安、普陀协作开发,依托白云山省级旅游度假区,启动资金 3 亿元的磐普产业园应运而生。春节刚过完,园区工作人员便忙着招商引资。2023 年,产业园累计引进 6 个康养休闲项目,签约金额达 77.2 亿元。

瞄准发展潜力,一直在湖南发展的浙商李彦辉投资近 50 亿元,在产业园打造了环白云山旅游康养度假中心项目。

"绿水青山就是金山银山。这里水质、空气、风景都很好,我们决定扎下根来认真经营。"李彦辉信心十足,"项目建成后,可为本地百姓提供近 1000 个就业岗位。"

项目陆续落地,大山深处的白云山村也铆足劲求发展。村里请来上海的建筑设计团队,"量体裁衣"打造村落景观等,希望搭上康养休闲游的发展快车。

淳安县下姜村,青山绿水相依,路两旁的民宿错落有致。在村头,几年前废弃的桑织厂已不复存在,替代它的是大下姜文旅客厅,这个占地 22000 余平方米的客厅已成为区域文旅产业的新地标。

"过去是土墙房、烧木炭、半年粮,有女莫嫁下姜郎;现在是农家乐、民宿忙、瓜果香,游客如织来下姜。"山海协作挂职干部陈威自豪地描绘着下姜村的共富新图景。

沿巷而行,我们在一家民宿前驻足:楼外阳台摆满鲜花,屋内有高脚凳、壁炉、咖啡吧、整齐书架……温馨感扑面而来。民宿的主人姜丽娟是一名"85后",她是下姜村党总支书记,也是村里返乡创业第一人。几年前,她辞去在杭州的工作,毅然回乡创业,一个重要原因就是家乡环境的巨大变化。"道路更美,环境更好,我希望更多人能体验到这份美丽。"她说。

绿水青山就是金山银山。好风景也能带来好前景。立足生态环境保护,下姜村旅游火了,村民们的腰包也鼓了起来。如今全村共有30多家民宿600多张床位。2020年,下姜村实现旅游收入4626万元,村里的人均可支配年收入也从不足2000元跃升到4万元以上。

消除发展不平衡,瞄准优势特色产业做大做强,才能让山区实现蝶变。找准切入点,瞄准薄弱点,挖掘潜力点,浙江创新编制了"一县一策"发展举措。一系列"量身定制"的政策,让山区县发展迎来新机遇。

目前,浙江已组建专班,整体谋划,系统推进,形成合力,推动26个山区县加快形成自我"造血"机制,努力实施山海协作工程、推进26个山区县跨越式高质量发展,打造成为建设共同富裕示范区的标志性工程。

下姜村村口,一块牌子引人注目:梦开始的地方。绿树掩映,清澈溪水绕村而过。坐在自家开的"望溪"农家乐门口,70多岁的村民姜祖海脸上洋溢着幸福的笑容:"日子越过越好,更好的日子还在后头……"

看山不是"山",下姜村的发展就像一滴水,源于浙江山海协作"水滴石穿"的坚持。

夏日的骄阳在这个照射在姑蔑大地上。比阳光更热烈的,是地处龙游北部的龙游-镇海山海协作产业园的建设场面。

这个面积为 11.84 平方千米的现代化产业园区已经初具规模,伊利集团、维达集团、中浙高铁、年年红集团等一大批行业领军企业先后在此投资办厂,一批大项目、好项目持续落地。

时间追溯到 2013 年 1 月,龙游与镇海正式签订《共建"山海协作产业园"合作协议》,两座相隔 300 千米的城市因这份承诺,开启了产业帮扶、互惠共赢的合作旅程。

产业园建设之初,龙游在经济开发区的二期区块单独划出 6.5 平方千米的低丘缓坡地块作为规划用地。在合作初期,双方共同注资 2 亿元,镇海选派优秀干部到龙游县传经送宝,全力保障平台建设有序推进。"龙游以前的经济发展模式,以传统产业为经济支柱,2013 年开始,在镇海的资金和人才的双重帮扶下,才有了现在山海产业园,主导产业也渐渐向新兴产业转换,成了一种更可持续发展的经济。"龙游经济开发区管委会副主任张峰表示。

截至 2022 年年底,龙游-镇海山海协作产业园累计入园项目 64 个,协议总投资额超 390 亿元,2022 年上半年完成工业产值 34.87 亿元,园区已成为龙游工业经济建设的主阵地和转型升级的重要增长极。

同时,在镇海区澥浦镇庙戴工业区内,9 幢高标准厂房拔地而起,这些厂房就是龙游在镇海的消薄飞地,建设资金部分来自龙游的 130 个村。听闻镇海-龙游山海协作消薄飞地产业园通过近 3 年的启动、建设,近日即将竣工,同时一整套小微园入园管理办法正在制定,企业招商工作正紧锣密鼓推进……龙游县沐尘畲族乡马戍口村党支部书记、村委会主任张子卿喜上眉梢,说:"我们等了3年的消薄致富梦更接近现实了。"

和其他经济薄弱村一样,马戍口村从项目启动至今,已收到36万元的分红收益,用于消薄飞地。按10%的投资年收益,到2022年年底,龙游的这些"股东村"还将获得数万元不等的投资收益。截至2022年5月,龙游县已实现投资返利2502万元。"双城记"做强"双飞地"。镇海-龙游山海协作消薄飞地产业园项目于2019年11月正式启动,2020年5月两地共同投资2亿元,占地面积0.031平方千米、建筑总面积近5万平方米的浦成小微企业科创产业园项目在镇海区开工,实现消薄。经过3年打造,总投资约2.51亿元,总用地面积约3.1亿平方米的消薄飞地产业园初具规模。

"这一探索不但可以壮大龙游薄弱村的集体经济,也有助于加快形成'项目孵化在镇海、基地转移到龙游'的产业合作招商新路径,实现两地联动发展。"镇海区发改局党委委员、总经济师陈莹表示。

聚焦推进"一县一策",聚力发展"一县一业",发挥县域资源禀赋、地方特色,拓宽"两山"转化通道,最大的得益者一定是山区百姓。在龙游县,笔者见到当地皮纸制作技艺已传承了近200年,被列为国家级非物质文化遗产。龙游已成为全国最大的特种纸生产聚集中心,商品外包装纸、数码热转印纸、手机电池隔膜纸等,几乎无一不包。

"光靠企业的单打独斗远远不够。"龙游县科技局高新技术科负责人姜小军说,近年来,县里整合山海协作各项经费,重点支持包括碳基酯基新材料在内的两大主导产业科技创新;同时积极引育一批重点企业,从原材料到深加工再到终端销售,逐步构建起完整的产业链。在全产业链的加持下,2022年龙游仅特种纸产业就实现规模以上总产值124.8亿元。

2022年年底,通过持续推动50个经济强县结对帮扶、共建平台、项目合作,各类高端要素不断注入26个山区县,助力资源优势变发展优势。淳安水饮料、龙游特种纸、缙云机械装备、青田不锈钢等7个产值超百亿元产业逐渐形成;浙江26个山区县切切实实融入浙江全省产业链"生态圈",为实现区域协调发展提供了强大引擎。

3

陆海统筹,山海互济。

以26个山区县为代表的"山"如何实现高质量发展,实现与"海"的双向奔赴?就是要把浙江的"山海"区域差异视为发展机遇,将欠发达地区作为新的经济增长点,探索一条地区间互惠双赢、协调发展的新路子。

习近平在浙江工作期间,就十分重视山区发展,"八八战略"把"进一步发挥山海资源优势,大力发展海洋经济,推动欠发达地区跨越式发展,努力使海洋经济和欠发达地区的发展成为浙江经济新的增长点"作为重要内容之一。多年来,浙江省委、省政府始终沿着习近平指引的路子,高站位推进、高水平统筹、高质量实施山海协作工程,推动区域协调发展,浙江已成为全国居民收入最高、城乡差距最小的省份之一。站在新的历史起点上，要以更高的标准、更大的力度、更新的举措，加快推动26个山区县高质量发展，把山区打造成为新的经济增长极。

得知宁波余姚市与丽水松阳县开展山海协作工程已有21年，笔者十分感叹，是什么让他们可以多年持之以恒？

在松阳怡智文教用品有限公司厂区，一排排崭新的厂房映入眼帘，工人们正在紧张施工，一派热火朝天的景象。

"企业施工情况怎样？项目工程上有什么问题需要帮助？"宁波余姚市挂职干部、松阳经济开发区管委会副主任罗捷和开发区招商科科长杨铭隔三岔五都会来这里倾听企业诉求。企业负责人周寨红说："还有2个月，这里的3个车间就能投入使用了。"

松阳怡智文教用品有限公司是2021年松阳-余姚山海协作产业园从宁波引进的项目，初期投资1.5亿元，主要经营高档木制玩具和幼儿园教具的研发、生产及销售。

在松阳-余姚山海协作产业园，像怡智这样的企业还有很多。2013年，余姚、松阳两地合作共建省级山海协作园。建设伊始，余姚方出资1亿元作为启动资金。整个园区规划总面积7.1平方千米。"经过10余年的努力，园区开发建设已全部完成，实现了路通、上水通等'七通三平'，是丽水地区供地条件最优质、土地储备最丰富的园区。"罗捷表示，团队还积极做好项目招引、产业培育、投产企业管理等各项工作，使园区的产业发展有了显著成效。

21年来，余姚、松阳两地聚力项目援建、消费帮扶、文旅合作、产业合作、乡村振兴等重点领域，全面提升山海协作效果。松阳-余姚山海协作产业园招来的不仅是外地企业，也吸引了当地不少龙头企业入驻。2023年上半年,产业园内入驻企业65家,其中规模以上企业18家,各类在建项目23个。2022年,产业园实现规模以上企业工业总产值46.77亿元,工业增加值9.15亿元,实现税收收入2.06亿元,带动就业4000余人。

如今,松阳-余姚山海协作产业园迎来快速发展期。据介绍,中意(宁波)生态园、余姚经济开发区已同松阳-余姚山海协作产业园签约结对,余姚将每年推引一批大项目到松阳产业飞地落户。

未来这里,将是松阳县打造汽车零部件产业链和先进制造业集聚发展的重要平台,也将成为助推当地加快跨越式高质量发展的一个有力抓手。

临近中午,丽水郎奇农家乐农产品专业合作社社长金林美匆匆放下番茄育种基地的工作,乘车赶往机场,登上了前往四川泸州的飞机。

"我们想把优质种苗带到泸州去,带动当地农民增收。"作为欠发达地区的"过来人",这些年,金林美在带动本地农民致富的同时,开始致力于把更多的发展经验输送给同样渴求跨越式发展的对口帮扶地区。

金林美始终记得,20多年前,尽管她所在的郎奇村是当地碧湖镇蔬菜生产最大的专业村之一,但由于交通闭塞,品牌意识不强,地里的生态精品农产品往往只能贱卖。

欠发达地区要努力实现跨越式发展。在浙江工作期间,习近平为欠发达地区实现跨越式发展殚精竭虑。2004年11月,他来到丽水莲都区碧湖镇农副产品供销合作社、丽水市经济开发区,与种植大户和营销员座谈。考察后,习近平提出,欠发达地区要发挥生态环境比较好的优势,大力发展绿色农业和生态工业。

在这一理念引领下,沉寂的山乡热了起来。2005 年,金林美牵头成立了合作社,一边提升育种技术,"逼"着社员调整种植结构,培育生态有机农产品;一边到全国各地跑渠道,以生态为卖点大力推广丽水农产品。"这些年,高速通了,高铁通了,过去我们把菜销到温州要七八个小时,现在只要一个半小时。"区位劣势逆转了,生态优势凸显了,农产品的效益大幅提升。金林美告诉笔者,她所在的合作社从最初 60 户社员发展到 322 户,户均年收入从 2 万元快速提升到 20 万元。

许许多多像金林美一样的农民富起来了。在莲都,农业主导产业、特色精品农业、高效生态林业等多种促农增收模式齐头并进;通过探索生态产品价值实现机制,莲都大力发展乡村旅游,让流量带动农民增收;依托"丽水山耕""丽水山居""丽水山景"等区域公共品牌,农产品产销规模越来越大,产业链越来越长,附加值越来越高……

"2022 年以来,我们还基于'丽水山耕'打造了数字化平台。"莲都区农业局负责人介绍,数字化平台通过质量安全追溯监管体系和供应链体系建设,强化品牌公信力,提升农产品的市场竞争力。

如今的丽水已与过去不可同日而语:绿水青山的生态环境吸引了大批游客,这里是长三角的后花园,是"美丽浙江"大花园的最美核心区;生态、土地等后发优势吸引了包括德国肖特集团在内的众多世界 500 强落户,打开了发展高质量生态工业的新思路。

说起跨区域共富发展，4 年前，笔者牵头建立浙赣边际（衢饶）合作发展示范区，规划建设约 20 平方千米的示范区核心区。确切说，浙赣边际城市是一个跨区域的共建共享平台，有利于发挥浙江科技、人才、资本和改革创新等优势与江西的生态和低成本要素等优势，促进东部发达地区资本和中部内陆地区资源实现高质量对接，是跨省区域山海协作的试验区，也是区域协调发展的示范区。

眼前，巨轮往来如梭，桥吊作业繁忙，集装箱层层垒起……在宁波舟山港金塘港区大浦口集装箱码头，港通天下、货畅其流的景象每天都在上演。

头戴安全帽、手持对讲机，环绕港区仔细巡逻，这是舟山甬舟集装箱码头有限公司营运操作部经理助理管晓明的日常工作。他说："变化太大了，刚来的时候，这里还是一片滩涂。"10 多年前，因为条件艰苦，刚从大学校园来到企业的管晓明，一度想离开这座偏远海岛。谁能想到，咬咬牙坚持干，荒滩已变成了一个年吞吐 136 万标准集装箱的国际干线港区。

从滩涂到大港，这是一座小岛的海洋征途。2003 年 5 月 15 日，习近平专程来到金塘岛调研。他来到金塘大浦口岸段考察，叮嘱周围的干部："这是一块宝地，是很好的天然良港，开发的前景广阔。"

有了红色嘱托，2004 年，舟山港和宁波港、中国香港宁兴（集团）公司签订合资意向书，1 年后，金塘大浦口项目正式开工。如今，码头工程一阶段已满负荷运行，开通的国际贸易航线达 16 条，随着二阶段码头建设的加快推进，舟山港域集装箱吞吐能力还将大幅提升。

港口的货运通达、人流通畅。正是在习近平果断决策和积极推动下,连岛工程建设步伐加快。2009 年 12 月 26 日,历经 10 年建设,中国最大的岛陆联络工程——舟山跨海大桥全线通车。

"以前从宁波到金塘往返一趟要大半天,现在只要一个小时车程,你说变化大不大?"浙江华业塑料机械股份有限公司是金塘的龙头企业,该公司董事长夏增富讲述了这样一个故事:20 多年前,他邀请一位外籍专家来金塘。当时已是夜晚,从宁波镇海到金塘的船班已停,夏增富便包了一条航船;可路程过半,专家却要求返航,只因担心途中存在安全隐患。

"大桥一通,我们就顺利引进了六七位全球螺杆行业的顶尖研发人才,对企业帮助很大。"如今,华业公司从寥寥 10 余名工人,发展到拥有 1200 余名员工;原先的小作坊,变身占地 13.3 万平方米的大厂房;企业积极打造智能化生产基地,大力拓展国外市场,产品远销海外。

"跨海大桥改变的不只是交通格局,更打通了人才、信息、技术交流的通道,让我们民企有机会'走出去',参与国内外竞争。"夏增富感慨道。

更让人振奋的是,甬舟铁路已经顺利开工,从孤悬东海到迈入大桥时代、大港时代的金塘岛,即将迎来高铁时代。"下一步,我们仍将立足海洋,提升海岛工业、现代港口物流支柱产业,谋划高端装备制造、城市服务业等新兴产业。"面向未来,金塘管委会相关负责人信心十足。

小岛之变的身后正是舟山之变、浙江海洋经济之变。"新世纪新阶段浙江经济进一步发展的天地在哪里?在海上!"习近平多年前擘画的海洋经济蓝图已在眼前。

特色产业飞地,山海优势互补,倒逼着浙江走出科技创新、数字化和绿色低碳的融合聚变之路,厚植特色放大特色的快速裂变之路,山区基本形态整合提升的全面蝶变之路。以2022年为例,26个山区县实现地区生产总值7404亿元,占全省的比重为9.5%;比上年增长4.1%,增速比全省高1个百分点。这1个百分点是非常重要的数据,可见在整个发展态势中,两极分化速度没有加快,落后地区或者山区县的发展速度在提升。

这是浙江大地上新的山海传奇,这里的故事再次告诉人们:山海情是乡土中国的缩影。山区不是包袱,而是发展的希望所在。

那好吧,让我们一起海誓山盟终不悔,跨山越海谋共富……

第四章

富春山居何以迷人

有山的城市很多,像北京、深圳;有水的城市也很多,像上海、广州;既有山也有水的城市真的不多,杭州是一个例外。

身处江南的天堂杭州,人人都说杭州美,笔者更觉得杭州的美是一种大美,美在自然,美在山水,美在人文。

杭州位于中国东南沿海,长江三角洲南翼,独特的地理位置造就了杭州独特的生态资源禀赋。杭州千岛湖不仅是城市山水魅力的金名片,更是长江三角洲地区重要的水源地。杭州的苕溪流域位于太湖水源地上游,在太湖流域污染防治和水源保护中具有重要意义。杭州西部的低山丘陵地区,分布着天目山、白际山、千里岗、龙门山等山脉,构成了浙北地区重要的生态屏障。

在区域生物多样性保护和人居环境保障方面,杭州的地位突出:拥有天目山、清凉峰两处国家级自然保护区,其中天目山国家级自然保护区被列入国际生物圈保护区网络;钱塘新区江海湿地所在的"长江口-杭州湾湿地群",则是全球最重要八大鸟类迁徙路线之一的重要节点;杭州的西湖、西溪湿地更是人与自然和谐共生的生态空间典范。

过去在城市化快速推进时期,杭州经历了由"西湖时代"迈向"钱塘江时代"的嬗变,城市规模的急剧扩张或多或少造成了对生态空间的挤压和对生态环境的破坏,生态保护和人居环境质量的改善日益成为公众关注的焦点。

在上一版城市总体规划中,杭州提出了"六条生态带"的生态空间格局,在"一主三副六组团"城市结构中形成六大生态开敞空间,发挥水源涵养、森林生态保育、湿地生态保育、生态旅游和污染控制等功能,避免城市连片发展和无序扩张。

在"八八战略"指引下,围绕美丽杭州建设,杭州接连实施了西湖、西溪湿地、大运河等综合保护工程,持续推进"五水共治""垃圾革命""八项清零"等专项行动,不仅保护了重要的生态空间、改善了城市生态环境,还使杭州的河湖湿地更好地发挥生态游憩功能,让杭州市民有更多获得感,成为城市自然人文景观的展示窗口,吸引国内外游客前来,提高了城市的开放度和知名度。

新时期,围绕高水平保护、高质量发展,践行"绿水青山就是金山银山"的理念,杭州正进一步探索人与自然和谐共生的新的实践路径。如今行走在美丽中国建设征程上的杭州,生态环境美,生产生活美,2016 年成为省会城市中首个"国家生态市",2017 年成为副省级城市中首个"国家生态园林城市",2011 年成为"全国文明城市",2015 年成为中国第 10 个进入"万亿元 GDP 俱乐部"的城市,连续 14 年获评"中国最具幸福感城市"……

"杭州也是生态文明之都,山明水秀,晴好雨奇,浸透着江南韵味,凝结着世代匠心。"在 G20 工商峰会上,国家主席习近平在开幕式演讲时这样称赞杭州。

即便平常,我们不必去最负盛名的西湖,随意在杭州城中走走,这里青山碧水"养眼"、蓝天清风"养肺"、净水美食"养胃"、诗意栖居"养心",仿佛整座城市都在向外释放一种"生态磁力"。

1

"三面云山一面城,半城秋色半城湖。"生态美是美丽杭州的底色。

西湖之美,美在山,美在水,美在淡妆浓抹总相宜的自然环境。杭州市率先提出了"生态立市"的目标和发展战略。生态立市首先要在西湖的保护上体现出来,如果西湖的生态环境都被破坏掉了,那就根本谈不上生态立市。

"当时的西湖生态环境,其实已经亮起了红灯。水域面积只有5.6 平方千米,处于历史上水域面积最小时期。同时,它的整体水质一般,2001 年前后西湖水透明度只有 40 多厘米,平均水深 1.65米。再加上环湖没有打通,湖东面与城市接壤一带被很多单位和民居占据,不少违法建筑使得西湖景观较差。"笔者的战友、西湖景区管理局负责人邓兴顺回忆说。

为了让西湖这颗明珠再次闪耀光芒,一开始还是延续以往对西湖清淤疏浚的方法。笔者当时在浙江省发改委的投资办任副主任,在办理疏浚西湖项目审批时,我们首次采用挖泥船工作,船停在湖心,管道直接插入湖中,湖泥不知不觉地吸上来,运往郊外的场地,湖面风平浪静,甚至大多数市民和游人完全不曾察觉。

但是历史上的西湖疏浚可是一件兴师动众的大事,不仅史书上要大书一笔,而且主持疏浚的官员一般都会青史留名,百姓对他们也会深怀崇敬之情。毕竟杭州是一个濒江带湖的城市,西湖在众多江河中可谓是一个年轻的湖泊。

据《史记·秦始皇本纪》记载:秦始皇"过丹阳,至钱唐,临浙江,水波恶,乃西百二十里从狭中渡"。今天宝石山尚存有"秦皇系缆石"胜迹为证。据说秦始皇想渡江东去会稽,在钱唐登山向东眺望,该山因而得名"秦望山"。据考证,当时西湖只不过是一个潮水出没的浅海湾,与烟波浩渺的钱塘江连成一片,并未形成后来的"潟湖"。专家们推定西湖由海湾变成潟湖大约是在秦后期或者汉初,距今已有近2000年。西湖脱离江海成为潟湖,继而由于周围群山的泉水溪流注入,逐渐演化为淡水湖。其后历经泥沙沉淀、生物积累的填充,屡次淤塞。今天看到的青山秀水的西湖,其实是历代疏浚和治理的结果。

历代以来,西湖的湖水就灌溉着附近的土地。822年,白居易写的《钱塘湖石记》说:"凡放水溉田,每减一寸,可溉十五余顷;每一复时,可溉五十余顷。"西湖近郊农田,因此得免旱年。现在的"白公堤",在白居易到杭州前已经有了,当时叫"白沙堤"。白居易所筑的堤是从钱塘门开始的,把西湖一分为二,堤内称上湖,堤外称下湖,平时蓄水,旱时灌田。他在《钱塘湖石记》中记载了堤的功用、放水、蓄水和保护堤坝的方法。

据《西湖梦寻》记载:"白乐天守杭州,政平讼简。贫民有犯法者,于西湖种树几株。富民有赎罪者,令于西湖开葑田数亩。历任多年,湖葑尽拓,树木成荫……倚窗南望,沙际水明,常见浴凫数百出没波心,此景幽绝"。此话就是说,白居易在杭州做官,政务清平,打官司的人不多。凡有穷人犯法者,罚他在湖边种树;富人要求赎罪的话,令他在湖上开垦葑田,在任几年湖边田茂林荫。如倚窗南望,沙滩外湖波粼粼,野鸭戏水,景色极为幽雅。白居易三年知府任上,给杭州留下一湖碧水、一道长堤、六眼清井和两百多首诗词。他离任时,杭州百姓扶老携幼,洒泪饯别。他的"历官二十政,宦游三十秋。江山与风月,最忆是杭州"和"江南忆,最忆是杭州。山寺月中寻桂子,郡亭枕上看潮头。何日更重游",早就成了脍炙人口的诗句。

时下杭州从生态保护、环境美化、文脉延续、景观修复等多方面进行全方位保护和整治。城市建设由以西湖为中心的"西湖时代",迈入以钱塘江为轴线的"钱塘江时代",为西湖的综合保护整治创造了大机遇。

通过多年持续治理,西湖水生态系统的稳定性、生物多样性明显提高,西湖水透明度已经从当年的 40 多厘米上升至 80 多厘米,水质达到Ⅲ类水标准,景观效果美不胜收。

说到这里,我们觉得必须说一说西溪故事。为什么? 可以说,西溪湿地作为西湖文化绕不开的一部分,正为越来越多的人所熟悉。

对于西溪,现代作家郁达夫曾在《西溪的晴雨》中拿它来与西湖对比:西湖"太整齐,太小巧,不够味儿",而西溪充满了"野趣"。西溪又同西湖、西泠印社并称"杭州三西"。所以,有道是"西湖游罢西溪去""西溪且留下"。

据说,西溪湿地在中华人民共和国成立前历经了汉晋始起、唐宋发展、明清全盛、民国衰落四个演变阶段,在长达1800多年的人为干预和自然演化中,西溪湿地从原始的原生态湿地演变为次生态湿地。及至近代,人类活动加剧,西溪湿地的自然生态、人文生态受到了较大程度的破坏,虽然风韵尚存,但已风光不再。

历史上,西溪湿地与西湖仅一堤之隔,面积曾达到60平方千米。随着城市化推进,到21世纪初,西溪湿地的面积仅存11平方千米,并因严重破坏,成了无人问津的"边缘地带"。为了切实保护"杭州之肾",2003年8月,西溪湿地综合保护工程正式启动。

西溪国家湿地公园分东区和西区,东区较早建设,为一期和二期工程,归西湖区政府管辖;西区为三期工程,归余杭区政府管辖,是西溪湿地的收官之作。因西区以洪氏家族文化为底蕴,所以西区又被称为"西溪湿地·洪园"。工程遵循"生态优先、最小干预、修旧如旧、注重文化、以人为本、可持续发展"的原则,通过农居搬迁、河道清淤、植物复种、生态驳坎、房屋整修等各种措施,对西溪湿地的水体、地貌、动植物资源、民俗风物、历史文化等进行了科学的保护和恢复。

这使得西溪湿地迎来了脱胎换骨的变化。

从污水横流到城市生态建设标杆,西溪湿地成为杭州生态旅游一张金名片,成功吸引了阿里巴巴、未来科技城、梦想小镇、之江实验室等科技创新平台落户,已成为浙江乃至中国最吸引人的科技高地。随后周边依托湿地衍生业态逐渐增多,比如不同规模的购物广场、写字楼、酒店、民宿等。不仅有品牌产品、明星产品、网红产品加入,还形成了以其为中心的大西溪经济圈、文化圈和生活圈,成为杭州的一个新增长极。

2020年3月29日至4月1日,习近平再度来到浙江、来到杭州考察。习近平既高度关注疫情防控、复工复产,也时刻牵挂着生态文明建设。

习近平在杭州考察的第一站,就是全国首个国家湿地公园——西溪国家湿地公园。

作为生态文明建设的样板,西溪湿地在16年的保护实践中,生动诠释着"绿水青山就是金山银山"的理念。如今的西溪湿地,约68%的面积为河港、池塘、湖漾、沼泽等水域,水质已经从开园前的劣Ⅴ类提升到总体保持在Ⅲ类以上,核心区域稳定在Ⅱ类以上,设置了虾龙滩、朝天暮漾等五大生态保护区和生态恢复区,形成"一曲溪流一曲烟"的独特湿地景致,并探索出了中国湿地保护与利用双赢的"西溪模式"。

值得一提的是,为了进一步统筹西湖西溪生态保护,在建设人与自然和谐相处、共生共荣的宜居城市方面创造更多经验,杭州于2020年10月29日,召开杭州西湖西溪一体化保护提升推进大会,全面打造"一个湿地公园",探索构建人与自然和谐相处的城市生命共同体。

据统计,杭州全市690平方千米湿地得到有效保护。同时,深化西湖西溪一体化保护提升,建成富阳阳陂湖、西湖铜鉴湖等湿地公园。制定全国首部生态"特区"条例,加强千岛湖综合保护,打造淳安特别生态功能区。

也许西湖西溪是杭州之美的一张名片,但杭州之美的名片还有许多。从全市的"五水共治""五气共治""五废共治"行动效果看,美丽杭州建设给整个杭州带来了翻天覆地的变化。

杭州围绕水出台了"治污水、排涝水、防洪水、保供水、抓节水"的一系列行动计划,全方位破解制约城市发展的水问题,探索出"一楼一策、一户一方案"等有效办法,实现"雨污彻底分流、污水规范纳管";"河长制"作为一项基本制度,覆盖市、县、乡、村四级,河长们从原先的门外汉逐步成长为治水、管水、护水的行家里手……百姓惊喜地发现,原本掩鼻而过的黑臭河消失了,随处可见水清、岸绿、河畅、景美。

杭州在全省首创开展"污水零直排区"建设并率先迭代升级,累计建成 3.0 版"污水零直排"工业园区 112 个、镇街 168 个、生活小区 3631 个、创建美丽河湖 88 个,数量全省第一。49 个污水处理厂的总处理能力达到 403.9 万吨/日,均实现一级 A 排放标准,其中 39 个达到更严的浙江省地方标准。2013—2021 年,市控以上断面水质优良率由 83%上升到 100%,县级以上集中式饮用水水源地水质达标率保持 100%。

治理大气污染,杭州从燃煤烟气、工业废气、汽车尾气、城市扬尘、油烟废气 5 个方面发力,逐渐实现了多种大气污染物融合管制、区域间联防联控治理的新局面。2013—2020 年间,市区PM2.5 指数持续下降,从 70 微克/立方米下降到 39.8 微克/立方米;霾日数逐年减少,从 185 天减少到 40 天。

为治理"垃圾围城",杭州打响了以垃圾分类处置为重点的"五废共治"硬仗,生活固废、污泥固废、建筑固废、有害固废、再生固废一起整治。实施垃圾分类"双随机"检查制度,建立垃圾分类示范小区摘牌机制,深化低价值物品回收利用、生鲜垃圾就近就地处置、园林垃圾和建筑垃圾资源化利用等举措。由此,杭州不仅有效治理了垃圾污染,而且让垃圾变废为宝。

生态,已经成为杭州发展最动人的色彩,更融入了杭州经济、政治、文化、社会建设的方方面面和全过程。

2020年6月5日,杭州召开了新时代美丽杭州建设推进会,再度吹响向美丽进发的号角。杭州提出,将大力实施新时代美丽杭州建设规划纲要及行动计划,全面提升生态环境治理体系和治理能力现代化水平,不断厚植生态文明之都特色优势,深入推进美丽中国样本建设,奋力打造闻名世界、引领时代、最忆江南的"湿地水城",努力成为全国宜居城市建设的重要窗口。

西湖繁星、钱塘碧水、江南净土,城市镶嵌在绿水青山之中,杭州作为美丽中国建设的先行者,成为新时代令人向往的人间天堂。

2

在经济转型过程中,杭州一路摸索、一路前行,有过曲折、有过坎坷,但走美丽之路的脚步从未踟蹰、决心从未动摇。在这里,生态美是美丽杭州的突破口。

破旧而后能立新,隐藏在经济新旧动能转换背后的,是"腾笼换鸟"的转型智慧和"凤凰涅槃"的改革气概。杭州钢铁集团位于杭州半山的钢铁基地,是杭州家喻户晓的"十里钢城"。在"蓝天保卫战"向纵深推进的迫切要求下,半山钢铁基地与周边环境愈发格格不入。

关还是不关？关，涉及大量员工分流安置；不关，污染物排放无法避免。没有绿水青山，何来金山银山?! 关! 2015 年，浙江省和杭州市两级党委、政府协同推进，实现了半山钢铁基地的安全有序关停。

"空笼"飞进"新鸟"。如今，在原半山钢铁基地地块上，一座崭新的杭钢云计算数据中心拔地而起。项目保留了钢结构、烟囱、水塔、铁轨等一系列工业元素，在原厂房里再造数据机房，引进了具有国内领先技术的存储计算设备，建设了约 11000 个 5 千瓦标准机柜，目标是将其打造成为杭钢"智谷数字经济特色小镇"的核心数据中心。

半山钢铁基地所在的杭州市拱墅区，正是杭州城北的老工业区，这里曾经集聚了主城区三分之二的燃煤用量、近七成的废气排放和扬尘污染。2007 年以来，拱墅区坚定不移推进产业转型升级，先后关停、转迁了低散乱和污染企业 2000 余家，实现燃煤量和工业废水、生活污水直排归零，完成了从老工业区到现代商业商务区的涅槃重生。

在如今拱墅区重点打造的智慧网谷小镇里，国内众多高新技术、互联网龙头企业相继入驻。智慧网谷小镇建成后，预计年产值 500 亿元，拥有数字传媒、数字生活、数字健康、人工智能四大产业板块，有望成为杭州的"中关村"。

不过最让笔者感慨的是西湖区艺创小镇的建设。20 多年前，笔者时任浙江省发改委服务业发展处处长，西湖区项目负责人韩滨找到笔者研究如何开展"退二进三"工作。这里原是双流水泥厂，之前笔者曾在这里的中村当兵，清晰记得那段激情燃烧的岁月。20 世纪 70 年代,因为背靠石龙山,西湖区转塘街道一带成了杭州近郊的建材工业区和水泥生产的重要基地,"转塘水泥"的名声也由此打响。

那时还有不少部队家属在该厂工作,因为杭州双流水泥厂是一家规模相对较大的区属集体企业,该厂建有三条水泥生产线,采用机械立窑生产工序,年产水泥达 25 万吨。该厂生产的"杭力"牌水泥在市场上非常畅销,杭州的许多大型工程,像 1985 年建设的虎跑路及杭州市政府大楼、新侨饭店、钱塘江南北堤坝等,选用的都是"杭力"牌水泥。

红火一时的工业生产,终究敌不过时代的洪流。因生态环境保护的需要,从 2000 年起,石龙山沿线的水泥厂相继关停,其中也包括双流水泥厂。

2006 年,杭州市提出要打造全国文创中心,西湖区作为主战场提出要打造全国文创强区。2008 年前后,北京 798 园区的成功,促使全国各地掀起了一股工业遗产改造的热潮。在这样的背景下,2008 年,双流水泥厂在停产近 10 年之后,开始了凤凰涅槃。

2008 年 4 月 7 日,艺创小镇 1.0 版——"凤凰·创意国际"开园。据当时经办的韩滨回忆:"厂区内 6 个外形高大类似烟囱的熟料房和生料房,变成了可供创意企业入驻的工作室;原来的成品车间则成了接待厅;两个机修车间,今后用来举办时装、美术艺术展等小型会展。"

其实,当时围绕这些老厂房的改造充满了争议。据参与园区改造设计的中国美术学院教授俞坚回忆,一开始,大部分人建议园区建筑造型夸张一点儿,颜色鲜艳一点儿,认为这样才符合创意园区的风格。但在一些入驻园区的创意人士和建筑专家的坚持下,园区原有风貌得以保留。

"厂区内的大片彩钢棚拆除之后,因为中间腾出来的大空地又产生了争议。有人建议建一个美术馆或建一个其他的功能建筑,但最后经过多次方案讨论,大家还是觉得在水泥厂中间留一块大草坪,一是可以体现这里的优美环境,同时也能反映创意园区的人文气息。"

2008年水泥厂改造时,西湖区与中国美术学院开启了区校合作,整合"凤凰·创意国际"周边资源,组成杭州市"之江文化创意园"。2010年,园区被教育部和科技部认定为"国家大学科技园"。"这个认定是小镇从1.0版本的单点园区发展向组团发展的2.0时代进阶。"韩滨对笔者说。

讲这个故事,就是想说如今的杭州,环境美、产业美、生活美、乡风美、秩序美"五美与共"。

要知道,20多年前的杭州乡镇则是另一番景象:那里几乎被粉尘围困,"老百姓有新房无新村""室内现代化、室外脏乱差""垃圾无处去、污水到处流"……虽然经济发展领先多年,但这里也"领先"经受了环境污染带来的阵痛,见证了农村环境建设滞后导致的种种弊端……

杭州痛定思痛,先后关停了杭钢半山基地和半山电厂、萧山电厂的燃煤发电机组,淘汰10吨以下燃煤小锅炉4000多台,淘汰黄标车22.6万辆,率先在全国大中城市中建成无钢铁生产企业、无燃煤火电机组、无黄标车的"三无城市"。有序推进重污染行业企业关停转迁,共计淘汰509家,搬迁改造257家,整治提升"低散乱"企业 4087 家。在华东地区率先出台国三标准柴油货车禁行和淘汰补助政策,淘汰国三标准柴油货车 12.1 万余辆。在全省率先划定高排放非道路移动机械禁用范围 828 平方千米。强化扬尘污染精细化治理, 安装道路和工地扬尘在线监测设备 2100 余套。2013—2021 年,市区 PM2.5 平均浓度由 70 微克/立方米下降至 28 微克/立方米,市区空气质量优良率由 60% 上升到 87.9%。如此这般,当地人称之为赢了一场"蓝天保卫战"。

杭州正是在"绿水青山就是金山银山"理念的指引下阔步前行,产业结构持续优化、新旧动能加快转换、发展质效明显提升。2020 年,杭州经济依然保持稳定向好态势,一、二、三产业分别实现增加值 326 亿元、4821 亿元、10959 亿元, 三次产业增加值比例为 2.0:29.9:68.1。其中,数字经济核心产业增长 13.3%,高新技术产业增长 8.6%,装备制造业增长 11.8%,新兴动能和活力加速释放。

当时光的洪流轰的一声涌入疾驰的 21 世纪,要找到高速运转的经济齿轮与宜人的生态底色之间的咬合点,真的要好好听一听杭州的这些故事,对吗?

3

说到这里,人们或许已经发现,建设美丽杭州,城乡如何协调发展,农村无疑是重点,是难点,更是主战场。

所以, 杭州通过大力推动区域协调发展和完善城市空间布局促进协调发展,坚定不移地走新型城市化道路,优化城镇体系,注重大中城市和小城市协调发展。正如下围棋一样,只有美丽城市和美丽乡村"两个眼"同时活起来,美丽杭州建设才能名副其实。解决城乡区域发展不平衡问题,正是生态文明建设的题中之义。

淳安县王阜乡胡家坪村原本是一个典型的高山偏远村,路面泥泞,民居破旧,但现在旧貌换新颜,崇山峻岭里出现了白墙黛瓦,还建起了文化礼堂、村民食堂、邻里中心。除了村容村貌的改善外,更可喜的是农产品打开销路得以"下山",村民通过包装开发当地农特产品就能实现家门口就业,昔日的"空心村"如今到处迸发着勃勃生机。

故事的改写,源于滨江集团与胡家坪村的结对。与之相似的结对情缘,在杭州各地都能觅得踪迹。城乡协调发展是杭州持续奏响的主旋律,从 1995 年启动的结对帮扶到 2007 年推出的"联乡结村"工程,再到 2010 年出台"区县(市)协作"战略,实现了城乡资源要素精准结对、高效流动。在新阶段新形势下,2021 年新一轮区县(市)协作启动,适时优化调整 9 个主城区、2 个管委会与 4 个山区县的结对关系,进一步明确了 4 个区县(市)协作组成员单位。2022 年杭州启动新一轮"联乡结村"工程,动员组织 472 家单位,组建 37 个"联乡结村"帮扶集团,联系结对 4 个山区县的 37 个相对欠发达乡镇。创新开展了"百社百企结百村"帮促活动,由城区 100 个综合实力较强的经济合作社(村)、100 家国有企业、100 家民营企业(商会)与 4 个山区县集体经济相对薄弱的 100 个村结对。

在强有力的推进之下,一次次的帮扶活动里,乡村的共富成果正在酝酿。西湖区与淳安县签订了 3600 万元的跨区县林地指标交易置换协议,市农发集团赴石林镇举行了共富"金种子"捐赠仪式,杭州市南昌商会与临安区清凉峰镇政府就竹龙潭茶文旅项目共同签署了《投资意向协议》……各协作组结合乡镇特色和需求,进行深度合作,带资金、带产业、带资源入乡进村,积极开展相关协作活动,力求在产业扶持、促进增收上出成效。2023年以来,"联乡结村"帮扶集团累计开展帮扶活动27次,"百社百企结百村"帮促活动累计开展各种形式帮促活动62次。

这里是萧山楼塔镇,那些明清年间的老房子曾经破败不堪,差一点儿被拆除,可如今成了宝贝,修旧如旧,被精心打造成古朴典雅的艺术空间,成为中国美术学院艺术家的创作空间。道路被修整拓宽,不经意间,随处可见独具匠心的景观小品,这些艺术家的"作品"让人流连忘返。

这里是临安於潜镇后渚村,环境整治后,建起了"夜宵一条街",竹笋交易市场重新活跃起来。之前村民房屋租金每年大约3000元都少有人租,现在几万元竟抢着要。

这里还有一个故事。2018年9月,浙江省"千村示范、万村整治"工程荣获联合国环境规划署"地球卫士奖"中的"激励与行动奖"。来自淳安县枫树岭镇下姜村的姜丽娟,同浙江省其他地区的4位农民代表一道,见证了这一激动人心的时刻。

在颁奖典礼上,姜丽娟自豪地说:"我的家乡是美丽的,美丽是绿色的,我们每一个受益者都应该充当环保大使,让家乡变得更生态自然、更富裕和谐。"

在浙江省委党校厅局级领导干部培训班培训时,笔者曾到下姜村蹲过点,在那里采写并发表了中篇报告文学《习近平联系点下姜村纪事》。下姜村是时任浙江省委书记习近平的基层联系点,

2003—2007 年，习近平多次来到这里实地考察，是下姜村脱贫致富的引路人。

下姜村里曾有超过 150 个露天厕所，而且家家户户散养生猪，整个村子臭气弥漫，污水横流，蚊蝇满天飞。在习近平的关心指导下，村里建了沼气池，家家户户通了沼气。如今，厕所、猪圈里的污水直接流入沼气池，不但村子干净了，还解决了能源问题，有效保护了周边的山林资源。

看得见山，望得见水，才能记得住乡愁。2016 年 10 月，姜丽娟做了一个重要决定：放弃在杭州市区的工作，返回下姜村创业。她利用自己的专业知识，把家里的房子重新设计改造，办起了一家属于自己的精品民宿。由于定位精准、营销得法、服务周到，民宿生意火爆，慕名而来的游客络绎不绝，节假日常常一房难求。

姜丽娟的选择让人看到了奋斗青春、成就梦想的希望。村子里与她从小一起长大的小伙伴们深受触动，有 12 人陆续回到下姜村创业。返乡青年观念新、脑子活、点子多，不断给下姜村带来新业态、新活力。下姜村的产业结构，完成了从小农经济向农旅结合、文旅融合的华丽转身。生态优势源源不断地转化为产业优势，为乡村发展注入了新动力。可见，美丽经济风生水起，田园梦想落地生根。

下姜村成了远近闻名的"网红村"，村子产业转型升级的经验和做法开始辐射带动周边地区发展。杭州市及淳安县适时引导推动，将包括下姜村在内的枫树岭镇 28 个行政村和大墅镇 4 个行政村划为一个核心区块，培育壮大培训业、乡村旅游业、农林业和文创业 4 个深绿产业，打造生态共美、产业共兴的"大下姜"。

绿色发展天地宽,同心共圆小康梦。2021 年 3 月 11 日,"大下姜"乡村振兴和共同富裕推进部署大会举行,成立仅半年多的杭州千岛湖大下姜振兴发展有限公司就迎来了首次分红,各行政村按照出资比例,分别获得 0.5—1.5 万元不等的分红,收益率达 16.67%。"这次我们村分到了 1 万元,金额虽然不多,但给了我们更大的动力。"领到分红的枫树岭镇丰家源村党总支书记丰龙华信心满满。

从一个人到一群人,从一个村到一片村,姜丽娟和小伙伴们的返乡足迹,映衬出杭州"以城带乡、城乡统筹"的发展轨迹。特别是 2010 年以来,杭州深刻把握产业发展和生态保护的辩证关系,在发展中保护,在保护中发展,让生态产生效益,加快淘汰落后产能,改造传统动能、培育新动能,数字经济、文化创意产业、先进制造业等新兴产业蓬勃发展,"大众创业、万众创新"蔚然成风。千千万万个像姜丽娟一样的青年,扎根杭州创新创业的沃土,将个人奋斗融入城市发展之中,以"美丽事业"助力美丽杭州建设。

有人做过统计,杭州通过深化"千万工程",已经建成美丽城镇 118 个、美丽乡村 1385 个、美丽河(湖)213 条(个),天蓝、水清、地净成为乡村的自然底色。全市 4282 千米绿道结环成网,将众多美丽乡村、美丽城镇串珠成链,成为靓丽风景线。

4

守得绿水青山在,金山银山自然来。在这里,生态美是美丽杭州的根本。

大潮奔涌的钱江之滨，矗立着一座引人注目的金色圆球形建筑——杭州国际会议中心。因为其极具辨识度的建筑形态，市民和游客都形象地叫它"大金球"。每逢举办重大活动，四海宾朋纷至沓来、会聚于此，它也成为展示杭州现代化、国际化城市风貌的地标性建筑。

"大金球"所在的钱江新城，正是杭州最繁华的中央商务区。沧海桑田，日新月异，如今被称为杭州"外滩"的这片区域，21 年前还是一片荒滩，仅有少数村民种菜，几乎无人在此居住。21 年间，从沿江到跨江再到拥江，杭州以钱塘江保护传承利用为主轴主线，一笔一画擘画"一江春水穿城过"的动人图景，一砖一瓦建构城市新中心的未来框架，打造具有独特韵味别样精彩的世界级滨水区域，向中国和世界呈现了一个揽江入怀的大杭州。

杭州千万百姓难忘，2019 年 9 月 29 日，随着淳安县千岛湖畔的一声令下，千岛湖配供水工程正式通水运行，一泓秀水流入了杭州市寻常百姓家。

"淳安是生态屏障，但过去要考核地区生产总值，干部处于生态保护和加速追赶地区生产总值的两难困境中。"时任淳安县考评办主任鲍永红说。工业污染、矿石开采、沿河养殖……对地区生产总值增长的盲目追求，曾让淳安县付出了高昂的代价——蓝藻暴发、青山荒芜、溪水断流。更深层次的问题是不平衡、不协调、不可持续的发展方式。

如何走出这一困境？2013 年，杭州正式取消了对淳安工业总量、固定资产投资等相关指标的考核。2015 年，进一步松绑对地区生产总值的考核，更加关注生态保护、生态经济、保障和改善民生三大方面,考核项目从 127 项简化到 18 项。2018 年,杭州启动千岛湖临湖综合整治提升工作,对千岛湖临湖地带建设进行分类管控,并首次提出"禁止经营性开发建设"。

严格的保护,带来了生态环境的改善。如今,淳安全年空气优良天数超过 330 天,森林覆盖率超过 75%,境内河道水质全部达到Ⅱ类标准,千岛湖湖区Ⅰ类优质水源可直接饮用。

就在千岛湖配供水工程正式通水运行的当天,淳安特别生态功能区正式宣布设立,旨在进一步探索浙江、安徽两省对千岛湖和新安江流域的共保机制,真正打通把绿水青山转化为金山银山的新通道,推动优质公共服务、民生保障事业资源向特别生态功能区延伸,提升农村人居环境质量,让人民群众共享"生态红利、绿色福利"。正是依托一系列生态保护机制的创新探索,2020 年10 月,杭州淳安跻身全国"绿水青山就是金山银山"实践创新基地,生态底蕴越发夯实。

这里还有一个故事。"源头活水出新安,百转千回下钱塘。"发源于安徽省黄山市休宁县境内六股尖的新安江流域,干流总长359 千米,近三分之二在安徽省境内,经黄山市歙县街口镇进入浙江境内,流入下游千岛湖、富春江,汇入钱塘江。数据显示,千岛湖超过 68% 的水源来自新安江,新安江水质的优劣很大程度决定了千岛湖的水质好坏,关乎长三角生态安全。一江新安水,情系皖浙两省。

然而,由于新安江流域分属安徽和浙江两个省份,加之新安江上下游经济社会发展水平存在一定差距,流域治理方面存在一定的矛盾。改革开放以来,上游安徽黄山区域内渴望引进企业项目,发展经济,下游的浙江尤其杭州则认为根据相关法律,上游地区有责任和义务将新安江水质保护好，确保入浙江境内水质良好。统筹兼顾上下游的利益成为一道难题。

"完善生态保护补偿机制，率先实施与污染物排放总量挂钩的财政收费制度、与出境水质和森林覆盖率挂钩的财政奖惩制度。"这是浙江实施"千万工程"在生态保护领域的重要措施和主要经验之一。2012年9月和2016年12月，浙江和安徽两地分别签订生态保护补偿协议，先后启动两期共6年试点工作，建立起跨省流域横向生态保护补偿机制。2017年年底的水质评估显示，2012—2017年新安江上游流域水质总体为优，保持为Ⅱ类或Ⅲ类，千岛湖水质总体稳定保持为Ⅱ类，水质变差的趋势得到扭转。2018年，浙皖两省第三次签订补偿协议，逐步建立常态化补偿机制。

同时，为保这一泓清水，两省合作的新安江流域山水林田湖草系统保护治理也已展开。比如在强化水源涵养和生态建设方面，黄山市深入实施千万亩森林增长工程和林业增绿增效行动，使森林覆盖率达到82.9%以上，被授予"国家森林城市"称号；下游淳安县严格源头生态保护，开展封山育林，加大植树造林力度，森林覆盖率达到87.3%，名列浙江省第一。在种植业污染防治方面，黄山市大力推广生物农药和低毒、低残留农药，并在新安江干流及水质敏感区域拆除网箱6300多只，建立渔民直补、转产扶持、就业培训等退养后续扶持机制，一批批渔民"洗脚上岸"；淳安县除保留一部分老口鱼种和科研渔业网箱外，全县1053户、约1.82平方千米网箱全部退出上岸。在强化城乡垃圾污水治理方面，黄山市大力推进农村改水改厕工作，农村卫生厕所普及率达90%以上，因地制宜、分类推进农村环境综合整治，资源循环利用基地、垃圾焚烧发电项目等已投入运行;淳安县则结合"千万工程"要求,在423个村、19个集镇实施农村治污工程,极大地提高农户污水纳管率。

在优化产业结构方面,黄山市突出以生态旅游业为主导、战略性新兴产业和现代服务业为支撑、精致农业为基础的绿色产业体系,服务业增加值占比居安徽全省首位,绿色食品、汽车电子、绿色软包装、新材料等产业加快发展。其中,黄山市着力做好"茶"文章,推进茶叶种植生态化、加工清洁化改造;着力做活"水"文章,山泉流水养鱼产业迅速扩大,实现了"草鱼变金鱼",同时培育六股尖山泉水等一批生态产业项目。2018年,浙皖两省新签署的补偿协议提出,要推进杭州市与黄山市的新安江全流域一体化发展和保护,黄山市将全面融入杭州都市圈,"绿水青山"与"金山银山"将在更高的水平上实现有机统一。

黄山市的广大群众还自觉转变生活方式,如大力倡导节约适度、绿色低碳、文明健康的生活方式和消费模式。新安江流域全面推广"生态美超市",打造"垃圾兑换超市"升级版和拓展版,村民带着20个塑料瓶可以兑换一包盐,一纸杯烟蒂可兑换一瓶酱油,村民不再乱扔垃圾,环境更加清洁。

生态保护补偿机制当然需要体现在"补偿"两个字上。补偿措施主要体现对上游流域保护治理的成本进行补偿,第一期试点中央财政每年拿出3亿元,均拨付给安徽;每年新安江跨界断面水质达到目标,浙江划拨安徽1亿元,否则安徽划拨浙江1亿元。第二期试点中央财政3年分别安排4亿元、3亿元、2亿元,继续拨付给安徽,逐步退坡,两省的补偿力度则增加至每年2亿元。

完善的生态保护补偿机制带来了极佳的生态效益。如今,黄山市每年向千岛湖输送 60 多亿立方米洁净水,下游千岛湖富营养化趋势得到扭转,林地、草地等生态系统面积逐年增加,生态系统构成比例更加合理,自然生态景观在流域占比达 85% 以上。淳安县先后被列为首批国家级生态保护与建设示范区,入选国家级生态县,荣膺"全球绿色城市";千岛湖被列为首批五个"中国好水"水源地之一。

此举还推动了新安江绿水青山向金山银山转化,有机茶、泉水鱼、乡村生态旅游,一大批全国叫得响的绿色品牌在淳安诞生,好山好水成为老百姓的"摇钱树""聚宝盆",生态优势变成了经济优势。

没错,筑起金山银山的,不只有新"城",更有新"村"。

这里还有一个故事不得不说,是杭州城市研究中心的专家推荐的。那天,我们从杭州市中心的武林广场出发,沿杭长高速向西北行进,约莫一个小时,抵达余杭区黄湖镇青山村。

看到这个村名,即想到"两山理论",这么巧,让我们更多了一份亲近。

青山村的出名,最初源自龙坞水库和融设计图书馆。前者是杭州周边水质最好的水库;后者不同于常规的图书馆,背后是中国最大的传统手工艺保护组织。融设计图书馆聚集了上百位设计师的作品,因而成为杭州文艺青年的打卡胜地。

在此之前,青山村和许多山村一样,靠山吃山,村民经济收入主要依赖毛竹产业,却也因为大量使用农药、化肥,村里的保护水源——龙坞水库被污染了。

　　转机发生于 2015 年。当时还在美国印第安纳大学就读环境科学和公共政策硕士的张海江接到大自然保护协会中国部首席保护官赵鹏的电话,邀其参与以龙坞水库为试点,探索保护乡村小水源地的项目。因为之前有过在四川平武老河沟的愉快合作,所以一毕业,张海江就直飞杭州,拖着大箱子,坐上中巴车,一路颠簸来到青山村,成为闯进这个山村的第一位"外人"。

　　龙坞水库一汪清泉却是Ⅲ类水质的状况让他沮丧,而水库周边并无住户,不存在生活污水,只要竹林不被滥施农药化肥,水质自然会恢复。在村干部的协助下,张海江利用公益基金资助的 10 万块钱,从 43 位农户手里承包下汇水处的面积约 0.33 平方千米的毛竹林,静候大自然的自我疗愈。

　　治水的同时,张海江也没闲着。除了帮村民销售农产品,他还通过自己的人脉,拉来了张雷、克里斯托弗·约翰(Christoph John)等设计师,指导村民提升传统竹编手工艺水平。当时,张雷团队正在为融设计图书馆的选址发愁。此前图书馆一直位于五常,但那里狂飙突进的城建浪潮,让需要亲近自然以获取灵感的设计师们很是苦恼。于是在接受邀请后,30 多名团队成员毅然决定迁居青山村,张雷更是和房东签了"20+20"年的房租合同,成为一个名副其实的在地建设者。

　　这群年轻设计师的到来,犹如一剂催化液,令青山村发生了奇妙的化学反应:废弃小学成了自然学校,老皮鞋厂变身户外基地,倾颓的东坞礼堂被改造为全国首家传统材料图书馆,为当代设计师搭建了一个小型"世外桃源"……在张海江、张雷等人的努力下,青山村的名气如涟漪般持续向外扩散,各行各业、各色人等开始纷纷拥进村子,有些索性选择留下来,工作、创业、生活,成为青山村的新村民。

经过 3 年时间,水质提升至国家 I 级。水变清了,治水之人也留了下来,到了 2022 年,青山村已有 52 户"自然好邻居"。按照规定,其收益的 10% 将反馈给善水基金,用于保护村里的水源地。随着自然学校等相关产业的运营,以及"自然好邻居"受益者付费机制的实施,这个由大自然保护协会借鉴国际水基金的成功经验,联合万向信托、阿里巴巴等合作伙伴共同设立的公益基金,如今已能做到财务独立、自主运转,不再需要外部资金输血。

事实上,无论城市还是农村,要想发展经济,就必须有产业,而且最好能形成完整的产业链。有了产业,才能有人气,这些人可能是单纯来游玩的,也有可能是被吸引过来创业的。如今,这里有一个手艺人团队,有做竹编的,有搞设计的,有做木工雕刻的,有带访客观鸟的……他们会聚在小小的青山村,形成了一个工匠群落和手工艺产业圈,促进了本地新经济的蓬勃发展。

不过,相比这些网红打卡点,青山村真正引起公共媒体、上级政府,甚至是研究机构广泛关注的点,在于其所展现出的一个江南村庄自下而上和自上而下融合的生长现象,以及背后小乡村、大志愿的独特情怀。

5

杭州百姓感恩的是,党的十八大以来,在习近平新时代中国特色社会主义思想指引下,特别是在习近平生态文明思想指导下,美丽杭州建设走上了更加光明的大道。

2016 年,在 G20 杭州峰会期间,习近平再次对杭州提出了建设生态文明之都的期望。遵照指示精神,杭州出台了《"美丽杭州"建设实施纲要》,经济社会全面协调发展,成功的经验和做法不断实现制度化、规范化,城市治理体系和治理能力不断提升。

这告诉我们,杭州城市的面貌由渐变到巨变,归根结底是为了让人民生活得更美好。

杭州转塘街道外桐坞村党支部书记张秀龙对此深有感触。2005 年,他当选为村支书。当时,在享有"万担茶乡"美誉的龙坞茶镇一带,外桐坞村只是一个不起眼的小村子,经济以传统茶产业为主,村民人均年收入不到 1 万元。

与经济增长瓶颈相对照的,是外桐坞村毗邻中国美术学院的区位优势、山峦叠翠的自然风光和源远流长的茶文化。张秀龙由此动起了脑筋:能不能因地制宜,通过改造老旧农居、整治村庄环境,为中国美术学院老师、艺术家提供创作基地,打造一个艺术村落?为此,他挨家挨户串门走访,收集意见建议,凝聚发展共识。这一设想,很快得到了其他村干部和 160 位村民代表的赞同。

如今,理想照进现实,外桐坞村已然成了飘着茶香的艺术村落。张秀龙如数家珍地报出一组数字:"现在村里 85%农户的房子都租出去了,总共有 100 多位美术学院老师和艺术家在村里开设了工作室。租金收入加上茶叶产销收入,村民的人均年收入达到了 6.1 万元。"

在外桐坞村年糕坊的一面墙上,用毛笔字写着一首童谣:"摇啊摇,摇到外婆桥,外婆请我们吃年糕,糖蘸蘸多吃块,盐蘸蘸少吃块,弟弟吃了快长高,舅舅吃了事业高,舅妈吃了工资高,我嘛吃了成绩高,新年到吃年糕,祝愿大家年年高!"朴素民谣,乡音乡愁,伴随的是日新月异的美丽故乡。

富起来的不只是"口袋",还有村民的"脑袋"。张秀龙满脸自豪地说,他收到了小孙子送给自己的一幅画,这让他开心得不得了。这幅画的指导老师正是他们家的租客——一位美术学院的老师。

同样,外桐坞村不远处的艺创小镇一路走来,始终摸准了时代发展的脉搏,续写着一段段文化传奇。过去,依靠中国美术学院的人才资源,艺创小镇一直致力于引进文创设计类企业,会集了宋建明、何见平、袁由敏等一批色彩、平面、视觉设计的领军人物,已成为省内最具实力的设计产业集聚中心。

这几年,杭州提出打造数字经济第一城。艺创小镇顺势提出要打造"全国最强的数字文创基地"。就在 2019 年 5 月,喜马拉雅浙江公司正式落户艺创小镇,构建面向全省的有声图书馆全面阅读基础体系。小镇还陆续引进了估值 30 亿元的数字内容制作商"闻视频"、浙江省百强成长型企业和"文化+互联网"十佳创新企业"好童星"、国内领先的文化产业大数据平台"浙朵云"等一批优质企业。

《之江文化产业带建设规划》在艺创小镇发布,杭州打造"国际文化创意中心"有了主引擎。艺创小镇再次抓住契机,于 2018 年年底推出了象山艺术公社,打响了全市之江文化产业带建设的第一枪。象山艺术公社以宋代的《溪山清远图》为蓝本设计,一轴两岸、山水互构、依山傍水,由西向东连接浙江音乐学院和中国美术学院,成为浙江省首个由城中村改造的文化创意艺术街区。

艺创小镇有着勃勃雄心：谋划围绕之江文化产业带核心区建设和文化兴盛行动的产业链发展规划,全面启动 4.0 版本建设;大力实施"腾笼换鸟",扎实推动结构优化和产业升级;完成游客中心、景区标识标牌等 A 级旅游景区创建工作,打造独具特色的艺创形象。

一座智慧科技、宜居宜业、产城融合的"艺术+"小镇正款款而来,这颗镶嵌在之江文化产业带上的璀璨明珠将更加熠熠生辉。

类似的故事在当地比比皆是。和艺术家同在一个屋檐下,天天接受艺术的熏陶和浸染,不少村民闲来无事也挥毫泼墨,俨然成了一个个业余艺术家,村民们的精神文化世界被艺术深深浸润。

有人说,一座城市的魅力在于,未来之时心生向往,来了之后又不舍离去。杭州便是这样一座城市——

大运河畔,一栋古朴民居改建成的昆曲博物馆内,浙江昆剧团专业演员一段温婉的唱腔,展现的是杭州的人文之美。潺潺河水,承载丰饶物产,孕育璀璨文化;袅袅余音,穿越千年文脉,尽诉钱塘繁华。

大运河本身,恰如一座"没有围墙的博物馆"。

如今,在大运河南端终点地标——拱宸桥的附近,已然形成一个"国字号"博物馆群落。中国京杭大运河博物馆、中国刀剪剑博物馆、中国伞博物馆、中国扇博物馆、杭州工艺美术博物馆……杭州市民徜徉其间,如同品味一场中华文化的饕餮盛宴。

把无处不在的文化底蕴,转化为群众有感、公平普惠的民生福祉,升华为一种基于文化自信的行动自觉。桥西历史街区、小河直街、大兜路历史街区的运河古居,重现运河人家依水而居的生活习态;富义仓、老开心茶馆、剑瓷视界、拱宸书院等文化体验点,展示文化活态传承的无限可能;"新年走大运"活动、运河元宵灯会、大运河庙会、运河龙舟赛等深受市民喜爱的品牌活动,唱响精彩的文化"四季歌"……

美好生活,美在古风遗韵,更美在时代风华。

与西湖景致咫尺之遥有一条步行街——湖滨步行街。漫步其中,一面是淡妆浓抹总相宜的西湖胜景,一面是现代科技赋能的新零售场景,历史与现实交汇,时尚、智慧、人文元素交织,市民、游客在其中流连忘返。

街区锚定"首店经济""直播经济""夜间经济"等发力点,持续推进业态提升和形象升级,老字号焕发新生,新店铺夺人眼球,杭州书房、知味观线下体验店、联华鲸选主题超市等成为"网红"打卡点。

街区统一接入的智慧综合管理平台,涵盖街区治理、智能出行、智慧商业等功能板块,聚合到后台监控大屏上,人流、车流等大数据动态更新,让人一目了然。

走在市区道路的斑马线上,你不用担心汽车横冲直撞,杭州司机会主动停车礼让;骑自行车,你不用害怕机动车会来抢道,杭州有专门的骑行道路;在十字路口,头顶上有遮阳遮雨棚,你可以用几分钟安心整理一下被雨淋湿的头发;在繁华的道路旁,杭州建设了 200 多个 24 小时开放的"城管驿站",让环卫工人、交警、拾荒者可以在此休憩……

杭州之美蕴含的文明精神,看得到、摸得着,有高度、有温度。在富阳区众缘村,村民黄小荣在河边发现一个小女孩溺水后,毫不犹豫地从 5 米高的堤坝上跳下去施救,被称为"最美爸爸"……杭州的"最美现象"已从风景变为风尚,从杭州走向全国。据统计,近年来杭州先后涌现了 7 名全国道德模范、17 名省级道德模范和 160 多名市级道德模范,共评选出各行各业"最美杭州人"25000 余人。

人与自然的和谐,同人与人的和谐一样重要。从晴好雨奇的西子湖到流水悠悠的大运河,与美景相伴的不仅有"潮街",更有"善治"。"有事好商量,众人的事情由众人商量"——这句写进党的十九大报告里的话,在拱墅区有着生动的实践。2017 年 8 月,该区创新设立了党委领导下的住宅小区居委会、业委会、物业三方协同治理工作领导小组办公室,专门集合各方力量协调解决小区治理中的难点问题,避免"踢皮球"。在区"三方办"的指导下,小河街道首创"红茶议事会",生动鲜活地演绎了众人事众人商量办的场景。

与一般社区议事会不同,"红茶议事会"引入了新角色——促动师。在居民代表商议过程中,促动师会引导每一位居民代表把意见清晰表达出来,寻求"最大公约数",画出"最大同心圆",将"百条心"更快拧成一股绳。

"人多意见容易分散、难以统一,促动师最大的作用是保证讨论围绕问题本身,促进成员以更具效能的方式思考和对话,推动居民就讨论事项达成共识。"小河社区居委会主任于丽萍介绍说。

一杯红茶暖人心,围炉共话百姓事。共建共治共享的基层社会治理创新,让民生实事真正为了人民、依靠人民。

6

时光回溯,情怀如初。

作为浙江省会城市,杭州按照中国特色社会主义事业"五位一体"总体布局,努力描绘美丽中国的生态文明之都,呈现出经济高质量发展、环境持续向好、民生不断改善的生动局面,为美丽中国建设提供了许多可复制、可借鉴、可推广的经验和启示。

生态文明之都启示我们,必须沿着"绿水青山就是金山银山"的路坚定不移地走下去。人与自然是生命共同体,人类必须尊重自然、顺应自然、保护自然;人类只有遵循自然规律才能有效防止在开发利用自然上走弯路,人类对大自然的伤害最终会伤及人类自身,这是无法抗拒的客观规律。要推进人与自然和谐共生的现代化,形成节约资源和保护环境的空间格局、产业结构、生产方式、生活方式,还自然以宁静、和谐、美丽。

生态文明之都启示我们,必须坚持以人民为中心的发展思想,把人民对美好生活的向往落到实处,为了人民、依靠人民,从群众反映强烈的突出环境问题入手,排忧解难、兴利除弊,让人民群众享受到更多的生态产品和更好的生产生活环境。对清水治污、交通治堵、大气治理、垃圾分类等事关民生福祉的行动,不达目标誓不罢休,不获全胜决不收兵。强化对历史街区、传统建筑、古村落、非物质文化遗产的保护,让城市和乡村保持鲜明的风格和特色。大力弘扬城市人文精神,倡导文明新风,把开放包容的理念融入日常生活和社会管理之中,打造共建共治共享的社会治理新格局。

生态文明之都启示我们,必须把生态文明建设纳入"五位一体"总体布局中去谋划、去推进,使它们互相支撑、协同共进,一个都不能少,一个都不能弱。杭州的实践证明,把生态文明建设融入经济建设、政治建设、文化建设、社会建设各方面和全过程,有利于更加有力地突破资源要素瓶颈,更加坚定地调结构、促转型,更加自觉地把生态环境优势转化为竞争发展新优势,为经济社会发展注入新动力,走出一条人与自然和谐相处、经济社会和生态环境相得益彰的可持续发展道路。

生态文明之都启示我们,必须从各地的空间格局、经济基础、自然优势出发谋划发展,坚持问题导向、目标导向和效果导向,抓住主要矛盾,因地制宜、精准施策。以河流水系、交通干线为生态廊道,以自然保护区、风景名胜区、旅游度假区、湿地保护公园和森林公园等为关键生态节点,筑牢生态安全屏障,优化生态安全格局。坚决对高能耗高排放高污染产业说"不",完善落后产能退出机制,推进资源利用最大化、污染排放最小化;坚定不移实施创新驱动发展战略,充分发挥科技支撑引领作用,加快实现产业新旧动能转换。

生态文明之都启示我们,必须强化制度建设的保障作用,深化改革创新,健全体制机制,实现美丽中国建设常态化、制度化。不断加大生态环保财政投入,探索建立政府主导的经济激励机制,鼓励企业采用节能环保新技术、新产品,调动市场主体发展生态经济的积极性。健全政绩考核机制,改革考核方法手段,把民生改善、社会进步、生态效益等指标和实绩作为重要考核内容。健全环保信用评价、信息强制性披露、严惩重罚等制度,强化排污者责任,构建党委领导、政府主导、企业主体、社会组织和公众共同参与的现代环境治理体系。

生态文明之都启示我们，必须坚持一张蓝图绘到底、一茬接着一茬干，为绘就美丽中国画卷、实现美丽中国梦想而接续奋斗。在科学制定实施方案的基础上，一项一项地抓好落实，一步一步地有效推进。深刻把握美丽中国建设的长期性、战略性、系统性，保持战略定力，坚定必胜信心，以功成不必在我的精神境界和功成必定有我的历史担当，久久为功、持续用力，切实当好一方山水的"临时托管人"和"薪火传承人"，真正把美好家园奉献给人民群众，把绿水青山留给子孙后代，实现永续发展。

如果说杭州传统的山山水水是一个个分散的点，今天对西湖的综合保护和西湖西进则将这些山水连成了一条线。这条线从西湖开始往西延伸，这是西湖自唐宋以来第一次大规模向西扩展，重现"一湖二塔三岛三堤"的盛景以及自然湿地和天然野趣交相辉映的景象。

此外，杭州还围绕"大生态"多跨协同工作格局，按照"一张图"理念，坚持以数据为核心，以实战实用为目标，遵循"建好平台、重塑业务，整合数据、分析研判，发现问题、闭环整改，亲清服务、助推发展"的思路，率先构建"生态智卫"大场景，加快推进生态环境治理体系和治理能力现代化。

现已整合生态环境系统内外 1.4 万余项共 92.9TB 数据，建成"空气卫士""秀水卫士""生态卫士""督察在线""环保 E 企管"等应用场景，累计处置问题超过 1.6 万个，查处犯罪案件 10 起，输出预警提醒超过 7.2 万次，避免企业违法处罚 2500 余万元。同时，建立健全生态环境问题发现整改闭环机制，累计曝光 6 批 228 个问题,推动各地各部门建立相应机制,市区联动发现整改问题1.9万余个。

2023年在杭州举办的亚运会,是一场绿色、低碳、无废的亚运会。杭州开展了绿色场馆建设、绿色环境提升等八个专项行动。举办"人人1千克、助力亚运碳中和""走进无废亚运、争当无废使者"等活动;上线"无废亚运"应用场景,发布"无废亚运"卡通形象"绿芽儿"和"无废亚运"十条举措;创建"无废细胞"1000余个,努力打造首届"碳中和"亚运会和国内首个大型活动"无废案例"。

…………

故事说到这里,大家应已明白,人因自然而生,人与自然是一种和谐共生关系,这是杭州美景背后的意境,也是把人们的美好生活与自然环境联系起来的生动例证,表明杭州的美丽是一种有灵性的美丽,是有灵魂的美丽。

奋进新时代,建设新天堂。

走在杭州的春天里,人们常常忘记时空与尘嚣,很自然地沉浸其中,静静地享受细雨霏霏的美好杭州……这是一幅新时代的"富春山居图",书写了生态文明之都的绚丽诗篇,筑就了人与自然和谐共生的绿色共富之路。

第五章

阳光记得老区的明朗

　　站在碧波万顷的太湖西岸往东眺望,近有芦苇摇曳、碧波帆影,远有几座宛如蓬莱仙岛的小岛,再往远眺,时常能看到旭日喷薄、彩霞满天的景象。回首经年,这是一片世世代代被人称为"人间天堂""鱼米之乡"的富饶大地,是拥有红色沃土的长兴。

　　初见长兴县吕山乡胥仓村村民唐红时,一早出工的她才从芦笋大棚下班,开始准备孩子们的早餐,边忙碌边叹息道:"家里3个老人都80多岁了,身体不好,1年吃药看病就得花4万多,两个孩子还得上学。以前靠老公1个月1000多元收入和我打零工补贴家用,这个日子太难过了。"

　　唐红来自长兴革命老区,她的家庭生活状况,或许在当地还相当普通。老区要实现共同富裕,面对的不只是经济上的压力,政治上也是"压力山大"。

　　确切地说,长兴县与浙江全省同步,于2015年在全国率先消除了家庭人均年收入低于4600元的绝对贫困状况,城乡居民人均年收入逐年增长。但是对照高水平全面小康和共同富裕的目标，在农民增收方面仍然存在不协调、不充分的矛盾，主要表现为因病、因意外变故等情况，每年仍有 6000 多户约万余人的低收入农户还处于低水平小康状态。

我们知道，多数革命老区地处山区和省际交界处，位置偏僻。虽说近年来脱贫攻坚取得了一定成效，但其仍属于欠发达地区，特别是在乡村振兴和新型城镇化建设、基础设施和基本公共服务、居民收入增长幅度等方面，都亟待补短板、强弱项。

这话说得斯文了一点儿，遇见真的长兴人，说话就不一定好听了，可能更刺耳。

当地作家崔巍说过："长兴人脾气烈。"所以，听到骂声，当地官员就自嘲，骂吧骂吧，不就是几句"忠言逆耳"嘛。

笔者与长兴人打交道多，深有同感。在浙江省发改委工作期间，笔者接触长兴项目投资较多，一个不咋样的项目，长兴人非要整出个样子刺激你，让人感慨万千。

笔者指导的《正道沧桑》一书已出版，这本书反映了长兴老区的长广煤矿腾笼换鸟的故事。在这个过程中长兴人一开始死活不舍，尝到转型甜头后，又是不依不饶。

2021 年，《紫笋茶的前世今生》一书出版，笔者为长兴写了上万字的故事——《历史时空中的浙江茶》，当地茶农唯我独尊、我行我素的样子，让人好气又好笑。

2017 年，笔者向国务院研究中心的一家刊物提交了《天字第一号："长兴样本"》报告，讲当地人做农村工作就是一根筋，非要列为天字一号工程，甚至到了神圣不可侵犯的地步。

笔者与长兴主要领导比较熟悉，原县委书记吕志良，在杭州与我成了邻居；接任的周一兵书记，调任省级机关工作坐的是笔者之前的办公室。

有人提醒笔者："长兴人今天敢坐你的办公室，下回就敢抄你的家。"此话纯属玩笑，但多少还是反映出长兴人的烈脾气。

笔者被这话逗得哈哈大笑，感叹："'抄家'倒不至于。不过现在我最担心的是，长兴这一浙江不多的革命老区，在共同富裕的问题上何时能破局？"

党的二十大报告着眼于实现高质量发展和全体人民的共同富裕，做出了"支持革命老区、民族地区加快发展"的重大部署。这对革命老区来说无疑是一大福音，但究竟如何落地，人们开始张望，把眼睛齐刷刷地转向浙江这边——

1

长兴县吕山乡历史悠久，文化积淀深厚。相传春秋吴国伍子胥在此苦耕建仓，三国大将吕蒙在此雄踞立防，留有吕蒙山，吕山故此得名。

在这么一个有名的地方，为什么唐红一家的生活还过得如此紧巴呢？

那一天，笔者接到粟志军电话，说他正在去长兴的路上，要去探望爷爷粟裕将军当年的革命足迹。用这几年最深入人心的话说，叫"不忘初心、牢记使命"。笔者和他是多年的好朋友，便和他一起去。

在赴长兴的途中,笔者不禁思考,要实现共同富裕,革命老区是不是也面对一个初心问题?也许这个问题搞清楚了,一切都会豁然开朗……

当我们"吱呀"一声推开长兴县煤山镇仰峰村沈家大院的大门时,历史的厚重感扑面而来。

70多年前,这里迎来了一批身穿军装的特殊客人,他们的名字叫新四军。这批客人的到来,给沈家大院留下了一个新的名字并被传念至今——新四军苏浙军区司令部旧址。

这里拥有江南抗战时期保存最完整、规模最大的一处革命旧址群,被誉为"江南小延安"。

我们缓步踏入三进的房屋,大院厅堂内悬挂着一幅幅栩栩如生的油画,它向来访者无声地讲述着新四军苏浙军民在粟裕将军的领导下顽强抗击日伪的历史。

我们拾级而上,二楼的木地板嘎吱作响。粟裕将军当年居住的房间狭小而简陋,一张桌、一把椅、一盏灯、一个烤火盆,这些都是当年的旧物。卧室内,一盏煤油灯还静静摆在书桌上,一如70多年前的那些夜晚。就在这方陋室内,粟裕将军运筹帷幄,做出了一个个重要决策。

沈家大院所在的这片土地,位于苏浙皖三省交界地带,这里星罗棋布地分布着18处新四军苏浙军区旧址建筑。它们和新四军的不解之缘,还得从1943年说起。

1943年秋,日寇大肆进犯苏浙皖边区,新四军第六师第十六旅根据党中央的指示,在王必成、江渭清的带领下,挺进郎溪、广德、长兴一带。年底,旅部进驻长兴槐坎(今煤山镇)。1944年12

月,中共中央华中局和新四军军部奉中央指示,派粟裕率部由苏中、淮南渡江南下苏浙皖边区。

1945 年 1 月 13 日,新四军军部转发中央军委命令组建苏浙军区,军区指挥部设在长兴县槐坎乡温塘村;粟裕为军区司令员,统一指挥苏南与浙东部队。

新四军苏浙军区成立后,在槐坎一带先后设立了指挥部、司令部、后方医院、兵工厂、制鞋厂、江南银行、苏浙公学、报社等多个机关部门,集政治、军事、经济、文化于一体。一直到 1945 年秋新四军北撤,槐坎一带都是火红的抗战热土。

沈家大院的二楼有一扇隐蔽的小门, 如果有浙江方向的敌军来袭,部队可以迅速撤往外省;翻过西面的山,抄小路经过大约 45 分钟路程,可以到达安徽广德;再翻过北面的山岭,可以到达江苏宜兴,利于隐蔽。

新四军老战士洪阿德还清楚地记得部队抵御日寇入侵的战事。1944 年 5 月,在广德,日军的一小撮部队进入沿途的村镇扫荡,抢掠百姓粮食。这一消息被侦察员汇报给新四军第六师第十六旅旅长王必成,随后洪阿德所在的部队埋伏在野外,趁着放哨的敌军吃饭之际,包围了敌军,顺利缴获了两门山炮。

而在杭村战役中,新四军只用了一个小时,就击毙敌人 100 多人,并缴获了一门日式九二式步兵炮。这门见证了历史的大炮,如今陈列在北京中国革命军事博物馆内。

沈家大院门前,几棵银杏树郁郁葱葱,静静地守护着这方土地。70 余载岁月过去,但对于附近的村民来说,新四军苏浙军区部队在这片土地上留下的诸多故事, 仍深深地根植在他们的脑海中。

年逾八旬的仰峰村村民王子姐,回忆起当年的往事仍能娓娓道来。她说,当年自己的丈夫侯阿苟在沈家大院当长工,粟裕将军的夫人楚青见他的被子又脏又破,曾亲自为他缝补被子。这幅画面,也被定格成了油画,挂在沈家大院中。

徐晓月小时候常听奶奶讲起新四军战士们如何英勇抗战,如何与老百姓一起耕作。"那时候我们家的房子高,利于掩护,有对新四军夫妇住了很久,奶奶还帮助他们带孩子,感情很深。"和徐家一样,那段军民鱼水情的红色历史,成为村里人家记忆的一部分。

长兴山区多产竹,新四军战士就地取材,自制各种生活用品。在这片山林中,百姓也与战士们共同生产,支援前线作战。当地百姓告诉笔者,这里种植的番茄和土豆,也是源于当年粟裕将军带来的种子。

新四军苏浙军区纪念馆门前不远处有一座别致的木桥——将军桥。"这里曾走出过52位共和国的将军。"纪念馆馆长自豪地告诉笔者,粟裕、谭震林、江渭清、王必成、叶飞、陶勇等赫赫有名的将军都曾在此任职或作战。

粟裕将军逝世后,粟裕将军的夫人楚青遵照其遗嘱将他的部分骨灰敬撒于此,让他与青山作伴。附近的百姓会不时前去祭奠长眠于此的粟裕将军。

参观完"江南小延安",粟志军将提前准备好的《粟裕大将画传》一书签名赠给笔者,更令笔者将粟裕将军的革命精神永远铭记在心。

　　尽管老区和老区人民为中国革命做出了重大牺牲和贡献,然而由于自然、历史等多重因素影响,一些贫困老区曾长期发展相对滞后,自我发展能力不足。全面建成小康社会,没有老区的全面小康是不完整的。让老区贫困人口脱贫致富,使老区人民同全国人民一道进入全面建成小康社会,是党和政府义不容辞的责任。

　　多年来,浙江长兴、河北阜平、福建古田、山东临沂、陕西延安、贵州遵义、江西井冈山、安徽金寨、山西吕梁、河南新县……习近平考察的足迹遍及各个革命老区。考察过程中,习近平多次强调:

　　"让老区人民过上好日子,是我们党的庄严承诺,各级党委和政府要继续加大对革命老区的支持,形成促进革命老区加快发展的强大合力。

　　"吃水不忘掘井人。我们绝不能忘记革命先烈,绝不能忘记老区人民,要把革命老区建设得更好,让老区人民过上更好生活。"

　　这使我们深刻认识到,从"全面建成小康社会,老区苏区一个都不能少",到"两个更好"的重大要求,是我们党的庄严承诺和重大使命,必须按照"五位一体"总体布局和"四个全面"战略布局,突出统筹革命老区经济社会全面建设,加快推进革命老区振兴发展,进而实现老区和老区人民共同富裕。

　　中华人民共和国成立以来,党领导人民在逆境中奋发,在奋斗中自强,通过几十年的拼搏,走完了一些国家几百年才走完的发展历程。在"富起来"的历程中,老区既是建设、改革的践行地,也是重要的战略支撑地。老区人民在中国共产党的领导下,同舟共济,砥砺奋进,铸就辉煌,共享成果。革命老区的面貌发生了历史性变化,老区群众的获得感、幸福感、安全感、自豪感不断增强。

在中华民族"强起来"的伟大时代,老区人民矢志不渝跟党走,迈向复兴进入新时代。共同富裕是新时代老区人民的共同期盼,是党在全面建设社会主义现代化国家新征程中的重大历史使命。

革命老区的故事让我们有了"吃水不忘挖井人"的启迪:实现共同富裕必须把不忘历史、不忘老区作为我们党的初心使命,在老区先行先试;必须坚持以人民为中心,坚持发展为了人民、发展依靠人民、发展成果由人民共享,在更高水平上实现老区幼有所育、学有所教、劳有所得、病有所医、老有所养、住有所居、弱有所扶;必须坚持共建共享,正确处理效率和公平的关系,不断提高劳动生产率和全要素生产率,促进城乡居民收入增长与经济增长更加协调,促进社会公平正义,促进人的全面发展;必须坚持改革创新,推动有利于老区共同富裕的体制机制不断取得新突破,强化有利于调动全社会积极性的重大改革开放举措,完善国家创新体系,在推动老区共同富裕方面实现理论创新、实践创新、制度创新、文化创新。

2

这次见到吕山乡村民唐红时,我听出了她浓浓的重庆口音。

一打听才知道,20多年前,因国家三峡工程建设,她们一家人从重庆奉节移民至长兴,但她至今乡音未改。

年近半百的唐红比常人看起来要苍老些,可能源于10多年来的操劳与奔波。

走进唐红家,才建了一层的农房令人有些惊愕。80 多岁的公婆常年疾病缠身,每年光看病吃药就是一笔不小的开支;缺乏文化和技术的丈夫,只能到附近企业干些体力活儿。

一直以来,唐红要照顾一家老小,空闲时还得干些零活儿贴补家用。只是没想到,屋漏偏逢连夜雨,2014 年,小儿子出生时被检查出患有先天性心脏病,刚满月就花去了 8 万多元的手术费。

该如何帮助像唐红家这样的低收入群体呢?

长兴除了是革命老区,还是一座历史悠久的县城,距今已有2500 多年的历史。这座县城的矿产资源主要以非金属矿藏为主,有煤、石灰石、硅灰石、花岗石,等等。其中石灰石的储量最大,达到了 12 亿吨,花岗石的储量为 4500 万吨。长兴县以工业、建筑业为主,当地分布的工业和建筑企业不仅为当地人提供了就业岗位,每年还能创下丰厚的利润,使得长兴县在百强县市中名列前茅。

作为赫赫有名的工业强县,长兴县与许多地方一样,尤其在革命老区中面临着低收入农户多和村集体经济弱的双重难题。在这片新四军曾经战斗过的土地上,2018 年以来,长兴县创新开展了"双扶"和"十百千万"行动。

"双扶"就是既扶集体经济,又扶低收入农户;"十百千万"就是围绕低收入农户这一重点,充分发挥农民合作经济组织联合会的作用,以"社户对接、产业帮扶"为抓手,依托十大特色产业,发动百家以上农合联会员单位,结对帮扶千户以上低收入农户,实现户人均年收入持续增收万元以上,走上一条具有长兴特色的强村惠民共富之路。

当地在特色产业上，首推长兴湖羊。这是一个比较典型的故事。这里的湖羊是养殖于太湖流域的一种绵羊,国家一级保护地方畜禽品种,被农业农村部列入《国家畜禽遗传资源保护目录》。"湖羊"一名最初为"胡羊",也被称作"吴羊",在湖州等地的太湖平原一带,这三个字的读音是一样的,而且都是带着地域特色的称呼。

湖羊的祖先应该是蒙古羊,这点基本上是毋庸置疑的,但湖羊具体是哪个年代下的江南,一直没有个定论。大致有三种说法。第一种说法,有至少1800年历史。据资料显示,《中国农业志》中记载"湖羊起源于长兴吕山",而吕山也被授予"湖羊之乡"的称号。吕山当地流传着一个故事,说三国时东吴大将吕蒙在吕山驻扎部队时,偶然发现湖羊具有御寒保温的功效,就开始养殖湖羊,吕山湖羊故此得名。

第二种说法,有大约1600年历史。东晋初期,中原人口出现第一次大南迁,据史学家考证,当时迁居到南方的中原人有70多万。东晋炼丹专家葛洪的《抱朴子·外篇·吴失》中记载,东吴大族"僮仆成军,闭门为市,牛羊掩原隰(新开垦的田),田池布千里"。看得出,此时太湖地区养羊已经有一定规模了,和之前大不相同,羊已作为日常家畜被饲养。

第三种说法,有大约800年历史。很多人认为,湖羊的形成是在南宋时期,北方移民南迁时携蒙古羊至太湖地区,并在此定居。当时作为首都的临安(今杭州),连羊肉馆都很有名气,很符合"直把杭州作汴州"的描述。宋嘉泰年间谈钥编撰的《吴兴志》记载:

"安吉、长兴接近江东,多畜白羊……今乡土闲(间)有无角斑黑而高大者曰胡羊。"

不管历史如何演绎,都说明吕山乡的湖羊产业久负盛名。一位长兴领导告诉笔者,湖羊收入至少占当地农民收入的两三成。作为一个纯农业乡,如何提高村集体经济经营性收入,比其他乡镇难度更大。近年来,湖羊作为富民产业,尽管加速转型升级,但仍缺少一头"领头羊"。直到2021年,湖羊智慧循环产业园投产后,全产业链经营才有了强劲的主引擎。

吕山的做法是,由乡里牵头,9个行政村共同入股,成立长兴久祥农业有限公司,进行全域土地综合整治。据了解,通过综合整治,吕山乡共腾出约0.47平方千米土地,可以用于产业园建设。其中,养殖区块面积约0.21平方千米,配套种植区面积约0.25平方千米。园区建成后则交由当地上市公司美欣达集团经营管理。

2022年,吕山乡针对助农增收行动创新湖羊养殖参与机制,建设了湖州市首个"强村公司统建羊舍、小散养殖户租赁共享、龙头企业包销"的共享牧场,免费提供给低收入农户。与此同时,政府充分发挥致富联盟内部党员专家工作室作用创新种养模式,并给低收入户发放小羊羔,农户则以劳动力入股模式,参与羊场日常养护工作。共享牧场可实现湖羊存栏3000头,年出栏种羊1500头,年产值达700万元,预计低收入农户户均增收可达1.7万元。

"怎么护理小羊,怎么给羊打耳标、打针,都很详细地教给我们,羊子养大了,还帮我们卖。我很有信心可以把羊养好,给家里增加收入,让日子一天比一天好起来!"低收入户唐红在共享牧场入了股,未来的日子充满了奔头。

　　吕山乡党委负责人说："我们依托强村公司与湖羊农合联合作，建立湖羊共享牧场，吸收全乡有意向的农户，特别是低收入农户进行湖羊养殖，深化'帮共体'结对帮扶机制，实现集体经济壮大和农民增收致富的双赢。"

　　依托悠久的历史，吕山乡将吕山湖羊作为文化基因解码重点元素，以打造湖羊风情小镇为目标，深耕"美丽经济"，延伸湖羊产业链，逐渐建立起与湖羊产业相关的一、二、三产业。吕山乡依托党建统领，成立"致富湖羊"党建联盟，进一步提升了湖羊品质，提高了项目质效。截至 2022 年，吕山乡有湖羊规模养殖基地 8 家，全年湖羊存栏量达 10 万头，出栏 8 万头，较 2012 年增幅达到 300%。

　　如今，从种羊培育、湖羊养殖、深加工到湖羊美食、研学体验的湖羊全产业链已经基本形成，湖羊产业上下游产值高达 4.6 亿元，约占全乡农业总产值 60%，使得"中国湖羊之乡"的品牌价值不断提升。

　　同时，吕山乡还积极推动以羊为媒协同致富，坚持"以党建促联建，以联建促发展"，通过"东羊西送"民族帮扶专项行动，已累计向新疆、甘肃、四川等中西部地区十余个省份输送湖羊 6.1 万头，带动当地 5000 余户少数民族家庭致富，实现了"一头湖羊富一方百姓"。

　　有趣的是，当吕山乡以羊为名之时，吕山旁边的一个乡镇则因蟹而兴。不过，这里的产业发展，更多的是靠合作社载体。

　　作为唐红在长城村的一位朋友刘成成是当地最早种植芦笋的大户。刚开始时，几家单打独斗，各凭本事闯市场，很快就失去了竞争优势。后来,许长蔬菜专业合作社宣告成立,到 2022 年,他已在合作社工作八年。

刘成成家中种了约 0.03 平方千米的芦笋,采用的是"合作社+公司+农户"的模式,即由合作社负责技术指导、日常生产管理、信息发布、商标注册、农资供销、产品收购、服务设施建设等;公司负责解决农民融资、土地流转、园区建设;农户负责种植、采收分拣、包装。

刘成成感叹:"有了合作社,几大好处显而易见。技术上相互取经,形成科学规范的管理模式;便于申报项目资金,大大提升了基础设施水平;统一对外定价,避免了恶性竞争;营销上抱团取暖,采取统一品牌标识,既有了议价权,也有了溢价能力。"

这就是当地特有的"许长经营管理模式"。这一模式到底是如何运营的?

后来笔者得知,在产品质量安全管控上,为了让农户大胆去种,合作社设立了"四个中心":种植技术培训中心、农资配送中心、蔬菜冷藏保鲜中心和产品销售中转中心。接着,合作社实行"六统一分",让农户安心种植:统一流转土地、统一种植品种、统一投入产品管理、统一生产标准、统一品牌营销、统一产品销售、分配大棚到户,还建立了产地编码、农产品质量二维码追溯及农产品合格证等管理制度。

刘成成说,2020 年以来,许长蔬菜专业合作社积极拓展销售渠道,先后与"盒马鲜生""长兴鲜""各店"等线上平台合作,尝试直播带货等线上销售模式,取得了良好的经济效益。

芦笋营养价值很高,在国际市场上享有"蔬菜之王"的美称,从该合作社发往杭州的芦笋一天多达 2.5 万千克。早晨,从种植户大棚内采摘的芦笋,当天下午就能进入杭州的蔬菜批发市场、零售菜市场、超市、酒店乃至各家各户的餐桌上。

芦笋是长兴农业的一大主导产业。2020 年,仅合作社基地采收的芦笋总量就达 3500 吨,产值 3000 万元,年亩产纯收入达到 5000 元以上。其中,帮助低收入农户销售约 70 吨,帮助社外 16 户农户共销售 700 吨左右。

2021 年,合作社还带动周边 400 多家农户种植芦笋 5000 亩(约 3.33 平方千米),合作社芦笋种植区亩产产值达 1.5 万元,创造了良好的经济效益,合作社成员家庭人均年收入高出当地农民 20% 以上,吸纳农民工 300 余人常年从事种植、采收、分栋、包装等工作,解决了部分农村劳动力的就业问题。

故事说到这里,现在可以揭开"双扶"秘诀了,那就是社户对接、产业帮扶,培养其"造血功能"。

其实,长兴的招数说简单也简单,就是通过产、供、销、技术和金融之间的协同帮扶,真正形成领着干、跟着学、合力帮、共致富。

3

说到革命老区如何走共富路,我们觉得还可以利用红色旅游资源。这里向大家推介一下王村口镇的故事,算是对长兴革命老区的一个补充吧!

在浙西南革命史上,王村口镇是最重要的地标之一。1935 年 1 月,刘英、粟裕率领中国工农红军挺进师从闽北进入浙江开展游击战争,即以王村口镇为中心,建立革命根据地。

正是初夏时节,天高云淡,风和日丽,笔者慕名来到被誉为"浙西南井冈山"的遂昌县王村口镇。

迎接我们的是一片红色。那是熊熊的革命烈火,给王村口镇烙下了深深的红色印记。

王村口镇坐落在国家自然保护区——九龙山东麓。仰望九龙山,映山红一簇簇一片片,漫山遍野像一面面鲜艳的旗帜。烈士的鲜血染红了祖国大好河山,革命先辈们走过的那条窄窄的古街,如今成了"1935"文旅街区,串联起了苏维埃政府旧址——蔡相庙、挺进师召开群众大会旧址——宏济桥、挺进师"八一"誓师大会旧址——天后宫和挺进师师部旧址等6处省级文保单位。王村口镇深挖丰富的资源,用红色资源教化人,用绿色资源留住人,用金色资源吸引人,相继建立了"中国工农红军挺进师"王村口镇陈列馆、粟裕将军陵园、白鹤尖红军纪念亭等革命遗迹建筑群,弘扬浙西南革命精神,点燃革命老区脱贫致富新引擎,走出了一条"红绿金"融合发展的乡村振兴特色之路。

程瑞文是浙西南培训中心的讲解员,是土生土长的王村口镇人。他从小就听奶奶讲红军的故事。在那个艰难困苦的岁月里,工农红军以"风雨侵衣骨更硬,野菜充饥志越坚,官兵一致同甘苦,革命理想高于天"的大无畏精神,战胜千难万险,保存了革命火种。从入浙时的500多人到入皖时的2000多人,粟裕将军在回忆录中多次讲到在王村口镇3年游击战争:"我军所到之处,都有大批群众跟着、簇拥着,复仇的呐喊声,胜利的欢呼声,山鸣谷应,日夜不绝。反动区、乡政权瓦解了,接着就建起农民、青年、妇女、赤卫队等各种革命群众组织。"粟裕夫人楚青在赴王村口镇月光山祭奠将军英灵时,写下了一首诗:"当年鏖战此山中,热血染得乌溪红。鱼水相依深情在,浩气长存月光峰。"生动再现了粟裕将军率领红军挺进师,与敌人浴血奋战,与百姓鱼水相依的情景。

程瑞文告诉我们,这里有 23 处革命遗址。凭借浓厚的红色基因,这里是浙江首批 5A 级景区镇。依托悠久的红色文化底蕴,王村口镇不断加大红色旅游资金投入和基础设施建设,全力推广红色旅游,延伸红色产业链,开展浙西南干部培训和研学旅行,打造"1935"文旅街区,成功创建浙江省旅游风情小镇,还成为全省大花园"耀眼明珠"古城名镇名村培育对象和全省"我心中的最美小镇"五十佳。

王村口镇将干部培训与红色旅游结合起来,打造红色培训、研学线路,串点成面,带动乡村民宿发展,使红色干部培训加速推动经济发展。王村口借鉴井冈山、南湖模式,利用本土的红色资源,成立浙西南干部培训中心,活态传承浙西南革命精神。通过全景式、沉浸式、互动式的红色教育体验,近 3 年来,培训中心已累计开设各类培训班 2100 余期,接待 16.5 万余人次,产生培训效益约 4600 万元。2022 年,全镇游客达到 20.9 万人次。

红色文化是王村口镇最具特色的标签,也是王村口镇发展的底气。绿意葱茏的群山,蜿蜒流淌的乌溪江,曾经见证了艰苦卓绝的浙西南革命历史,也谱写了一曲新时代革命老区绿色发展之歌。

走进王村口镇的"1935"文旅街区,白墙灰瓦的古民居与古老的石板路,仿佛诉说着那段难忘的红色记忆与古镇多年来水乳交融的历史。为凸显浓浓的红色风情,王村口镇通过结合"千万工程",推进小城镇环境综合整治,对原有业态进行"微改造、精提升",加大历史文化村落保护等措施,累计拆除违章建筑3.5万平方米,恢复"红军万岁"、隐形红五星,增加古镇记忆墙、巨幅墙绘等红色元素,进一步推动5A级景区镇和绿色南尖岩4A级景区融合发展。

绿色是王村口镇最亮丽的底色。钱塘江的重要支流乌溪江,自南向北穿镇而过,且境内的森林覆盖率达到87%以上,海拔落差超过1000米;空气中负氧离子含量高达每立方厘米9100个,高出世界清新空气标准6倍以上,属于特别清新养人型;境内河流地表水质常年保持一类标准,是名副其实的真山、真水、真生态。依托良好的生态环境优势,全镇有4个行政村创建成为A级旅游景区村,其中桥西村创建成为3A级景区村。

凭着得天独厚的生态环境,王村口镇进一步探索生态价值实现机制的新路径,不断壮大茶叶、高山蔬菜、铁皮石斛、青钱柳、木槿花等"800+"健康农业,培育打造革命老区地标茶叶品牌"乌溪红""月光峰",创立"班春·语"高山蔬菜品牌。2022年,全镇茶叶产量为421吨,总产值为4028余万元。王村口镇对正村支部书记刘建彬种了几十年的茶叶,从前茶苗送给村民都没人种,卖出去的茶叶也都是初加工的"绿茶""香茶"。2022年,刘建彬的茶场"乌溪红"产值达100多万元。跟其他老区村年轻人大量外出不同,对正村户籍人口690余人,外出人员很少。在对正村家家种茶,形成四大茶场,人均采茶收入都在万元以上。在"1935"文旅街区,村民毛建英在自家"红军酒"店铺里一边直播带货,一边接待游客,而游客大多是冲着“红军酒”的招牌来的。毛建英一家做“仙县陈五酿”酒已有几十年的历史。2018 年，王村口镇挖掘红色文化，毛建英想起外公的往事，查找档案，找到外公尹华里曾用自家酿的土烧酒为红军伤员消毒疗伤的故事。在镇里的扶持下，毛建英卖起了独门酿制的“红军酒”，店铺租金全免，一个月销售额就有 1 万多元。

王村口镇成为浙江省红色旅游风景区后，像毛建英一样，那些“土得掉渣”的如纳鞋底、编竹篾等老行当，借着红色文旅的东风，成为村民增收的新途径。

老百姓富了！这是“红色”带来的精神富，“绿色”带来的物质富。

而县委常委苏中山的一句话更打动笔者：“金色是王村口镇最持久的动能。”

革命老区要实现可持续发展，必须要有符合当地实际的含金量高的产业支撑，要坚决杜绝华而不实、劳民伤财的形象工程。要坚持量力而为、主动作为。这些年，王村口镇按照“选准一个产业、打造一个龙头、建立一套利益联结机制、构建一个产业合作化链条、培育一套服务体系”的思路，培育特色生态农业品牌。在红色旅游的带动下，镇里开办农家乐、民宿 61 家，其中仅石笋头村南尖岩景区就有 45 家、床位数为 1600 个。2022 年，仅石笋头村农家乐民宿就接待游客 4.6 万人次，经营性收入达 498.6 万元。与此同时，王村口镇还丰富水上项目，全面提升激流勇进红军漂流，将王村口镇段乌溪江建成集亲水、戏水、漂流、赏鱼、垂钓于一体的美丽河湖；加大对浙闽古道和百里红军古道保护开发力度，举办红军古道越野赛，让游客吃有特色、住有档次、行有空间、游有内容、购有产品、乐有场所。

　　王村口镇从补齐革命老区发展短板出发，以人居环境改造提升、5A 级景区镇提升、绿色资源综合利用为抓手,谋划饮用水提标改造、集镇污水处理站、游客接待中心、研学培训基地、小镇客厅、关川水电站增效扩容等项目,为加快革命老区振兴、实现跨越式发展注入了强劲源动力。项目收益将全部用于王村口镇的 13 个行政村集体经济发展和低收入农户生产生活补助。收益的 70%用于 13 个行政村发展村集体经济，用于村集体经济发展项目和村集体经济公益事业支出,保证每个行政村不少于 10 万元,通过支持发展村集体经济"造血功能"的项目,不断壮大村集体经济。而剩余的 30%将用于王村口镇低收入农户的生产生活补助,2022 年在册人数为 283 户 412 人,预计人均增加 1000 元以上。同时,项目在建设过程中将提供大量劳动就业机会,预计相比项目未建设前至少增加就业岗位 100 余个。

　　王村口镇还以村集体投资入股的方式，对关川水电站进行增效扩容。关川源流域生态水电示范区项目总投资 1043 万余元。该项目完工后,将是全县生态水电示范区的典范。特别是项目技改后,电站装机容量和发电效率将明显提升,年收益率达 8%,预计每年可为示范区内村集体带来收益分红 30 万元。

　　"绿水藏春日,青轩秘晚霞。"站在粟裕将军曾经演讲过的宏济桥上,"1935"文旅街区传来了那首耳熟能详的歌曲:"夜半三更哟盼天明,寒冬腊月哟盼春风,若要盼得哟红军来,岭上开遍哟映山红！"

4

回到长兴革命老区，我们再次见到长兴吕山乡胥仓村村民唐红，她指着自家羊圈里 10 头肥溜溜的湖羊，眼里面有藏不住的欢喜。

入伏天吃伏羊。2022 年 7 月 16 日，入伏第一天，2022 长兴·吕山第十七届湖羊美食文化节（伏羊节）也隆重开幕。相比 2021 年的线上开幕，2022 年湖羊美食文化节以线下活动为主，在为期 5 天的节庆里，每天设置一个主题，配合不同主题组织节目演出，并送上消费券，让消费者在炎炎夏日里嗨一"夏"。

依托悠久历史，吕山乡将吕山湖羊作为文化基因解码的重点元素，以打造湖羊风情小镇为目标，深耕"美丽经济"，延伸湖羊产业链，逐渐建立起涵盖与湖羊产业相关的一、二、三产业。吕山乡依托党建统领，成立"致富湖羊"党建联盟，进一步提升了湖羊品质、提高项目质效。

唐红想不到的是，在这次美食节上她成了最大赢家。2021 年，乡里帮她卖了 10 头羊，总共 1.8 万元。2022 年，她家湖羊品相出挑，竟然迈过 2 万元大关，一手出栏、一手交钱，立马变现。

而不远处的大棚内，翠绿的芦笋同样丰收在望。芦笋是许多人家餐桌上的一道佳肴，按往年算，从地头出去的批发价 1 千克就得 12—14 元。唐红 2022 年一下种植了 4200 平方米的芦笋，入冬后能卖出更好的价钱，这也成了她全家的期望。

说到种植芦笋，唐红可能受到刘成成的启发，她也找到了自己的故事。2018 年乡里走访摸排，唐红一家被列为首批帮扶对象。可等到村干部上门动员,她却犹豫不决。

刨根问底后,她才吐露担忧:"种芦笋好是好,可怎么种、怎么收、怎么卖,这些要紧关节都是两眼一抹黑,别到时候竹篮打水一场空,赔了夫人又折兵。"

一旁的乡干部急了,说:"大棚、土地不用你管,乡里都会组织好;种不好,有专家随时到大棚指导技术;农忙时来不及,还有党员志愿者队伍上门帮忙;至于销售更不用发愁,由芦笋联合社包销。"

经过几个来回的引导,唐红这才被说服,从村里领了大棚开始种芦笋。没想到,芦笋种下去不久,台风接踵而至。一夜之间,5个大棚中,有3个大棚薄膜被损毁。

正当唐红不知所措之际,村党支部书记带着村干部赶来,为她修好了大棚。幸运的是,因救灾及时,芦笋并未遭受多大损失。

想不到当年种植当年收益,2018年年底,唐红一家净收入就多了3.5万元!之后一段时间,长兴种植芦笋面积高达8平方千米,年产量达高达1.6万吨。

然而,农户分散经营、规模偏小、各自为战,尽管有诸多专业合作社提供相关专业服务,在市场上却难以拥有议价权和话语权。

这时唐红最怕的是收购商在吕山乡田头"各个击破",农户们不仅被压价不说,还不时遭遇滞销。产业发展时起时落,犹如"过山车"。地方政府看在眼里、急在心里,却无计可施。

为了给无数像唐红这样的人壮胆,这时长兴又率先将53家会员单位组织在一起,成立了芦笋产业农合联。其中,包括27家专业合作社、9家家庭农场、6家种植大户、7家涉农企事业单位和其他4家相关单位,几乎囊括了所有相关生产主体和服务机构。产业农合联成立后,设置了销售部、技术部、质检部、专科庄稼医院和信用合作部。许长蔬菜专业合作社"当家人"莫国锋因为为人公道、能力出众,被大家公推为产业农合联的理事长。

"必须承认,现在产业之间竞争越来越激烈。产销信息、技术研发、品种试验、农机迭代、标准推广,看似简单,其实后面十分烦琐,又十分专业。政府虽然有心扶持,但对产业发展毕竟不够了解。"

莫国锋坦言,产业农合联成立后,除了每天发布产品交易价,对外拓展市场,还对经销商和农户分别形成了交易规则的强制约束。会员们只要将芦笋交给产业农合联就万事大吉,每个月定期结账,可以拿到现金。为了对经销商和农户形成约束,产业农合联规定,双方都必须缴纳一定数量的保证金。

还有,联合势必产生费用,产业农合联的办公经费从何而来?

据了解,该组织规定,会员每交易1千克芦笋,产业农合联即可从中提取1角6分钱管理费。按每天交易1万千克芦笋计算,就有1600元入账。这笔收入,可用来支付市场推广、房租水电、人员工资等费用。到了年底,如有结余,会员们将按入股比例进行"二次分配"。

区区1角6分钱管理费,看似微不足道,但其分配方式体现了合作经济的本质,保证了产业农合联的可持续运营。产业农合联的发展,也因此表现出旺盛而持久的生命力。

市场交易离不开品牌。长兴芦笋打造品牌的短板在于没有对产品进行分级,但要想分级,市场上又找不到现成设备。无奈之下,莫国锋硬着头皮找到专业研发机构,谈妥价格,然后找政府申请项目补助,进行设备的联合研发。"这时,对方看重的是我们有众多会员,一旦成功就可以批量推广。"

现在,莫国锋的芦笋产业农合联一呼百应。经过分拣的芦笋,在电商平台最高卖到了每千克近 10 元。长兴芦笋的产业地位日渐巩固,稳居浙江"老大"地位。

不久前,他又忙着组建公司,自己做大股东,再吸收其他合作社参与,共同开发芦笋果汁等深加工产品,一方面提升芦笋附加值,另一方面预防芦笋滞销跌价。

"产业农合联的作用,就在于承担了政府不能做、做不了,专业合作社做不好、不经济的事项。犹如排球场上的'二传手',是组织进攻、实施战术的关键。"在长兴县委负责人眼中,以往产业政策往往是"二八开",即 80%的资金被 20%的主体享有。产业农合联的出现,改变了这一"潜规则",让政府的财政扶持资金能够用到刀刃上,不仅公正公平公开,而且具有十分广泛的代表性。

有了集体经济组织撑腰,唐红这才开始了大胆尝试,学习湖羊养殖、芦笋循环种技术。2019 年,她又在湖羊扶贫基地领了羊舍和10 头小羊羔,开始养湖羊。自家产的芦笋秸秆当饲料,羊粪则用作肥料养地,一来一去确实省下不少成本。

如今,几年操练下来,唐红成了吕山乡种芦笋和养湖羊的一把好手,唐红家的好日子也是越过越旺,年收入竟然超过了 5 万元。

2023 年过完春节,唐红又开始实施她的新发展计划:一是租下大棚和羊舍,进一步扩大规模;二是举家搬到村里集中安置的新居,花小钱办大事。

据了解,在长兴县,唐红只是众多被帮扶农户中的一个缩影。前3年,当地共有1600多户低收入农户得到帮扶,后3年市场遭遇冲击,他们还能如愿以偿吗?

这里有数据为证:到2020年年底,长兴县低收入农户年收入达到16461元,3年间增幅达到120%,在全省率先消除了家庭人均年收入1万元以下现象;村集体经济收入则接近8.1亿元,其中,经营性收入达到3.9亿元,3年间翻了近一倍,全面消除了经营性收入30万元和总收入100万元以下的欠发达村。

长兴作家田家村是笔者的好朋友,他为了革命老区"双扶"行动,写作了一部长篇报告文学《阳光记得你》,公布了一组数据。

喜人的是,以梦为马,不负韶华,"双扶"值得,未来可期。到2021年城乡收入比,由上年的1.651:1缩小为1.625:1,不但远低于全国平均水平的2.50:1,也低于当地湖州地区的1.646:1,城乡协调发展稳步推进。

就这样,唐红的故事引发了各大媒体关注。2022年3月27日,凤凰卫视播出了一条名为《"共同富裕"是劫富济贫、培养懒汉?外国观察员实地探访,还原真相!》的新闻,特邀观察员,法国人朱力安来到长兴吕山乡考察。在此把新闻内容摘录出来供大家借鉴。

听说2015年,某事业单位出了一道面试题:中国有个地方搞扶贫,给贫困村提供了 120 头母羊。结果这些"扶贫羊",被村民吃剩了不到 60 头。原因是这个村子地处戈壁荒滩,没草没水,怎么养羊?

"共同富裕",会不会也遇到这样尴尬的情况?

吕山乡湖羊共富产业园是帮助低收入农户养羊的基地。政府每年给低收入农户 10 头羊,在这里代养。据说,在中国,低收入人群比重可能在 60%—65% 之间,因此"共同富裕"需要提高低收入人群的收入,这被叫作"提低"。

湖羊很有趣,也有不同的性格,有的羊非常胆小,有的羊是好奇宝宝,鹤立鸡群地看我们的热闹。

羊也可以优生优育,每月都做产检 B 超。

…………

每头羊的档案就藏在耳朵上的耳标里。数据汇总到控制中心,在浙江城乡行走,会发现数字化、智能化、智慧化正在成为浙江走向"共同富裕"的法宝。

在这里,朱力安遇见一位正在给羊舍打扫卫生的低收入农户唐红。

她要赡养三位长年患病的老人和两个幼小的孩子,其中一个孩子患先天性心脏病,手术费就花了 8 万元。

让人好奇的是,产业园的技术这么先进,唐红为什么还要每天来这里帮忙打扫,一日三餐亲自喂自己的羊?

有的羊会因为营养不良而生病,唐红怕羊吃不饱,想把羊养得肥一些,年底可以卖更多的钱。

她每天早晨 4 点钟起床,去拔芦笋一两个小时,天亮后带着芦笋秸秆来喂羊，再去地里家里忙活，把羊粪带去养护芦笋地，下午和晚上再来喂羊。多项政府帮扶产业，使她1年能有5—6万元的收入。

唐红：我就是希望靠勤劳肯干，日子能越过越好。

因为勤劳，唐红连续3年获得了羊羔赠予，每年10头。湖羊共富产业园，帮助了42户像唐红这样的低收入农户，增收共约70万元，并且9个村庄因为出租这块土地给公司运营产业园，每年也收获了租金900万元。

更重要的是，勤劳才能致富，"共同富裕"并不是培养懒汉。

按照上面这个标题，有必要补充说明一点，共同富裕是全民共富、全面共富、共建共富和渐进共富，是普遍富裕基础上的不同程度的富裕，不是同等富裕、同步富裕；不仅仅是物质上的富足，而是物质文明、政治文明、精神文明、社会文明、生态文明的全面跃升；是循序渐进、由低到高、由局部到整体的阶梯式递进、渐进式发展过程，既不能裹足不前、无所作为，也不能好高骛远、超越阶段。

2021年2月25日，全国脱贫攻坚总结表彰大会在北京人民大会堂隆重举行。中共中央总书记、国家主席、中央军委主席习近平向全国脱贫攻坚楷模荣誉称号获得者颁奖并发表重要讲话。大会还对全国脱贫攻坚先进个人、先进集体进行了表彰。令唐红等百姓自豪的是，长兴县低收入农户高水平全面小康工作领导小组办公室被中共中央、国务院授予"全国脱贫攻坚先进集体"称号，这是中华人民共和国成立以来长兴获得的最高荣誉。

截至 2021 年年底，长兴县累计完成低收入农户生活设施帮扶 1466 户，其中 2019 年 1016 户、2000 年 300 户、2021 年 150 户，累计投入资金约 1220 万元，有效提升了低收入农户的生活质量，也使得共同富裕的梦想照亮了现实。

就像吕山乡村民唐红所憧憬的，革命老区的天是明朗的天，这里的阳光没有辜负任何一粒种子，所有种子快乐又向上，过好每一个日升月落的日子。

第六章

一个村如何能成为"小城市"

`

你印象中的农村是什么样子？

可能许多人会告诉你,砖瓦房、泥土路、脏乱差、交通闭塞、发展落后……

但在浙江金华有这样一个村,它位于东阳市南马镇,村里边各种洋房别墅随处可见,价值千万的有不少。再往里走,你还能看见一栋栋拔地而起的商品房,甚至还能看见豪华酒店、购物商场、游乐园、电影院等现代化设施。

你要说它是城市,估计大家也不会怀疑。因为它的富裕程度,甚至超过了某些地市。2022 年,这个村的营业收入达到 655 亿元,人均年收入达到 16.5 万元。要知道,这年全国农村居民人均可支配收入是 2.01 万元。

这个村的党委书记更是说:"在我们村, 家庭资产 500 万以下的是困难户,1000 万刚起步,5000 万才算富,1 个亿以上的才是真正的富裕户。"

这个村有一个好听的名字——花园村。

不过吃水不忘挖井人,2003 年 6 月的一天,时任浙江省委书记的习近平到东阳市南马镇花园村调研,从田间地头到农家村舍,一路走一路看,强调三农工作要适应形势的变化,创新工作的思路。

的确,花园村由此发生了翻天覆地的变化。

在此背景下,花园村人渐渐明白了,一村红红一点,大家红红一片。2004 年,东阳市决定将花园村与周边 9 个行政村合并组建成新花园村,农户从 183 户增至 1749 户,人口从 496 人增加到 4271 人,面积从 0.99 平方千米增至 5 平方千米。

此次并村后,花园村人感到了集体经济的力量,一村富富一点,共同富富一片。2017 年 3 月,根据东阳市行政区划调整,另外 9 个村庄也被并入,顿时花园村村域面积由此扩大到 12 平方千米,村民数量增至 1.4 万余人。

不断扩张的村庄"版图",使花园村成为一个经济越来越发达、人口越来越聚集的"超级大村",推动其走上独具特色的就地城镇化之路。有人埋怨,让一个村不断兼并,是否有点儿鞭打快牛的味道。花园村的人哈哈一笑,就是要让大家共同富裕起来,因为"万紫千红才是春"。

时下,花园村共有农户 5000 多户,常住人口超过 6.5 万人,外来人口 5 万多人。花园村先后被授予"全国模范村""全国文明村""中国十大名村""中国十佳小康村""中国旅游特色村""中国幸福村"等诸多荣誉称号,是老百姓安居乐业的美丽乡村。这个过去"村名花园不长花、草棚泥房穷人家"的穷山村,如今过上了共同富裕的幸福生活。

　　说到这里,人们可能会问,到底是怎样的力量,使昔日贫瘠的花园村开出富裕之花?到底又是怎样的力量,让这个在1978年人均年收入仅有87元的穷山村,摇身变为"绿富美"?带着这些问题,我们一起去见证花园村的奇迹。

1

　　浙江省东阳市南马镇花园村,隶属东阳市,地处浙江中部,距东阳城区16千米,据说建村历史已有600多年。

　　时光回到1978年,花园村仍是当地有名的穷山村,村庄人口不足500人,面积不足1平方千米,缺水缺地缺资源。当地一首民谣道出村民生活的真实写照:"村名花园不长花,草棚泥房穷人家。种田交租难糊口,担盐捉鱼度生涯。"

　　俗话说靠山吃山,靠水吃水。花园村地处浙中山地,四周都是山,但村庄却是11个不长茅草的小山头,因地质结构原因,山上树木稀少,连烧柴做饭都成问题,村民不得不去周边山区砍柴。耕地也因为缺水,收成极差。

　　不能靠山吃山,又无水可靠,且连生活用水都成问题,碰上干旱年月,需去隔壁马府村挑水。因打水之事,花园村人没少受气,时常遭白眼或恶作剧。

　　为了生计,花园村人捉过泥鳅,中华人民共和国成立前还贩卖过食盐。1955年,一场突如其来的龙卷风,把整个花园村一扫而空,留下一片残垣断壁和支离破碎的瓦砾。一夜之间,村民连住的地方都没有了。

填饱肚子活下来,重建泥房,曾是很长一段时间花园村人为之努力奋斗的事情。花园村人能吃苦,异常勤奋,但终因资源太贫瘠,在传统的农耕时代只能艰难度日,吃了上顿愁下顿。

到 1978 年,花园村村民人均年收入仅有 87 元;人均口粮只有约 120 千克,人均一天不到 0.35 千克,少得可怜。大部分时间,村民只能吃糠咽菜。年纪大点儿的花园村人还记得,当年如果能有碗猪油饭,那就是打牙祭了。

"好女不嫁花园村"的说法曾在当地普遍流传,不知是外界对花园村的嘲讽,还是花园村人的自嘲。过去的很多年里,这里由于缺少水源,下点儿雨有望打点儿粮,天一旱就颗粒无收,村里30多岁还娶不上媳妇的小伙子比比皆是,而姑娘则大多未满 20 岁就嫁出了村。

直至 20 世纪 80 年代初,改革开放的春风在神州大地吹拂,乡镇企业开始萌芽。村里的能人邵钦祥和二哥邵钦培、老书记邵福星,各自出资 500 元,在当地创办了蜡烛作坊。

他们没想到几个月后就把本金赚了回来。要知道,在那个年代,500 元相当于村里一个劳动力好几年的收入。在土里刨食,日晒雨淋,不分昼夜,但收入微薄。两相对比,很快,办蜡烛作坊赚了大钱的消息在村里炸开了锅。

当年春节,村里家家户户都分到了"花园"牌蜡烛。摇曳多姿的烛光,让花园村人看到了希望。"邵钦祥他们能办作坊,我们是不是也能办?邵钦祥是能人,我们比不上,亏了怎么办?"

一段时间里,一些村民内心很纠结,既羡慕却又不敢尝试,毕竟投资不是个小数字，且他们长期从事农业生产，对办厂的事一无所知。

渐渐地，一些胆大的村民在邵钦祥的鼓励下，开始加入创办作坊的行列。蜡烛作坊的成功给了邵钦祥信心，同年 10 月，他很快又牵头办起了村里真正意义上的工厂，即花园服装厂。此后 10 年间，村里有了几十家大大小小的作坊或工厂，通过开办工厂，一部分村民的腰包渐渐鼓了起来。

1986 年，当时 33 岁的邵钦祥被选为村支部书记。此前，他已担任村干部多年，对村里情况特别了解，时常考虑村庄如何发展，走出困境。在和老支书邵福星搭班子期间，年轻的邵钦祥出过很多主意，办成了当时村里想都不敢想的大事。

开办工厂几年，邵钦祥走南闯北跑市场，赚了钱，见识也越来越广。

之后，邵钦祥发现小作坊、小企业在开拓市场等方面有很多不足，也暴露出了许多问题。同时，他认为村里要富起来，还是需要大家拧成一股绳。

于是，20 世纪 90 年代初，邵钦祥以自己旗下的 8 家企业，联合村里的 46 家户办联办企业成立了金华地区的首家村级工业公司——花园工业公司。

工业公司成立后，多个行业齐头并进，并以规模、质量优势占据了市场博弈的主动权。当年，公司产值就达到了 1000 多万元，上缴利税 100 多万元。

比起产值、利税，更让邵钦祥高兴的是，不仅花园村村民实现了 100% 就业，还吸引了周边和外来人员到花园村就业。1993 年，邵钦祥组建了花园工贸集团有限公司。1995年,该公司成为首批国家级乡镇企业集团。那么,随着企业不断壮大,是守成还是进取? 与其他乡镇企业一样,花园村也走到了自己的十字路口。

2

有人劝邵钦祥,已经很不错了,钱也够花了,可以歇歇脚享享福。但邵钦祥不这么想,他想的是"我是富了,但村里还没富"。

邵钦祥为何会这么想? 他没有忘记,2003年6月,时任浙江省委书记的习近平到东阳市南马镇花园村调研,对花园村人提出的要求和希望。

邵钦祥想到要解决"三农"问题,想到了一产与二产、一产与三产可不可以融合发展?

当时浙江省正式启动了"千万工程",花园村借此东风,进一步完善了之前的旧村改造计划,包括自来水入户,生活污水集中纳管处理、村容村貌整洁等。

花园村第一次旧村改造始于1988年,当时花园村和大多数农村一样,住房参差不齐,要求也不一样。有人急于从破旧的泥房搬出,也有人认为老房子不能拆。

为了让旧村改造的好事做好,不要成为新的半吊子工程,邵钦祥和村干部们没少费工夫,挨家挨户做工作,讲"千万工程"的好处,描绘美好前景等。

花园村缺水,在邵钦祥的描述中,"千万工程"建设后,拧开龙头就能用水……慢慢地,村民统一了思想。

旧村改造过程中，邵钦祥之前创办的砖瓦厂也发挥了很大作用。村民购买红砖方便，价格只有市场同类产品的一半，解了燃眉之急。也有个别村民家里经济困难，建不起新房，邵钦祥慷慨解囊给予帮助。

到 2003 年年底，花园村旧村改造的扫尾工作彻底完成，实现了生产发展、生活宽裕、乡风文明、村容整洁和管理民主，成为当地名副其实的新农村建设示范村。

2004 年，着眼于发挥花园村的先富带头作用，东阳市调整行政村区划，将花园村与周边的马府、南山等 9 个村合并，组建了新花园村。

消息一传开，10 个村都炸开了锅。当时老花园村人想不通，并村后人口增加近 10 倍，村民人均年收入要降 2 万元；周边村人均年收入只有几千元，有的宗族势力严重、干部不团结、矛盾纠纷多发，花园村会不会因此背上包袱？其他 9 个村的人也满腹狐疑，担心福利待遇不能统一，成为花园村的"二等村民"。

为并村的事，1 年时间，各种会议开了 260 多次。在最后一次老花园村村民代表会上，邵钦祥动情地说："我们的生活好过了，忍心看着其他村过穷日子吗？如果不能带动周边村民共同富裕，花园村这个新农村的榜样，意义还有多大？"会场顿时鸦雀无声。

并村，先要"并心"。面对村民的种种担心和猜疑，花园村不搞特殊化，实行"一分五统"。一分即村企分工，产权清晰，开始做大集体经济；"五统"即财务统一管理、干部统一使用、劳动力在同等条件下统一安排、福利统一发放、村庄建设统一规划实施。这一举措迅速凝聚了人心。

在并村后的首次动员大会上,新一届村干部班子向村民承诺:先富带后富,强村帮弱村,新花园村要 1 年小变样、3 年大变样、5 年大发展。

变化从旧村改造开始。花园村调整新农村建设方案,将全村划为村民平安居住区、高效生态农业区、第三产业服务区、高科技工业园区;原 10 个村改为 10 个小区,整体搬迁 4 个村、整体拆建 4 个村、旧村改造 2 个村。

几年时间,一个全新的花园村呈现在了世人面前。时间渐渐模糊了新老花园村人原来的身份,大家的人均年收入不仅没有降低,反而稳步提升,福利也越来越多。2016 年,花园村全村实现营业收入 461.23 亿元,村民人均年收入达 16 万元。

莫非能者多劳?

2017 年 3 月,花园村迎来第二次"1+9"并村,周边又有 9 个村并入花园村。花园村村域面积从 5 平方千米扩到 12 平方千米,村民从 5000 多人增到 13879 人,加上 5 万多外来常住人口,全村人口超过 6.5 万。

有了第一次并村的成功经验,在这次并村过程中,邵钦祥坚持以科学规划为引领,将城乡统筹贯穿始终,重构村庄人居环境及产业布局,迅速推进"六融合",即思想融合、班子融合、管理融合、资产融合、制度融合和目标融合,通过融合实现并村"并心"。

但是,并进来的村,经济状况全都不如原来的老花园村。有些村的集体经济完全是一片空白,还有许多村欠着一屁股的债务,指望并村之后通过老花园村的集体积累来弥补。

的确,第一次并村之后,老花园村的村民人均年收入陡降,从

3.6万元降到1.6万元；2017年第二次并村后，村民人均年收入降得更多，从16万元降到了12万元。

事实上，被并村的村民也没有预想的那样盼望并村。相反，许多人心里嘀咕：老花园村的福利早有耳闻，老人每个月都有生活费，电视费、电话费都由村里包了，子女上学学费减半，那并村后，大伙儿会"平起平坐"吗？

如南山村，无论从规模还是经济总量看，它都是并入村中最大的一个。它有上千人口，人数是老花园村的两倍。而且村庄地理位置也相当不错，从东阳市通往永康市的东永一线公路正好从村边经过。拥有这样强劲实力的南山村，却被分裂成东、西两庄，两庄各设一本账，这一分就是几十年，矛盾深重，纠葛久远。

邵钦祥开出了一剂猛药。他宣布并村后的新花园村，财务统一、福利统一、村庄规划建设统一。这位有着浓重共同富裕情结的村支书，带着新一届村班子向全体村民承诺：先富带后富，强村帮弱村。

并村之后实行旧村改造，南山村原有的村庄居住布局被打破，原来东、西两庄的人通过招投标重新安排，同时经济上不再分开，都在一起领取补贴和养老金。几十年形成的"坚冰"在无形中逐渐消融。

时至2020年，花园村的人均年收入已突破14万元，放眼全国，达到这条水平线的村庄恐怕还不多。如今花园村村民享受着30余项福利：村民看病，在医保报销的基础上再报销一半医药费；每人每月发放米、肉、蛋、油；享有建房补贴，资金不够由村集体垫付；村里有免费的公交车，招手即停；子女上学实行16年免费教育制,从幼儿园到高中书费、学费全免……

"并到花园村后,日子越过越好了。"村民总会发出类似的声音。

环龙小区(原环龙村)并村前曾是出了名的"问题村",村民三天两头上访。以前环龙村地势落差超过 20 米,别人家的房子造在自家房子楼顶,常有牛羊跑上跑下。

2017 年并村后,花园村对环龙小区进行了土地平整,如今,这里面貌焕然一新。"以前街边三天两头吵,现在大家安居乐业,有一年全小区的男女老少还一起排了 16 个节目,迎国庆。"村民贾明松说。

在村里,"坐吃山空"被人看不起。"只要肯奋斗打拼,村里有各种政策帮你。"渼陂下小区的吴阳峰说,并村后他在村集体的支持下办起红木厂。2019 年,赚到钱的他在自家办起了民宿,一间房村里补贴 1000 元。"现在我的民宿有 7 个房间, 全家人都是员工。"吴阳峰说。

3

走进花园村, 主干道是双向四车道, 村口有"中国农村第一城"几个大字,道路两侧有高层住宅、别墅和商业楼宇,还有电影院和徐徐转动的摩天轮;村里有国际化学校,是浙江师范大学附属东阳花园外国语学校, 还有城区的孩子特意转学来这里读书;在总体规划中,全村被划分为村民平安居住区、高效生态农业区、第三产业服务区、高科技工业园区;村里还有按五星级酒店标准建设的花园雷迪森大世界,建筑高 99 米,被称为"浙江农村第一高楼"……

无论从哪个角度看,花园村都有了"小城市"的样子,村民普遍很自豪,村庄综合实力已超过一般中心镇。只是他们有点儿担心如今被纳入"小城市试点"后,花园村还叫"村"吗?可若改"村"为"市",又不符合法律规定。

不断扩张的村庄"版图",使花园村成为一个经济越来越发达、人口越来越聚集的"超级大村",推动其走出独具特色的就地城镇化之路,是这座"花园小城市"率先探索的一条新路。

这里先得申明一下,时至今日,这里是村企分开的,花园集团(前身为花园工贸集团有限公司)与花园村相互独立。但曾经发誓要改变家乡的邵钦祥没有食言,从创业之初到现在,他始终把钱投到花园村。

"千百年来,中国的农民就始终向往城市的生活。既然如此,我们就要想办法把农村变成城市。"邵钦祥认为,"由村变城"的关键,在于基础设施和公共服务。

邵钦祥,1954 年出生,个子不算高,微微有些发福,灰白头发被剪成利落的板寸,他操着东阳口音普通话,中气十足。打开话匣子,这个富人偏要从"穷"聊起。

花园村名字很美,但它不过是浙中山区重重丘陵间的一片小山头,缺水少地,灌溉成问题,以前日常饮水都要去邻村挑。在东阳,花园村一度穷得远近闻名,邻村有好事者编了民谣嘲笑花园村不长花,满园是讨饭人。

讲起"穷",邵钦祥的嗓门不自觉地提高了几分:"当年花园村没有机耕路,镇干部骑自行车进村,第一天就摔断了腿。好不容易村里买了台拖拉机,还是一帮人用肩膀扛进来的。因为路不好走,放流动电影的电影队也不愿意来。就算来了,村子里也找不到一块像样的场地。"那是 1976 年的事,那一年,邵钦祥成为花园村生产队大队长。他向笔者报出了一组精确的数字:1978 年,花园村年人均口粮 200 千克,生产队分红每人每天 2 角钱。

1978 年,邵钦祥结婚。这场婚礼,某种意义上成了邵钦祥后来"造城梦"的原点。结婚是大事,穷如花园村,邵钦祥总还是希望婚礼能办得体面些,而他对"体面"的定义,就是婚礼能用上电灯。当时,隔壁只有 40 余户人家的马府村已经置办了柴油发电机,而有 80 多户人家的花园村还在点煤油灯。邵钦祥只好跑到马府村借电,对方同意帮忙,为邵钦祥拉一路电线,但是电线要自己解决。

婚礼当晚,借来的电照亮了婚礼厅堂,为邵钦祥挣足了面子。谁料酒席热闹之时,突然黑了灯——原来,马府村的两个小青年听说花园村有人借电办婚礼,认为是穷人摆阔,于是恶作剧地拔掉了保险盒。婚礼陷入了混乱。黑暗中,邵钦祥心里五味杂陈,一种混杂着恼怒与羞耻的复杂情绪涌上心头。

时至今日,提起那场婚礼,邵钦祥依旧有些意难平:"人穷被人欺,村穷才受气。那时我就在想,有朝一日,我当上村干部,一定要让花园村富起来。"

现在回忆起村里这些年的变化,邵钦祥如数家珍:连片别墅、高层住宅、高档剧院、高端学校、等级医院、生态公园、商业中心、国际影院、专业市场、特色街道、银行网点、设施农业、星级酒店、文化广场、自来水厂、老年公寓、博物馆、体育馆、图书馆、游泳馆、游乐园、幼儿园等基础设施和公共服务一应俱全。

"哈哈,城里有的我们农村也有!城里没有的我们农村也有!"强烈的自豪感洋溢在花园村人的脸上。花园村基础设施配套完善,公共服务应有尽有,家家是新房,人人有保障。村子虽不大,真可谓"麻雀虽小,五脏俱全"。

说来说去,花园村多年投入"造城",并非做慈善。邵钦祥把这一过程总结为"以业兴村":既然资源禀赋差,就要靠工业和服务业来带动村庄的发展,还能以此带动村民的创业热情,从根本上解决农民经济来源的问题。村子兴旺了,人气足了,又倒过来能促进企业和村级经济的进一步壮大发展——

花园红木家具城便是一例。以前,这里是无木无林;现今,这里"点木成金"。

花园村的"红木现象"已成为一个"无中生有"的产业传奇,"世界木雕之都"的美誉在艺术殿堂里熠熠生辉,折射出无比耀眼的光芒,指引着匠人之心雕琢木艺神韵之美。

沿着 217 省道,进入"天下红木第一村"——花园村,一条 3.5千米长的红木文化长廊张开双翼迎接着五湖四海的宾朋。飞檐翘角,雕梁画栋,古色古香,金碧辉煌,彰显出传奇村庄繁花似锦的富足生活。

这里,没有原材料和区位优势,却在短短 10 多年的时间里,建起了一座集红木家具设计、生产、批发、采购于一体的"红木王国",红木家具产量一跃占到全国市场的三分之一以上。

这样"无中生有"的传奇,究竟是如何实现的呢?

大家晓得,历史上东阳木雕天下闻名。2010—2014 年,靠着木匠人才优势以及红木产业链的形成,花园集团投资建设了花园红木家具城。不产红木的花园村一跃成为"天下红木第一村",产业链衍生出了原木交易、工艺品雕刻、红木家具生产、仓储物流等,涵盖从原木、板材、锯板、烘房、雕刻、油漆以及红木家具设计、生产、销售的所有产业环节。2020 年年底,花园村拥有个体工商户2949 家,其中红木家具及木制品行业就有 1976 家,占比达 67%。不仅如此,花园村红木产业还辐射了周边 6 个乡镇街道,10 多万老百姓利用这一富民产业走向全面小康生活。

为了打响"花园红木"品牌,花园村从全局出发,积极推动红木产业向深度延伸,花园村人正在以工匠精神为驱动力,谱写中国传统文化与现代家具完美结合的新传奇。2018 年 9 月,"花园红木家居小镇"入选浙江省级特色小镇第四批创建名单。花园村致力以"红木文化传承地、红木家居聚集区"为战略定位,聚焦时尚和文化产业,致力于构建文化创意、研发孵化、智能制造、展示贸易、会展服务、品牌营销、物流服务于一体的红木家居全产业生态链,打造创业创新创富乡村振兴先行区、改革引领产业转型升级样板区、中国红木产业文化要素集聚区、红木产业全产业链发展示范区。

不仅如此,花园村人还成立了中国木材与木制品流通协会花园红木专委会,建起花园红木产业国际物流中心,设立中科公信木材检测中心,吸引金融机构营业网点入驻市场,增设花园红木文化展示区,升级市场导视标识,开辟了以工匠精神为主题的大师艺术作品街,等等。花园红木家具城做足了提档升级文章,使得市场在初次参与星级市场考核时便被评为浙江省"四星级文明规范市场",成为全省首批通过商品市场"五化"改造验收的专业市场。目前,花园红木家具城还在积极创建浙江省"五星级文明规范市场",致力于服务更完善、购物更放心、市场更规范。

事实证明了一切,2020 年花园红木家具展销会交易额高达 13.5 亿元,再一次刷新了此前创下的纪录,为市场经营户带来了巨大的红利。据不完全统计,花园红木家具城 2022 年交易额达 178 亿元,取得较好的成绩并受到了社会各界的关注。

就这样,花园红木家具城顺理成章地成了花园村的"市中心",家具城右侧是花园田氏医院,对面是花园商业中心。2017 年 8 月,花园集团投资 10 亿元开始按五星级酒店标准建设花园雷迪森大世界。

花园村的"城市味"越来越浓。这里既有肯德基这样的知名连锁餐饮企业,也有来自全国各地的特色农家饭馆;既有时尚一流的花园国际影城,也有传统味十足的花园艺术团演出;既有花园商业中心这样的商业综合体,也保留了农历逢三、逢八的集市日以及每年四次的物资交流会这样的传统购物形式……

不管城里人怎么想,邵钦祥对如今的花园村很满意。他说:"花园村实际上已经是一座城市了。家家户户通水、通电、通天然气,就连电视点播台的节目也比城市里丰富。"但是,他又说:"虽然形态是城市,但是花园村本质上始终是农村。"

此时,邵钦祥对于城市生活的理解和追求,其实非常朴素。

邵钦祥时常出差,但除非出远门,否则工作结束后,他无论如何都要回村里住。"造城的目的,归根结底是让农村人不用背井离乡,在家门口就能过上城市里的生活。"邵钦祥说,"花园村要成为城市,不光要看起来像城市,在'软件'上更要投入。"

村里已经有了政务服务自助一体机,村里便民服务中心的大屏幕上滚动播放"最多跑一次"事项清单,涉及户口管理、市场监管、供电、法律咨询等,群众办事一般不出村。花园村有一套类似城市治理的运行机制。绿化种植管理靠花木公司,卫生检查有督查办公室,找工作到劳务市场办公室,有矛盾纠纷找综治办公室。花园村每年投入上百万元,成立了由 2 名法律硕士、4 名法律专业本科生、10 名常驻工作人员组成的法律事务部。在村综合信息指挥中心,能看到全村 3700 多个监控摄像头的画面。"花园村的经济社会发展水平已经具备成为'小城市'的实力,但进一步推进城市化,就会遇到村级定位的许多限制。"花园村党委副书记邵徐君说。

美丽城镇,重在改善民生。实施道路"白改黑"工程,既是打造美丽城镇、提升城市品位的需要,也是进一步完善投资环境、吸引外来投资、促进当地高质量发展的需要。目前,花园村已完成全村主要道路"白改黑"工程,让一条条农村公路旧貌换新颜,村民们一张张笑脸浮现在眼前。"在村内道路提档升级上,花园村投入巨资全力打造生态美丽示范路,助力美丽城镇建设环境美。"花园村党委副书记郭进武说,"接下来,花园村还要进一步完善和优化村庄外围道路建设,致力于形成一个'内通外畅'的交通网络体系。"

道路提档升级的同时,花园村各小区路灯亮化、生态绿化、卫生洁化、饮水净化、环境美化等工程也持续得到推进。花园村还积极实施花园红木家具城广场"白改黑"工程,致力于以崭新的面貌迎接来自全国各地的客商;科学整合花园村旅游资源,持续完善花园天香湾景区各类基础配套,全力建设溇陂下水库工程,让各地游客感受"中国十大国际名村"——花园村的独特魅力;持续推进绿化美化工作,全面提升花园村"颜值"以及群众居住体验感;统筹推进景区 3A 级厕所提升、垃圾分类及个性化垃圾桶设施配套、综合管网改造及水塘建设、电力通信设施改造等工程,全面扮靓美丽城镇建设底色。

自美丽城镇建设以来,花园村深入贯彻"绿水青山就是金山银山"的发展理念,积极打造美丽民居、美丽庭院、美丽街区、美丽社区、美丽企业、美丽河湖和美丽田园等系列"美丽工程",全域提升村容村貌,全局谋划村庄建设,不断提高村民群众的安全感、获得感、幸福感。

"美丽城镇建设响应人民群众日益增长的美好生活需要,是浙江省高质量发展建设共同富裕示范区的重要载体,花园村将在便民服务、医疗卫生、教育资源、农贸商超等方面持续发力,打造'城乡等值'的生活服务,全力创建美丽城镇建设省级样板。"邵钦祥告诉我们说。

2020 年,花园村全村实现营业收入 610 亿元,拥有个体工商户 2949 家,村民人均年收入 14.2 万元。

近年来, 花园村以改革试点为契机, 加快推进城市化进程。2018 年,占地面积约 2 平方千米的农业基地被列入浙江省 6 个农村综合改革集成示范区建设试点之一。2019 年,花园村成为浙江省唯一的乡村振兴综合改革试点,完成了 6 大体系、21 个方面、53 项改革任务。2020 年,花园村作为特大村被列入浙江省第四批小城市培育试点,是全国首个以村为单位的培育试点。2021 年,花园村又被列入浙江省首批未来乡村试点。2022 年,东阳市人民政府与浙江农林大学共建的浙江乡村共富学院落户花园村。

4

第一次走进花园村的人,常常会被颠覆的是头脑中固有的乡村印象。

从进村开始,眼前不见寻常农村的村舍、稻田阡陌纵横,四周是规划有序的红白相间的住宅、红木商铺长廊、快餐店、电器连锁店、教育培训机构……村里甚至有自己的劳务市场和大型游乐场。

你说是村嘛,它更像一座城。12 平方千米的村庄里,村道上红绿灯就有 20 多个。但历史上,花园村这个有着美丽名字的村庄,曾经是一片贫瘠的荒丘秃岭。

花园村造富,除了得益于田间地头的收获,还因为这里"种植"着另一种"作物"——一产与二产、三产的融合发展。这也是人们常说的"无农不稳,无工不富,无商不活"的真实写照。

花园村有 5 万多外地人,规模是本村人的 5 倍。天南海北的人到了花园村,迅速融入这里的就业网——花园村拥有 1 家上市公司、7 家国家高新技术企业,还有 2949 家个体工商户。

也许,机会总是留给有准备的人。多年前,邵钦祥得知中科院感光所自 20 世纪 80 年代初就开始从事维生素 D_3 的研究,至 20 世纪 90 年代研究出一条从胆固醇合成维生素 D_3 的新工艺路线,但是大规模生产需要投入大量资金进行中试研发。他果断拿下项目,使得维生素 D_3 中试成功;接着又斥资 2000 万元,一次性买断这项维生素 D_3 生产技术。

2014 年 10 月 9 日,花园生物公司在深交所创业板正式挂牌上市,成为当年金华地区首家上市公司,这也是花园村的首家上市公司。10 多年的时间,花园生物公司从维生素 D_3 行业的无名之辈成为行业领跑者,如今已是全球最大的维生素 D_3 生产企业。

近些年,花园新材、花园金波、花园药业、花园新能源也完成了股份制改造,并在争取上市。一大批老员工分到了股份,这也意味着,几年后花园村的"富豪榜单"或许会更长。

不过,我们发现花园村更大的创富源头,恐怕还是村里的红木市场。这里"半个村"属于红木,属于红木厂,属于红木一条街。

确切地说,这里有全球最大的红木家具专业市场,也拥有最完备的红木家具产业链。村里 67% 以上的个体户和红木产业息息相关,用"全村的经济命脉"来形容红木产业,一点儿都不夸张。

村民方明亮在红木市场里"淘金"已经有 10 多年。10 多年前,村里的红木市场刚刚建好,他就结束了原来在外奔波的木线条生意,回到村里租了店面。"当时看村里有做红木生意的机会,回来了一大批人。"那些当年和方明亮一起回村创业的人,许多人生意越做越大,方明亮本人就刚刚新建了一家工厂,年销售额也已高达 8000 万元。

这也是邵钦祥当时的梦想。为了发展红木产业,村民在村里的原木市场、木材市场里建了数百个工棚,这些工棚每年都有可观的租金,为花园村集体经济的壮大打下了很好的基础。

在整个花园村，把自家闲置空房租给红木产业经营者的大约就有 300 来户。与我们想象中不太一样的是，花园村村民收入来源并不十分依赖村集体经济。村民实现本地就业的途径还有不少：头脑活络的村民可以自己创业；文化程度高的被村里企业聘用；文化程度不高的可以从事相关配套服务业，例如园林绿化、村庄保洁等工作。

这里有几个数据，我们一看就明白了。2020 年，花园村实现营业收入 610 亿元，其中花园集团完成 320 亿元，村个体工商户完成 290 亿元。花园村拥有个体工商户达 2949 家，村民人均年收入约 14 万元。如今，花园村产业涉及生物与医药、新能源与新材料、军民融合与新动能、红木家具与木制品、新建材与建筑、文化旅游与教育卫生等，拥有全球最大的维生素 D_3 生产线、世界最大宽幅铜板带、全国领先新型墙体材料、填补浙江空白的高性能铜箔、浙江省领先的智能化全自动新型建材以及军工配套等生产企业，打造了全球最大的红木家具专业市场以及全国最大的名贵木材交易集散地，建成了全国规模最大的村级医院、学校、商场以及全国最高的村级摩天轮和 99 米高的浙江省农村第一高楼等。

说一千道一万，花园村的富裕，不是"被平均"的富裕，而是货真价实的"共同创富"，花园村走出了一条"以工强村、以商兴村、全面小康、共同富裕"的逆袭之路。

5

如今车水马龙的花园村，一点儿不比城里逊色。晚上，当跳完广场舞的村民各自散去时，村子东边的夜宵一条街开始人声鼎沸，到了早晨 4 点多，西边的早餐街已经亮起灯光。

这个坐落在浙中腹地东阳市南马镇的村庄，平均每天有 1 万多名游客来游玩。99 米高的雷迪森大世界和 88 米高的摩天轮矗立在村里，昭示着这个村"不一般"。

神奇的是，这样一个"五脏俱全"的"超级大村"，却没有一名公务员，只靠 32 名村干部推进乡村自治。目前，花园村多数"领导"都由能人兼任，不拿村里一分钱，少数村干部由全职管理者专任。

为了管理好花园村，村里几番修订完善了《村规民约》《生态公约》《村民道德公约》等，用制度来约束行为。评定先进文明户、五好家庭户、遵纪守法户等荣誉时，村里始终将这些荣誉与各项福利的发放挂钩，说是物质刺激也无妨。

不过，随着大量外来人员拥入花园村，尤其当实体企业快速发展，带动村集体收入增加时，一些矛盾纠纷开始凸显，其中大多是利益冲突引发的。

如何既发扬传统乡村治理优势，又吸收现代城市管理的方法，这对花园村治理提出了新要求——在探索城乡一体的基层治理之路上，如何通过德治、法治和自治相结合，来构建一个和谐家园？

"村看村、户看户，群众看党员、党员看干部。"两次并村后，花园村党委把原先花园村的党员和 18 个新并入村的党员重新整合到下设的 6 个支部中，实行"以老带新、强弱联带"，实现思想融合、班子融合、管理融合等"六融"。同时，花园村还设立村治专门事务机构,设立纪委、政法办、保卫部、法律事务部、调解委员会、治安联防总队和救援队,定期开展协商共治。

"本村村民与外来人员发生纠纷时,首先处理本村村民;村里党员干部与村民发生纠纷时,首先处理党员干部";"本村任何单位和个人不准招用 16 周岁以下的人做工"……在花园村的广场上、每个村民家中的茶几案头上,都能看到这个村的《村规民约》。从社会治安到村风民俗,薄薄几页《村规民约》凝聚着全体村民对价值准则和行为规范的共识。

"物质上,花园村已具备'小城市'的规模,但精神上,仍处于乡土社会向现代文明转型阶段。"邵钦祥十分清醒地说,"《村规民约》是经村民代表讨论制定、全村公示后通过的。除了《村规民约》,花园村还制定《生态公约》《村民道德公约》等,以此提高村民的自律、自治和自我保护能力。"

新老村民清楚地知道,一旦有破坏家庭、邻里、村庄和谐的行为,便无法参评先进文明户、五好家庭户、遵纪守法户。村妇联主席厉丽香说:"如今每年年底评出的这些荣誉,奖励不多,但已成为花园村人的共同期待。"

有些乡村,村民办事情跑了一圈还摸不着头绪,但在花园村不会这样。花园村积极探索"最多跑一次"改革,以"办事一般不出村"为目标,让村民们的许多事务在村大楼一楼的便民服务中心就能快速办结。自浙江省乡村振兴综合改革试点启动以来,花园村在村级便民服务中心建设方面积极探索,按照"新窗口、新理念、新模式"的方式进行打造。经过前期调研梳理和对接,花园村便民服务中心的 17 个办事窗口可办理公安、民政、人社等 600 多项业务,通过推进"综合窗口"前移、强化代办帮办服务等方式提高下放事项办理率,让群众办事基本可以在村内实现。

还有,花园村的所有村干部,都是经过民主公开选举产生的。村务实行严格的公开制度,凡涉及村庄公共利益的重大决策事项、关乎群众切身利益的实际困难问题和矛盾纠纷,都由党委组织召开村民大会和村民代表大会协商决定。在两次并村后,花园村探索出"村-小区"两级治理机制,将19个村改组为"小区",在村党委统一领导下,小区分头进行日常管理,实现了统一决策与分头执行的有机结合。这样一个大村,没有一名公务员,照样能治理得井井有条。

有人统计过,花园村近40年来,实现了"矛盾不上交、纠纷不出村、村民零上访",可以说,这是一件不简单的事情。

此外,乡村治理离不开数字智能。花园村的高效农业观光园包括玻璃温室大棚、塑料连栋大棚、水生植物园、苗木花卉基地、葡萄长廊等。在花园农发公司,农技员卢振兴熟练地打开手机上的智慧农业云平台,点击了几下屏幕,生态大棚的天窗便缓缓打开,能给蔬果通风降温。"有了智慧农业云平台,大棚温度、湿度、光照强度、土壤水分、养分及农作物的最佳浇灌、施肥时间都能以数据的形式呈现。"卢振兴说,他可以用手机进行温湿度设置,完成自动控制或远程控制,既高效又科学。

在全自动玻璃温室大棚里,四季瓜果飘香,无土栽培技术尽情展示着科技农业的魅力。这里培育出的"百利"番茄曾荣登浙江省农业吉尼斯纪录,它的枝冠可以延伸60平方米,果实可达20000个,同时还可以吸引游客观光。

在智慧花园基础上,村里又在加大智慧"村市城"建设,就是要进一步提升花园村"先智带动后智、先创带动后创、先化带动后化、先兴带动后兴、先富带动后富"的能力,进而完成生活消费、产业经济、文明治理、人才组织、创新发展、数字数据、智能智慧等一系列指标,率先成为全国"三农"的风向标。

必须承认,当下花园村的村民幸福指数很高,享有 30 多项福利。老年人有高龄补贴,大学生有创业基金,村民看病农保报销外的自费部分再由村里支付一半医药费,教育实行 16 年义务制,村里还开通了免费公交车,建有集购物、餐饮、娱乐等功能于一体的全国农村最大的商业综合体……

令人欣喜的是,2021 年 11 月 23 日,以花园村为实施主体的浙江省标准化战略重大试点项目——乡村振兴标准化试点的标准体系发布,旨在以花园村实践经验为支撑,充分考虑多领域、综合性要素,为全省乃至全国乡村振兴领域标准的建设提供系统化、规范性的方向引领,加快标准化在乡村振兴领域的普及应用和深度融合。

"花园村农村治理经验是可借鉴、可复制的。这也表明,乡村治理要传承自身传统的农耕文明,走出自己的特质特色。"国务院参事室特约研究员、中国农业经济学会会长尹成杰说,"要坚持自治、法治、德治相结合,实现乡村治理从管理民主向治理有效进一步深化。乡村治理要做好村级组织建设,倾听村民意见和诉求,完善农业农村社会服务组织等基础性工作。"

时下花园村已经从"小城市试点"中脱颖而出,他们还深深感悟到,"三农"治理的巨变,重要的是人的发展,也是花园村人基于求是求实、求富求同、求兴求新的发展过程,现时花园村已把创新重点,转到探索放开花园村落户限制,提升人口集聚力。不久前,花园村还出台《关于引进高级人才落户花园村相关政策的通知》,提出了一系列奖励措施。

邵钦祥说,花园村"党建+"乡村治理模式,治出了社会和谐,治出了经济发展,治出了共同富裕。2021 年 12 月,花园村成为浙江省首个以村创建的美丽城镇建设省级样板。全国"2021 村庄影响力 CPPC 指数"研究成果发布,花园村以 93.60 分的成绩名列全国第二名、浙江省第一名,仅次于江苏省华西村(93.68 分),带动广大百姓走上了共同富裕道路。

走"以工强村、以商兴村、全面振兴、共同富裕"花园特色之路,通过工业反哺"三农",到"十四五"期末,花园村将积极抓好"小城市培育试点",计划完成投资 50 亿元,新增 3 家上市公司,持续推进产业发展、村域管理、基础设施、村民生活、文化建设、生态文明等六个高质量发展, 争取全村营业收入达到 800 亿元,利税达到 30 亿元,村民人均年收入达到 20 万元,确保"一家富不算富,大家富才是富;一村富不算富,村村富才是富",做到"先富带后富、强村帮弱村、共富更要共享"。

如果说邵钦祥是花园村致富群体的缩影,那么花园村则是整个浙江农村的缩影。像花园村这样的"土豪村",在浙江遍地都是。网上曾经流传一个段子:在浙江没有一栋别墅,都不好意思称自己是农村人。"浙江的农村能有多富裕"的话题甚至一度登上了网络热搜榜。

也许有人会产生疑问:当下花园村有多富裕呢?

　　但这已经不是花园村追逐的目标,如今花园村想到的是"一村富富一点,大家富富一片"。所以,花园村必须做大,成为"大花园";花园村又必须精雕细琢,孕育"小城市"。在这一大一小之间,花园村人又务必争当共同富裕路上的优秀答卷人。

第七章

一片叶子的神话

绿树掩映下,一栋栋欧式别墅分外抢眼,蜿蜒的村道上不时有各种轿车进出,这里就是"中国白茶第一村"——浙江省安吉县溪龙乡黄杜村。

安吉白茶很有名,黄杜村的白茶更是其中的翘楚。在党的扶贫政策下,黄杜村的村民通过种植白茶脱贫致富。

如今富了之后怎么办?

黄杜村的党员们觉得,不能忘记还在脱贫过程中的其他乡亲,他们提议将村里的茶苗捐赠出去,带动其他贫困地区的村民共同致富。

于是,浙江安吉黄杜村20名农民党员给习近平写信,汇报种植白茶致富的情况,提出愿意捐赠1500万株茶苗帮助贫困地区群众脱贫。习近平做出重要指示,肯定他们的做法,强调增强饮水思源、不忘党恩的意识,弘扬为党分忧、先富帮后富的精神,对于打赢脱贫攻坚战很有意义。此后,习近平一直关注着茶苗捐赠种植和受捐地产业扶贫情况。

为贯彻落实习近平重要指示精神，国务院扶贫办会同有关方面确定湖南省古丈县、四川省青川县和贵州省普安县、沿河县、雷山县等 3 省 5 县的 34 个建档立卡贫困村作为受捐对象，并督导推动各地建立工作台账机制，督促加强后续管理。

时任国务院扶贫开发领导小组办公室副主任洪天云说："东部地区全社会动员，特别是党员同志带头，参与到脱贫攻坚战中来，响应党中央号召，全力以赴参与这场攻坚战，要起到表率示范带动的作用。"

中国社科院研究员李国祥表示，浙江安吉送茶苗到贫困地区，充分体现了先富裕的地方响应党的号召，先富带后富，不忘感恩，走共同致富的道路。把茶苗送到贫困地区，并且在技术指导、服务、市场销售等各方面承担起责任，通过产业发展将共同富裕落实到具体的行动上，是一个非常好的办法。改革开放 40 周年，中国的发展变化非常大，有些地方非常富裕，有些地方相对贫困，解决收入差距问题有很多种办法，其中先富带动后富，通过产业发展实现共同富裕，这是中国特色社会主义重要特点之一。

一株小小的茶树苗，或者说一次金额并不多的捐赠，为什么受到广泛关注？

因为这不是普通的捐赠，这体现的是中国特色社会主义重要特点，先富带后富，共同承担责任，让所有人都过上美好生活。也就是说经过 5 年努力，浙江近 3000 万株捐赠茶苗已经在贵州、四川、湖南 3 省 5 县扎下深根，陆续进入丰产期。从安吉黄杜村出发，跨越 2000 千米山海，这些茶苗在更多山村续写了"一片叶子富了一方百姓"的生动故事。

这也使得一片普通的叶子,不普通起来。

1

谷雨时节,我们走在黄杜村万亩茶园绿道,层层叠叠的茶山连绵起伏,刻有"一片叶子富了一方百姓"字样的石碑,印证了一个因茶致富的山村巨变。

离石碑不远有一条致富路,路旁有一排铜铁浇铸的风车,风车的每一片叶子上都是感恩的寄语,感恩的对象有祖国、父母、老师、爱人、朋友,还有大自然,更多的是中国共产党……

望向新芽萌发的茶园,黄杜村党支部书记盛阿伟思绪万千。黄杜村农户以前的收入来源主要依靠山上的毛竹,他们也曾经种过杨梅、板栗等多种作物,但最终都没收到好效益,这使得村子成了安吉县最贫困的乡村之一,村中全是黄泥路,5个自然村中有3个不通电。

说起安吉白茶,它是一种非常特异的茶种,是在特定的优良生态环境条件下产生的变异茶树,可谓大自然赐予人类的珍贵物种。安吉白茶既是茶树的珍稀品种,也是茶叶中的名贵品。

黄杜村产安吉白茶,这里山川隽秀、绿水长流,是中国著名的竹乡。安吉白茶为浙江名茶中的后起之秀,是六大茶类之一。但安吉白茶是用绿茶加工工艺制成,属绿茶类,谓其白茶,因其加工原料采自一种嫩叶全为白色的茶树。

安吉白茶的茶树外形挺直略扁,形如兰蕙;色泽翠绿,白毫显露;叶芽如金镶碧鞘,内裹银箭,十分可人。冲泡后,茶水清香高扬且持久,滋味鲜爽;饮毕,唇齿留香,回味甘而生津;叶底嫩绿明亮,芽叶朵朵可辨。

安吉白茶还有一种异于其他绿茶之独特韵味,即含有一丝清冷如"淡竹积雪"的奇逸之香。茶叶品级越高,此香越清纯,这或许是茶乡安吉的"风土韵"。"凤形"安吉白茶条直显芽,壮实匀整;色嫩绿,鲜活泛金边。"龙形"安吉白茶扁平光滑,挺直尖削;嫩绿显玉色,匀整。两种茶的汤色均嫩绿明亮,香气鲜嫩而持久;滋味或鲜醇,或馥郁,清润甘爽。根据品级不同,安吉白茶为一芽一叶初展至一芽三叶不等,高品级者芽长于叶。

鉴于安吉白茶茶青的特性,采用西湖龙井制作工艺生产的"龙形"安吉白茶,不论在消费者认知、市场占有率,还是茶叶售价上,目前尚无法与"凤形"安吉白茶并驾齐驱。

"白叶一号"(安吉白茶茶树)是一种珍罕的变异品种,属于低温敏感型茶树,其生长温度约在 23 摄氏度。茶树产"白茶"时间很短,仅一个月左右。以原产地浙江安吉为例,春季,因叶绿素缺失,在清明前萌发的嫩芽为白色;在谷雨前,色渐淡,多数呈玉白色;谷雨后至夏至前,逐渐转为白绿相间的花叶。夏至后,芽叶恢复为全绿,与一般绿茶无异。

正因为神奇的安吉白茶是在茶树特定的白化期内采摘、加工和制作的,所以茶叶经浸泡后,其叶底也呈现玉白色,这是安吉白茶特有的性状。

白茶的名字最早出现在唐代陆羽的《茶经》中:"永嘉县东三百里有白茶山。"

宋徽宗赵佶在《大观茶论》中说:"白茶自为一种,与常茶不同。其条敷阐,其叶莹薄。崖林之间,偶然生出,虽非人力所可致。正焙之有者不过四、五家,生者不过一、二株。"

赵佶在说了白茶可贵之后又说:"芽英不多,尤难蒸焙,汤火一失,则已变而为常品。"安吉的白茶穿越千百年历史后仍存于世,弥足珍奇。

安吉最早于 1930 年在孝丰镇的马铃冈发现野生白茶树数十株,"枝头所抽之嫩叶色白如玉,焙后微黄,为当地金光寺庙产",后不知所终。安吉白茶树为茶树的变种,极为稀有。春季发出的嫩叶纯白,在"春老"时变为白绿相间的花叶,至夏才呈全绿色。如此珍奇的茶树品种,孕育出品质超群绝伦、卓尔不群的安吉白茶,使中国的茶类百花园更为多姿多彩。

1982 年,有人在当地天荒坪镇大溪村横坑坞 800 米的高山上又发现了 1 株树龄在 100 年以上的白茶树,嫩叶纯白,仅主脉呈微绿色,很少结籽。当时县林科所的技术人员刘益民、程雅谷等人在 4 月 4 日剪取插穗,繁育成功。

已是 60 岁开外的村民钟玉英是村里首批种茶人,她告诉我们:"起初种茶,大家积极性不是很高,政府为了推动产业发展,挨家挨户做宣传,买了一些茶苗让大家种,还把专家请到田间指导,让茶叶有更高品质。"

后又经过大量的调查研究,根据当地的农业特色产业的比较效益、发展前途,安吉县认为以安吉白茶为主的茶叶生产地方特色明显、自然条件适宜、单位面积产值高、利润空间大、市场空间广,应该作为山区村的发展重点,提出了千亩白茶基地的建设规划。

黄杜村先在小流域建立了白茶基地,在党员干部的带头下,村里种辣椒、板栗的农户,纷纷转行开始规模种植"白叶一号",但直到 1996 年才发展到 1000 亩(约 0.67 平方千米),可以采制的也只有区区 200 来亩(约 0.13 平方千米),年产干茶不足 500 千克。因其氨基酸含量高出一般茶一倍,为 6.19%—6.92%,茶多酚含量 10.7%,当年"白叶一号"茶叶每 500 克售价 1500—2200 元,因数量少,一直供不应求。

这时的黄杜村还大力推广茶园绿色防控技术,实施化肥减量增效和农药减量控害工程,鼓励支持茶企、茶农建设高标准生态绿色有机茶园、无公害茶园。全村通过国家级无公害基地、无公害茶叶产品,大力推行标准化生产,着力规范加工工艺流程、质量管理和卫生制度,推行"无公害食品-茶叶加工技术规程"行业标准,有效提升茶叶加工质量,使白茶产业标准化体系不断完善;创新推行母子商标、茶园证等,建立产品质量可追溯的管理机制,分别注册有国内商标、国际商标和 GAP 认证。

同时,黄杜村深度挖掘白茶文化,按照"全价利用、跨界开发"理念,强化与中国农业科学院茶叶研究所、浙江大学等高校院所合作,着力推进茶叶精深加工及产品研发,研制的"安吉红"已在 10 多年前上市。同时,白茶手工炒制技艺被列入国家级非物质文化遗产名录。黄杜村还借助万亩茶园大力发展休闲旅游,打造安吉白茶生态休闲观光园区,建成了白茶文化展示馆、白茶街、白茶主题公园等一批休闲场所,吸引了电视剧《如意》入园拍摄,引进了"中国第一野奢品牌"精品度假酒店帐篷客落户,成功打造了第二张金名片。

这里有一组数字告诉我们，经过 20 多年的种植，"白叶一号"在黄杜村生根发芽，全村 420 户农户家家户户种上了白茶。2007年，全村已发展白茶种植面积近 7 平方千米；2022 年种植面积达到 36.67 平方千米，人均产出超过 7 万元。

看到没有？黄杜村是一个有潜力的村庄，潜力在那优美的万亩茶园里，也在那独特的白茶原产地文化中。

回望黄杜村两边起伏的山峦，它们犹如两条腾飞的蛟龙，护着黄杜村的腾飞。在这里，笔者还发现了一个秘密：将"黄杜"两字中的田和土分别抽出来，按上下结构正好组成一个"茶"字。莫非黄杜村就是为茶而生的？

2

"山高露润出奇葩，古树原生白嫩芽。隐迹云崖千百载，如今香满万人家。"这首诗是湖州著名茶人朱乃良先生为安吉白茶所作，诗中形象地描述了安吉白茶奇异隽永的幽竹茗香。安吉白茶春季成茶时，叶片莹薄，如玉之在璞，远远望去，万绿丛中一点白，使人见之即心生爱慕之情，流连忘返而不忍离去。

想不到吧，一片"金叶子"奠定了黄杜村的发展之路——村容村貌、村民收入发生了翻天覆地的变化，家家盖起乡村别墅，户户开上小轿车，黄杜村也成了"中国白茶第一村"。

确切地说，从 20 世纪 80 年代发现第一株白茶树开始，白茶种植从黄杜村迅速扩大到整个县，成为带动 20 万人致富的富民产业。让盛阿伟记忆犹新的是 2003 年 4 月 9 日,时任浙江省委书记习近平到安吉县黄杜村考察,充分肯定安吉白茶产业,称赞"一片叶子富了一方百姓"。

这时,盛阿伟手指着远方茶山对我们说:"在我们困难的时候,大家都帮助我们,现在我们富裕起来了,也应该去帮助别人。"

对于捐茶苗这事,当时村民们也曾有过迟疑:"不是搬石头砸自己的脚吗?别的地方种太多,我们自己的茶叶卖不掉怎么办?"

为了统一思想,村里召开党员动员会。"茶叶多了不怕,我们一起做好安吉白茶的品质、品牌,未来市场会越来越大。"在座的不少党员表示。

农民的思想非常朴实,就记得"吃水不忘挖井人,致富不忘党的恩"。于是,有了本文开头的故事,村里 20 名农民党员自发给习近平写了有关种植白茶致富与希望捐赠的信。没想到,建议很快得到了习近平的肯定。

盛阿伟立即召集党员干部开会,商量如何落实指示。"大家一方面高兴,一方面感到压力。有人担心,捐茶苗好是好,但谁来管、谁来卖?这些问题不解决,万一种不活,或者将来茶叶卖不出去,岂不是好心办了坏事?"

每年夏天,是黄杜村人最潇洒的时候。因为种茶赚了钱,很多人会借着农闲机会外出旅游。但这个夏天,许多人取消了旅游计划,家家户户争抢育苗任务,忙得不亦乐乎。73 岁的盛阿林不顾酷暑,也自告奋勇来插苗;叶兢君夫妻俩天天泡在地里,一双儿女还因此中了暑;村民黄梅蕾恨不得从早到晚盯在田头,比照顾家人还细心。

所有人都挑最壮实的茶苗扦插入土，小心伺候着，丝毫不敢马虎。到 6 月底，1500 万株茶苗全部扦插完毕，村里又专门多种了300 万株作为备用。

白茶虽好，却也娇贵，对气候、土壤、朝向等均有较高要求。因此，黄杜村一边发动村民育苗，一边会同有关部门前往贵州、四川、湖南，对其进行选址、种植、采摘、销售等方面的指导。

"毕竟茶苗不是捐出就完事了，而是一个长期的产业扶贫行动。帮扶他们，不仅是提醒自己不忘来时路，也是为当地带去敢想敢拼的创业精神。"盛阿伟告诉我们。

贫困村大多位于深山老林，从一个点到另一个点，常常得经过数百千米的长途跋涉。为了节省时间，每个考察组至少五六个人，大家多在深夜转场，日头刚出，便又马不停蹄上山勘察。几次，盛阿伟都是全程参与，如同"嫁女儿"一般，总是带着挑剔的眼光，生怕有半点儿差错。

杨学其和盛志勇是村里的种茶能手，这次被委以重任，担任基地建设督工，要求"不达标准不验收通过、验收不通过不发苗"。两个多月里，两位师傅忙得不可开交，往往是这村还没验收完，又得赶到那村的现场。

旅途奔波倒也罢了，最不习惯的是吃饭。浙江人偏爱甜食，但茶树的"婆家"个个喜欢吃辣。没办法，两位老师傅常常只能靠方便面果腹。待所有基地验收完毕，两人又黑又瘦，一称体重，一个瘦了 6 千克，另一个瘦了 9 千克。

时至 2018 年 7 月 4 日，白茶苗捐赠签约仪式在北京举行，1500 万株白茶苗终于找齐了"婆家"，决定落户湖南省古丈县，四川省青川县,贵州省普安县、沿河县、雷山县。3.5 平方千米的土地全部种上白茶苗后,能带动 1862 户、5839 名建档立卡贫困人口脱贫。

当时, 黄杜村党总支书记盛阿伟和来自受捐地区的 4 名党员代表一同走上台,在捐赠协议上郑重签名。

蒋成勇是贵州省普安县地瓜镇屯上村村委会主任。他说他们村一直以种植玉米、水稻、大豆等传统农作物为主,经济效益低,此前村民人均年收入仅 3900 元。安吉捐赠的白茶苗,是一份脱贫攻坚的大礼包,他们有信心和决心发展好茶产业,装满钱袋子。

四川省青川县关庄镇固井村党支部书记张青勇说:"面对脱贫致富的机遇,我们做好了相关的准备,还明确了种茶的地块,精心谋划,保证高标准、高质量地栽培白茶。"

根据协议,安吉方面将实施种植指导和茶叶包销,受捐助方将通过土地流转、茶苗折股、生产务工等方式,助力贫困人口实现脱贫。参加捐赠仪式的浙江省茶叶集团总经理吴骁说:"我们会以新的品牌运营'白叶一号',这样可以把当地的品牌也带动起来,把当地其他贫困户也带动起来。"

中国农业科学院茶叶研究所茶树种植工程研究中心主任肖强也强调说:"2018 年 10 月,第一批茶苗已运往贵州,为了保证成活率,茶叶专家也与村民们一起成立了联合工作组,全程跟进。"

据悉,国务院扶贫办会同有关方面积极落实习近平重要指示精神,将指导捐赠方和受捐方按种植季节分期分批移栽白茶苗,确保栽得活、种得好,确保受捐贫困村民从中稳定受益、增收脱贫。

坦率地说,捐赠协议一签约,最着急的还是黄杜村党总支书记盛阿伟,他连夜返回浙江,投入下一步的工作之中。

盛阿伟着急道:"关键要育好苗,确保苗的质量。同时,我准备腾出时间,下周再到四个受捐赠点做一次调研。"

其实,当时捐赠的茶苗已经全部扦插完毕,扦插面积约为0.07平方千米,每名党员都扦插了600多平方米。在家的黄杜村茶农、党员徐正斌宽慰我们说:"接下去的任务就是把茶园的茶苗培育好。现在茶苗已经开始生根,根系基本上长到2厘米了,而芽头已经很苗壮了,跟着要花大精力把最优质的苗捐给贫困地区的兄弟姐妹。"

从捐赠点调研回到黄杜村,盛阿伟立马决定:派技术人员指导捐赠点平整土地和基础设施建设。

3

尽管白茶在安吉的种植基础扎实,但对贫困地区而言,这是个新产业、新品种。如何开垄? 怎么修路? 苗距多少? 管理、加工又怎么弄? 一系列问题摆在眼前,绝不是送完茶苗就能万事大吉。

这时,中国农业科学院茶叶研究所(以下简称"中茶所")主动站了出来,挑起培训和指导的重担。

中茶所的研究员肖强是安吉人,老家与黄杜村只有一山之隔。10多年前,他就带着中茶所种植中心党支部与黄杜村党支部结对共建,联农户、联茶企,提供全方位技术支持。不久后,肖强就被通知外出选点。那几日,恰逢女儿填报高考志愿的关键时刻。是抛下女儿，还是放弃外出？肖强心里犹豫不定。可选点迫在眉睫，他已做好错失女儿填报志愿紧要关头的准备。没想到他临行前，女儿被提前录取，他心里一块大石头这才落了地。

选点回来后，为了抢时间抓培训，肖强又和盛阿伟一道，把3省5县的"婆家人"请上门。如何保水保肥？如何修剪茶苗？如何防治病虫害？肖强和村里的"土专家"不仅在理论上倾囊相授，而且带着问题钻进地头，进行现场教学。为了便于对方理解记忆，他还编了个"十字口诀"：打窝、植苗、填土、提苗、压实。

近年来，中茶所在扶贫工作中颇有建树，积累下许多经验。中茶所党委与溪龙乡党委决定结对共建，在科研力量、科研设备、科研经费上予以保障，共同做好"白茶扶贫"工作。他们还建了微信群，一旦茶树有个"头疼脑热"，或遇冻害、干旱，群里一问，中茶所的专家就能随时远程会诊。

忙碌几个月后，2018年10月18日，茶苗终于启运。仪式一结束，肖强连家也没回就赶赴机场，直奔贵州沿河。10月20日一早，首批茶苗运抵沿河。"当时现场没有准备工具，我随手找了把铁锹，铲了第一抔土。随后大家一起动手，种下首株白茶茶苗。"回忆当时的场景，肖强历历在目。

茶苗种下不久，沿河、古丈就遭遇了大雪、冰冻。肖强立即赶到现场，指导当地铺草覆盖，提高抗冻能力，帮助茶苗存活。盛夏到了，为保茶苗度过酷暑，专家们又建议套种大豆、玉米遮阳。时至今日，肖强赶赴3省5县现场指导和调查已超过30次。

荒山披绿，白茶苗壮，但技术帮扶并没有停止，盛阿伟等人仍时不时前往"探亲"。肖强则将更多精力转至科研，把跨越8个纬度、相差 1800 米海拔的白茶品种种植适应性作为课题,持续进行观察、记录和分析。

也许,每个点种植过程各不相同,但山呼海有应,绵绵帮扶情。5 年来,黄杜村捐出"白叶一号"茶苗共计 2885 万株,茶叶陆续进入丰产期。

有意思的是,为了感念茶苗厚谊,位于贵州省铜仁市沿河土家族自治县的中寨镇,特意将当地一条路命名为"安吉路"。

"月亮出来明又明,感谢浙江黄杜村,千里送苗来到此,子子孙孙不忘恩……"在贵州黔西南州普安县地瓜镇屯上村的"白叶一号"感恩茶园里,朴实的感恩山歌在山间回荡。

屯上村平均海拔约 1600 米,山高坡陡,寒冷干旱,不适合庄稼生长,过去到处是荒山荒坡。

"从没想过,这山上能种什么。"67 岁的屯上村磨寨河组老党员罗少伦说。2018 年 10 月,满载"白叶一号"茶苗的冷链车,抵达普安县,地瓜镇、白沙乡开始建设"白叶一号"种植基地。

罗少伦将家里的一些土地流转给茶园,自己和老伴儿有时间就来茶园除草、施肥、采茶,工资按天结算,2022 年务工工资和土地租金收入有七八千元。

"荒山变茶山、山区变景区,我们手上有点儿小钱,不必事事向儿子伸手。"罗少伦说,"'白叶一号'很适合在我们这里种植,是致富好帮手。"

自"白叶一号"茶苗落户普安以来,安吉县黄杜村每年专门抽派技术人员蹲点指导。2022 年 3 月,普安县面积约 1.33 平方千米的"白叶一号"感恩茶园正式开园采摘,采摘鲜叶约 1.6 万千克,加工干茶4吨,产值300余万元。

普安县茶业发展中心副主任廉建宏介绍说:"普安县构建了'3655利益分配机制',即企业共享30%,利益联结户共享60%,合作社共享5%,土地流转户共享5%。2022年,'白叶一号'感恩茶园带动务工2万余人次,发放务工工资245万余元。"

据了解,普安县以获赠的白茶茶苗为契机,动员群众自发种植,"白叶一号"种植面积已达到8.67平方千米。普安县还以"白叶一号"感恩茶园种植管护技术标准为示范,带动全县茶园高标准建设,全县茶园总面积达到122平方千米,2022年茶叶综合产值达17亿元。

在四川省青川县,一批批"白叶一号"茶苗已经扎根在关庄镇固井村、沙洲镇青坪村和乔庄镇柳河村,成为村民们增收致富的新希望。在湖南省古丈县翁草村,茶苗吐青了,大山变绿了,不少游客接踵而至,村民们在家门口开民宿、卖特产,翁草村成了远近闻名的"网红村"。

截至2023年,接受茶苗捐赠的3省5县累计推广种植"白叶一号"茶园面积超过20平方千米,种植面积持续扩大,不少外出打工的村民选择返乡创业、就业。

茶苗跨越8个纬度、相差1800米海拔,这么多分散的茶园,质量和销售怎么抓?

在参与选点时,浙江茶叶集团就与各个受捐村确定了"龙头企业+专业合作社+贫困户"的利益联结机制,一方面统一标准、统一管理,另一方面保障贫困户有了租金、薪金、股金等稳定收入。

茶苗从"生根"到"生金",需要提前落实采摘和加工的质量要求。为此,浙江又派出了不少专家能手,前往各个加工厂进行指导,为进入白茶盛产期做准备。

中茶所党委与安吉溪龙乡党委实施结对共建,在科研力量、科研设备、科研经费上予以保障。

"茶苗捐到哪里,来自浙江的茶叶加工、品牌推广、产品销售就跟进到哪里,解决了受捐茶农的后顾之忧,真正让'扶贫苗'变成'致富叶'。"安吉县白茶办公室常务副主任朱毅介绍。

随着"共富茶"举措再升级,安吉还出台相关机制,今后3年每年拿出500万元,对受捐地12个村的白茶种植管理进行考核奖励,对当季春茶按安吉白茶标准加工并进行统一收购包销,助力茶农增收。

茶树长起来了,发展思路也活跃起来了。湖南省古丈县翁草村过去没有产业,有了"白叶一号"后,开始吃上旅游饭。2022年,全村接待游客4000余人次,老百姓种的蔬菜、养的鸡鸭、做的腊肉都成了热销品,不少人还将自家农房改造成民宿。

西部山里的土特产,也飞入了东部百姓家。安吉县搭建了"一片叶子手牵手"合销超市,并先后在余村、黄杜村等设点,帮助销售包括普安红茶、青川木耳等来自各个联盟村的土特产,深受消费者欢迎。

"通过帮扶,黄杜村也收获颇丰。党员群众提升了眼界、转变了观念,产业知名度更高,茶旅融合逐渐兴旺。西部地区群众首创的共富新模式,对我们启发很大。"盛阿伟介绍,"除了茶叶帮扶,黄杜村还与受捐村开展支部结对、党建联建,在组织建设、产业发展、人才交流等方面建立了互助机制。"

新时代新征程,"共富茶"的故事仍然在续写中……

4

受黄杜村"白叶一号"捐赠的感染,一片叶子的故事又得到延续。是不是觉得在浙江这样的故事太多?那好吧,这次我们去了杭州对口帮扶的恩施,听听那里的故事——

这个故事的起因是 2017 年杭州市与恩施土家族苗族自治州签署了东西部扶贫协作和对口帮扶框架协议,与 100 多个深度贫困村结成帮扶对子。

据东晋常璩《华阳国志》记载,巴渝地区早在周代就开始种植茶树,甚至还将茶作为贡品献给周天子。而在秦汉之后,茶才开始在中国普及。唐代,恩施已成为著名的贡茶户区,称恩施茶为"千年的叶子"并不为过。

当然,这片"千年的叶子"对恩施非常重要。但杭州人由此首先想到的是 2003 年,时任浙江省委书记习近平到杭州安吉县调研提出的"一片叶子富了一方百姓"。

就是说,这些年来,那里的老百姓牢记习近平的嘱托,打响了安吉白茶品牌,已经蹚出了一条以茶富农、以茶兴业的脱贫致富之路。说得明了些,就是安吉县黄杜村的经验可以复制。

那天,我们来到海拔约 1000 米的恩施,一脉清江穿城流,三山鼎立卫丹霞,四时变异景色殊,古人称之为"江清如镜,山累如珠"。这里垂直落差超过 3000 米,绝大多数地区为鬼斧神工的喀斯特地貌,峰峦起伏,绝壁凌空,石林参差,溶洞密布,水网密集,又被人称为"一山有四季,十里不同天"。

可能得益于这里独特的地理和气候条件吧,当地人告诉我们:"恩施是'动植物黄金分割线'的中心地带,光、热、水等气候要素呈明显垂直地域差别分布,特别适合人类居住。"这一科学认定,充分证明了好山好水,云雾山中出好茶。

更令人震惊的是,恩施还是世界最大的硒矿资源区之一,被誉为"世界硒都"。硒元素决定了这里所有动植物资源的品质,一定优于其他地区。这么说来,富硒恩施茶叶与一般地里的茶叶截然不同。

这里的人有句口头禅,"茶字拆开,就是人在草木间"。我们这才知道,茶叶是恩施的传统优势产业,也是推进精准扶贫的主导产业。

看来,杭州与恩施是"千里姻缘一茶牵"。此时,人们最为担忧的是对口帮扶到底怎么帮?

是给钱、给人,还是给技术?我们在走访时,发现杭州通过企业联姻,较好实现了对恩施的帮扶。

在恩施龙凤镇龙马风情小镇,有一家由杭州与恩施的企业共同注资建成的,集生态茶园和标准化茶厂为一体、生产加工销售全产业链的现代化茶叶示范产业园。

过去,恩施茶农只采春茶,夏茶、秋茶基本撂荒。公司成立后,不仅收春茶,夏茶和秋茶也一样收。同时,通过土地流转的形式租用当地茶农茶园,采茶季还雇佣茶农干活儿,助其增收。

以往农户自己种茶,茶叶产量受天气因素影响较大,市场价格一旦波动,收入会大打折扣。现在茶田流转给了新组建的公司,不仅春茶采摘有保障,夏茶、秋茶还能通过储青、杀青、风选等步骤制作成抹茶,每亩(约 666.67 平方米)茶田至少增收 2000 元。

精细化管理让每一片茶叶都能实现自身价值。在产业园我们发现,他们已拥有 0.33 平方千米的示范基地和 0.64 平方千米的订单基地。示范基地涉及农户 177 户共 599 人,包括贫困户 85 户;订单基地涉及 352 户农户共 1210 人,贫困户达 236 户。

为何恩施茶叶带动力会这么大?我们经过深入调研得知,这里的茶叶采用的是中国传统蒸青绿茶,选用叶色浓绿的一芽一叶或一芽两叶的鲜叶经蒸汽杀青制作而成,这与杭州龙井采用的炒青工艺完全不同。

同时,当地一款叫"恩施玉露"的茶,对采制还有严格的要求:芽叶须细嫩匀齐,成茶条索紧细匀整,匀齐挺直,状如松针,白毫显露,色泽苍翠润绿。

这样冲泡后,茶水才会清澈明亮,香气清高持久,滋味鲜爽甘醇,叶底嫩匀明亮、色绿如玉。

我们调研的地方在恩施屯堡乡花枝山村,一个地处清江边上的小山村。这里山清水秀,云雾缭绕,生态环境良好,但经济水平一直难以提高。

当地村委会负责人告诉我们,2008 年,这里老百姓的生活水平几乎还停留在 20 世纪 80 年代,80% 的农户处于贫困状态。自从与杭州结对后,依托当地优质的富硒茶叶资源,采取"公司+合作社+农户+基地"的经营模式,吸收农民加入合作社。

应用这种模式时,采购价格很重要,要按高于市场 30% 的价格收购当年入社贫困户的茶叶鲜叶,并将所获利润按比例分红。

此举一下子调动了贫困群众的积极性,村民纷纷发展茶园基地。

几年的时间,合作社从无到有、从小到大,农民收入稳步提升。花枝山村的人均年纯收入突破 10000 元,仅茶叶一项就实现人均年纯收入 8000 多元。

而时下,恩施人想得更多的是如何用一片叶子,真正让茶农的腰包鼓起来。

这时杭州极力推进恩施茶旅融合,2017 年杭州先试投了 100 万元,帮助屯堡乡建设茶园观光旅游步道、庙湾观光茶园,改造民居,培植民宿休闲"农家乐",建设公益休闲设施等,使 287 户 997 人受益。

到 2019 年,杭州又追加投资 80 万元,建设恩施玉露扶贫车间,新建生产线 2 条,购置设备 50 台,并发展民宿旅游……

说到茶旅融合,我们发现恩施的伍家台贡茶文化旅游区,可谓旅游扶贫的一个典范。

"甲子翠绿留乙丑,贡茶一杯香满堂。"清乾隆年间,伍家台人伍昌臣将山上野生的几十株茶树精心培育,制成味带熟板栗香的好茶。宜昌府台派人收购此茶,进贡给乾隆。乾隆龙颜大悦,御笔亲题"皇恩宠锡"匾,伍家台贡茶自此诞生。

在杭州帮扶工作启动后,以伍家台贡茶种植助推精准扶贫。种植区茶园连片,景色优美,空气清新,还有特色浓郁的茶家乐供游客体验采茶、制茶乐趣,每年吸引 80 万左右游客前来。

大量的游客还带来了巨大的就业机会。村里组织贫困山地居民搬迁至伍家台茶园,农家乐、旅游公司、大小茶叶加工企业吸纳搬迁贫困户从事保洁、服务、生产加工等工作,发放酬劳。有些搬迁居民还在家门口租了门面,开起便利店、小吃店、农家乐等。

杭州对口帮扶恩施的负责人吴槐庆,与笔者是 10 多年的好朋友,他谈了这几年结对帮扶工作:杭州 3 年间共提供了上百万的资金,用于伍家台茶产业硬件改善、茶品牌推广。比如在线上帮助伍家台贡茶入驻天猫店,线下帮助升级打造冷藏库、煤改电进行清洁化生产、提高中低档茶的利用率。

据统计,杭州对恩施茶产业提升帮扶工作,单单 2017 年,以抹茶生产、加工、销售为一体的现代茶叶示范产业园已经投入生产,全年生产碾茶 22.5 吨,产值达 165.9 万元,创新了茶业的生产模式;共引入数十家在杭企业参与帮扶工作,到恩施建立茶叶种植基地 0.51 平方千米、标准化清洁茶厂 1 个、现代营销(培训)中心 1 个。据测算,帮扶项目直接受益农户 4936 户,促进茶农增收 1136 万元。

看到这些数据,真的令人感到欣慰。或许有人欲问,恩施是否仅发展利川红和恩施玉露就可以了?

回答肯定是一个"不"字。这是因为恩施茶叶品牌众多,这里的硒茶恰好包容了恩施所有品牌的茶叶,包括利川红和恩施玉露。

这时有人拿着恩施当地报纸递给我们,上面开辟了专栏"恩施一红一绿背后的故事"。文章深度挖掘这两款茶的原产地、制茶经过、制茶大师、茶叶品牌建设、茶叶销售历史、茶的历史文化等内容。

在这里,恩施利川红品牌的企业负责人告诉我们:"目前'利川红'已成为湖北高端红茶第一品牌。"一时间,销售订单纷至沓来,也让恩施人为之兴奋和自豪。

从某种程度上讲,品牌就是文化。对于一个茶企来说,茶文化肯定是企业独一无二的印记,更是企业发展的精髓与灵魂。

下一步,杭州对口支持恩施硒茶发展,该如何帮助恩施从茶叶大州向茶叶强州跨越?

吴槐庆思来想去提出了四大发展理念:标准化发展,坚持"标准兴茶""质量兴茶",严格按照绿色、有机、含硒的标准要求,全力推动恩施茶产业全域全程标准化发展;品牌化发展,依靠优势和特色培育品牌,依靠科技和文化提升品牌,依靠创新和诚信经营品牌,将"恩施硒茶"打造成全国乃至世界茶叶产业的一面旗帜;集群发展,牢牢抓住龙头企业这个"牛鼻子",深入实施市场主体倍增、企业"小进规"成长、税收过千万企业培育、产值过亿元企业壮大"四大工程",着力打造一批茶叶企业集群;融合发展,就是推动"茶叶+",与生态、文化、旅游等产业融合发展,择优支持一批茶文化、茶乡游、茶楼等文化旅游项目建设。

听着杭州对口帮扶恩施的负责人的娓娓道来,这时可能有人会提出疑问:恩施茶园面积已经很大了,还能否再扩?

吴槐庆对我们笑了笑,又说道:"2022 年,恩施茶叶种植面积约 1200 平方千米,在全国地市州级产茶已排名第四。茶产业是市场经济,只要恩施茶叶品质过硬,茶园面积就仍有扩大的空间。"

看来茶产业事关恩施脱贫大局和民生福祉,必须从打赢共同富裕攻坚战的现实大局出发,从保障和改善民生的政治高度,切实把恩施茶产业作为经济社会发展的头等大事来抓,构建"政府引导、企业主体、部门联动、社会参与"的硒茶产业大格局,打造区域特色产业增长极,真正引领一方群众共同致富。

说到这里,大家想到安吉向贫困地区捐赠茶苗共同致富都做成了,恩施本身就有种茶的好基础,走向共同富裕更应该不在话下了。这次安吉黄杜村确保"白叶一号"茶苗捐到哪里,茶叶加工、品牌、承销就跟到哪里,确保爱心茶栽得活、种得好、有销路,真正让受捐贫困的茶农从中稳定受益、增收致富的做法,已经为"一片叶子致富千万家"做出了示范。

吴槐庆非常坦诚地对我们说:"这是一片穿越千年的叶子,当我听惯了曲调欢快的采茶姑娘青春激荡的杭州《采茶舞曲》,回头再来聆听唱白相间、悠扬野性的恩施民歌《六口茶》时,老实说,我更喜欢后面的这首歌,男女爱情之间的一问一答,浓香酽醇的娇音缠绵,清爽神怡,弦歌绕梁。"

不是吗?

杭州对口帮扶的恩施是山的家园,是水的王国,更是茶的天堂。在这里,我们读懂了这片叶子,就能读懂中国故事,甚至能窥见大同世界的样子。

第八章

这里有个理想大地

有位摄影师拍摄的一组照片在网上热传，照片展示了一个复杂多样的特大城市：既有鳞次栉比的高楼大厦，也有破败低矮的城中村；既有在儿童游乐场快乐玩耍的中产阶层"小花朵"，也有跟随父母卖菜、蹬三轮的孩子……

照片展现了城乡差距、贫富差距，这样的场景的确令人震撼与深思。

令人欣慰的是浙江因富裕程度较高、均衡性较好，在探索解决发展不平衡不充分问题方面取得了明显成效。2020 年，浙江省农村居民人均可支配收入 31930 元，连续 36 年居全国省区首位；城乡居民收入比自 1993 年以来首次小于 2。

这个小于 2 是什么概念？

说完下面的数据，也许你就清楚了。2020 年，浙江已有 52 个县市的农村人均年收入达 2 万元以上，包括 7 个边远县的农村；浙江城镇人均年收入在 2001 年超越广东后持续居全国第三位，浙江农村人均年收入在 2013 年超越北京后持续居全国第二位;浙江城乡收入倍差在 2020 年降至 1.964,实际上是全国最低的。

虽说浙江城乡收入倍差是全国最低,但毕竟还有倍差,这意味着浙江在推动共同富裕上还有很长的路要走。

所以,2021 年 8 月,由农业农村部和浙江省人民政府联合制订的《高质量创建乡村振兴示范省推进共同富裕示范区建设行动方案(2021—2025 年)》发布,针对农业农村这一短板弱项,给出了重点任务和具体分工。

这一行动方案明确提出,到 2025 年,乡村振兴示范省引领作用充分发挥,有条件的地区率先基本实现农业农村现代化,共同富裕先行先试取得明显成效,形成一批可复制可推广的经验模式。

即便 2019 年 12 月以后,行动方案的实施仍起到立竿见影的效果。2022 年,浙江人均生产总值达 11.85 万元,城乡居民人均可支配收入分别连续 22 年、38 年居全国省区第一。尤其值得关注的是,2022 年浙江城乡居民人均可支配收入倍差又下降至 1.90。

这么看来,缩小地区差距、城乡差距、不同群体收入差距,无疑是实现共同富裕的必经之路,而这时浙江共同富裕的地方实践在中国乃至世界都具有引领和指导性。

1

2023 年"五一"长假,外地游客唐闻怡到浙江安吉上墅乡刘家塘村体验慢生活,目光所及处都是浓浓的绿意。

刘家塘村沙町岛上住着 20 多户人家,清一色的花园洋房。得知这些都是当地农民的住宅,她不禁赞叹:"在安吉当农民真好!"

整个浙北山区,缘何有这么大的魔力?

我们走访发现,作为"绿水青山就是金山银山"理念诞生地,它正成为观察浙江"共富实践"的一扇窗口,在"无差别城乡"的道路上,铺就"城里乡下一样美、居民农民一样富"的新画卷。

这时,让我们顿生好奇的是,何谓"无差别城乡"呢?

浙北湖州把它定义为:在"绿水青山就是金山银山"理念指引下,突出数字化改革牵引,把城市和乡村作为一个整体统筹谋划,以"人的'三感'(即获得感、幸福感、安全感)无差别"为核心,以共同富裕、美好社会、绿色样本为愿景,以居民收入均衡化、宜居环境高品质化、公共服务均等化、要素配置高效化、数智进程同步化为主攻方向,聚焦绿色共富,加速城乡融合,率先基本呈现共建共享、充满活力、"差别"消亡、普遍富裕的城乡关系新形态。

从历史维度看,当下中国城乡关系已经发生革命性跃迁。据有关专家研究,随着"80 后""90 后""00 后"成为劳动力迁移主力军,农民与土地的黏度发生变化,乡土的人地关系、农地权利、农业经营制度等都呈现新的特点。

眼下,"乡土中国"已演变为"城乡中国",城乡进入融合发展新阶段。

湖州提出率先打造"无差别城乡"的更高阶段,底气何在?

在湖州主政者看来,湖州作为"绿水青山就是金山银山"理念诞生地、首批国家城乡融合发展试验区,绿色发展、城乡均衡已然成为湖州的鲜明特质和显著优势。手握三张"王牌",湖州以乡带城、由点及面,最有条件打造长三角的中心花园,构筑美丽繁华的新江南。

湖州自古富庶。2020年,该市农村人均可支配收入达到37244元;2021年上半年,地区生产总值同比增长14.5%,增幅居浙江第一位;2022年,湖州德清城乡居民收入比缩小至1.58:1,成为中国城乡差距较小的地区之一。

可以说,这些都为湖州率先打造"无差别城乡"奠定了基础,既有天时,也占地利。

就像湖州市政府副秘书长顾国良所言:"湖州打造'无差别城乡',是重塑城乡关系、推进共同富裕的特色探索。"

从近两年的发展势头来看,湖州此次率先"起跑"不足为奇。

早在2015年,湖州就率先打破城乡二元户籍制度。此后,湖州在农地入市等其他城乡体制改革中也走在中国前列,为其打造"无差别城乡"创造了良好条件。

而这次湖州提出的"无差别城乡",着重强调其制度供给的均等化,而非功能形态的同质化;是发展机会的平等化,而非发展结果的一样化;是品质生活的共享化,而非生活方式的平移化。

确切地说,打造"无差别城乡"这一命题在湖州安吉早有探索实践。

以山为骨,以水为脉,一座座青瓦白墙的房屋,青山环聚落,绿水绕田园,俨然江南水墨画中小桥流水人家的景象——安吉灵峰旅游度假区大竹园村的居家养老中心内,几位高龄老人正在棋牌室内打麻将;旁边食堂内,还有六七个老人正在用餐。

梅干菜肉、小炒青菜、酱烧冬瓜、紫菜蛋花汤,外加一份白米饭,这是居家养老中心工作人员胡越宋给老人们准备的"一荤两素一汤"套餐。"这里人多、热闹,老人们一边吃一边聊天,蛮舒坦的咧。"胡越宋说,这些菜,都是每天清晨去菜场买来的,基本可以做到周周不重样。

70多岁的黄菊香,见到我们说了一迭声的"好":"现在真的好,一餐热菜热饭只要6块钱,有荤有素,菜又软烂适合老人吃。好,太好了!"

说起现在的生活,在场的几位老人你一言我一句,道出了自己的幸福感与获得感:村里有老年食堂,花样多、味道好,便宜又放心;文化礼堂里,能拉二胡能唱戏;老年卡"嘀"的一声,村口公交直通城;若有个小病小痛,村头"卫生室"的水平也不赖……再加上村里的民宿越开越多,就连住在外地的儿子儿媳,都已经回到家门口创业。

"无差别城乡"在安吉正转化为处处可见可感的优质获得感。绚烂的色彩、奇妙的空间设计,就连建筑都充满奇思妙想的活力,加上烘焙坊、木工坊、绘本馆、音乐室、户外游戏场等功能区域,开园不久的灵峰中心幼儿园被誉为"别人家的幼儿园"。下午4点20分,6岁的小朋友顾逸仍在幼儿园里快乐地玩耍。他说,现在自己最希望的就是"爸爸妈妈晚点儿下班来接我,我可以在幼儿园多玩会儿"。

"有了这么好的硬件条件,我们园里的老师也是动力满满,每个礼拜都要开一个研讨会,聚焦推广'安吉游戏',提升教师的教学能力。"灵峰幼儿园园长高洁神采飞扬地说,"新园区建成后,幼儿园从6个班扩展到18个班,保教人员按规定比例配备到位,更多孩子在家门口读上了优质幼儿园。"

发生在灵峰街道的一幕,只是安吉"无差别城乡"探索的一个缩影。

安吉主政者介绍,安吉已在浙江省率先实现13项公共服务全覆盖,包括城乡公交、劳动就业、卫生服务、居家养老、农村信息化运用等,"城里乡下都一样,城里人能享受到的,农民一样都不少"。

"举个形象的例子,吴昌硕在安吉吃咸肉春笋,赵孟頫在湖州吃'太湖三白',尽管吃的不一样,但他们的幸福感、获得感是一样的。"在湖州主政者看来,当下湖州的"无差别城乡",正在重塑以人的获得感、幸福感、安全感为核心的城乡关系新形态。

眼下,以民众可感的民生实事为切入口,湖州正在谋划创新推出一趟趟"共富班车",带领百姓驶向"无差别城乡"幸福终点站;以其自身为样本研究制定"中国无差别城乡指数",为中国实现"无差别城乡"、共同富裕探路;运用农村"三块地"领域"第一拍""第一宗"等先发优势,加快推动农村供给侧改革,打出一套从改革到创新到治理的组合拳,撬动"无差别城乡"落地。

其中,形成以"强村公司"为品牌的村集体经济抱团发展机制,成为湖州打造"无差别城乡"的七个预期标志性成果之一。

"这对于我们来说无疑是一个重大利好消息,发展的信心更足了。"乾荣新农村发展有限公司是这几年才成立的"强村公司",公司负责人张兴根说,"相信有政府的政策支持,公司一定会越做越强,真正带动村集体经济和农民双增收。"

"村在林中,路在绿中,房在园中,人在景中。"接着开头的故事,刘家塘村党总支书记褚雪松说,作为安吉县打造的首批美丽乡村,这种红火的场面在刘家塘村已是常态,村里开了28家民宿和农家乐,硒源竹笋、国卿家禽、星潮营地,农产品开发与户外运动、观光、体验等有机结合,吸引成群游客前来体验农家生活。

与刘家塘村不同,天荒坪镇余村的"绿色之变"力度更大。10多年前,这个村因为要"绿水青山"还是要"金山银山"这道选择题而闻名遐迩,成为"绿水青山就是金山银山"理念诞生地。

10多年后,这里山野竹林,在明亮阳光的照耀下,一草一木显得格外生动。"这里的空气真好,每立方厘米有3000多个负氧离子,让人情不自禁深呼吸。"站在余村文化礼堂外的电子LED显示屏前,一位姓赵的游客伸了个懒腰。

可是,余村人知道,这背后并不容易。"一个'大炮一响黄金万两'的富裕村,硬是关了矿山,又停了水泥厂。"回顾这段村史,余村党支部副书记俞小平不胜感慨,"眼下这么漂亮,当时还真想不到。"

"感觉农村比城市美,农民比居民好。"安吉县委宣传部相关负责人说,"绿色发展,正在重新定义安吉的经济;刘家塘村、余村的类似故事,正在安吉的187个行政村先后发生。它们围绕同一个主题,那就是把'绿水青山就是金山银山'理念变成现实。"

在悟透"红与绿"、解构"大与小"、平衡"快与慢"、拿捏"攻与守"中,浙北湖州正打出重估湖州价值、谋划面向未来布局生产力的湖州节奏。

"山也青,水也清,人在山阴道上行,春云处处生"。只此青绿的浙北,营造出如诗如画、如梦如幻、空灵缥缈的意境,使得这里的乡村更加令人向往。

2

地处浙江省中部、既不沿边也不靠海的义乌，从地理位置来看，可以说"平平无奇"。义乌靠什么逆袭成为大城市？

曾经的义乌，农闲时义乌人手摇拨浪鼓，走街串巷，这也许是最早的"市场调研"。从那时候开始，义乌人开始了解市场，了解贸易，从而尊重市场，尊重贸易。

正是由于对市场规律和经济规律的尊重，义乌人先富了起来。合作才能共赢，善于经商的义乌人把周围的土地、资金、产品等生产要素和资源要素进行了整合重组。

"共赢共富"是经济规律的具体体现，也是"充分发挥市场在资源配置中的决定性作用"的生动诠释，更是共同富裕的义乌实践。

许多人听说过，土地贫瘠、人多地少的义乌，自明清起就有"鸡毛换糖"的传统。义乌人把甘蔗制成红糖，摇着拨浪鼓走街串巷，换取鸡毛。数百年来的"鸡毛换糖"，让"商贸"两个字在义乌人的血液中流淌。

1982年9月5日，这支了不起的"鸡毛换糖"队伍，在义乌湖清门一条臭水沟上，用水泥板搭起了100个简易摊位。这是义乌历史性的一天——义乌小商品市场正式开业。

41年间，从稠城镇小百货市场到新马路义乌小商品市场，从划行归市到更名为中国小商品城，再到如今的义乌国际商贸城，市场不断迭代。

如今的义乌国际商贸城,各种商品一应俱全。有人做过计算,如果一天逛 8 小时,每个商铺停留 3 分钟,走完整个商城需要 1 年 5 个月。

今天,在义乌国际商贸城五区西侧,全球数字贸易中心项目破土动工。全新的第六代市场更是由展示型贸易向服务型贸易转变,构建更智能、经济、高效的全链路履约服务生态。

从货郎担到路边摊,从划行归市到云端销售,从卖摊位到卖服务,义乌对交易和产业链的理解也一直在迭代。

从 0 到 1 亿元,再到 10 亿元、100 亿元、1000 亿元,2021 年,义乌中国小商品城的成交额达到了 1866.8 亿元,直冲 2000 亿元。

72 岁的何海美仍像当初走街串巷时一样,愿意跟大家分享技术,甚至鼓励店里的员工出去自立门户。"商品城不是我一个人的,做生意有钱大家赚。"20 世纪 80 年代末,何海美初涉围巾行业时,整个商场只有七八家围巾经营户,如今已扩展至 3000 余家,其中不少都曾师从何海美。义乌出产的围巾已占到了全球的 70%。

从内贸到外贸,何海美的生意越做越大。1992 年,她在北苑工业区征用了 6600 多平方米土地,办起了义乌罕美服饰有限公司,有 100 多名职工。2000 年时,罕美的商品已大量销往韩国、意大利等国家。为了拓展新市场,何海美始终抱着初入行时的真诚和闯劲。外国客商到商品城看货时,通常带着翻译,但到何海美店里,员工都能用外语熟练沟通。"沟通谈判的主动权一定要掌握在自己手里。"

顺着时代大潮,罕美相继登陆各大电商,生意做得风生水起。"市场每天都在变化,你不身在其中,就会落后了。"何海美说。

在一次次市场变革中,义乌人尊重市场规律,一次次把机会牢牢把握在自己手中。2022 年,义乌居民人均可支配收入达到 77468元,不但在全国县域排名第一,还超过了北京、深圳、广州 3 个一线城市,仅次于上海。

虽然如此,城乡收入依旧有差距。2017 年,义乌"彩虹线"横空出世,以商城集团、市场集团等八大国企为投资主体和建设主体,与镇街结对,景区化、差异化打造望道信仰、德胜古韵、画里南江等十条美丽乡村精品线,缩小城乡基础设施差距,让乡村年轻起来。

得益于"德胜古韵"美丽乡村精品线,义乌市后宅街道李祖村拥有了更年轻的经济业态,200 多名青年创客扎根村内,形成了独特的创业文化;义乌市佛堂镇钟村山水资源丰富,"画里南江"美丽乡村精品线,让村里决心发展"露营经济",节假日场地供不应求;在义乌市苏溪镇杜村,蜿蜒而过的"慢养龙祈"美丽乡村精品线,成了该村旅游经济的"网红点"……修一条路,造一片景色,活一方经济,富一方百姓。一条条标着红黄蓝三色的"彩虹线",将沿线村连成了一条条赏心悦目的奔富产业带。

同样满怀期待的还有稠江街道龙回村村民方月芳,2021 年她以 387.6 万元的总价,竞拍下城西街道五一村 120 平方米的宅基地资格权益,未来她也将成为村里的新居民。近年来,义乌先行先试农村宅基地改革,盘活农村沉睡资源,增强农村发展动能,缩小城乡差距。除此以外,义乌还探索农业"标准地"改革,推动现代农业生产,还田于民,还富于民……

义乌市大陈镇被称为"中国衬衫之乡",其中大陈二村是衬衫企业聚集村。改革开放后,依托市场优势,大陈二村发展衬衫产业,兴办企业。如今,走在义乌市大陈二村,早年建起的乡村小别墅已经迎来了第二次改造,衬衫产业也迎来了数字化转型。

大陈二村的青春奔富故事,在义乌不是个例。为了让市场发展带来的资本更好地流动起来,义乌充分发挥市场特质,各镇街、部门因地制宜、分类规划,持续不断地推出宅基地改革、城市有机更新等一系列全新举措,绘就出一幅幅生动的致富场景。

义乌地理空间有限,经过多年发展,开始受到土地、劳动力等生产要素供给制约。合作才能共赢,善于经商的义乌人把目光投向了"邻居",周围县市区也欣然承接了义乌市场的溢出。

这些年,义乌建成区面积从不到 2 平方千米到如今超过 109 平方千米。随着建成区面积不断扩大,周边县市区不断融入义乌,为义乌注入青春活力。

2020 年,义乌协同东阳、浦江、兰溪规划跨行政区域"三环"快速路建设,让更多偏远农村融入都市区,缩小地区差距。"三环"快速路主要利用现有国道、省道提升改造,途经 4 县市 19 个镇街,长约 140 千米,环内面积 1084 平方千米。

兰溪市横溪镇国庆村正是受益于"三环"快速路,成为远近闻名的来料加工村。"全村 1300 多户家庭,有 1000 多户都在做来料加工。"村民倪桂花告诉笔者,村里已与 40 多家义乌小商品生产企业签订了合作协议。义乌物料源源不断地运进村,加工成衣服、红灯笼、钥匙扣等小商品后,又运回义乌。"承接了义乌来料加工,每年给村民们带来了近 1000 万元收入。"

没有想到义乌携手奔富的故事，还在丽水深山密林里上演。

"喝完满口甘甜，外观设计也简约大方。"在义乌市"百县万品"展销中心山海协作馆内，主播正在直播间介绍一款矿泉水。"百县万品"是义乌的一项山海协作工程。2020 年 7 月以来，义乌市市场发展集团有限公司深入全国 301 个经济欠发达县市，根据当地物产特色以及市场欢迎度等标准，精选出 1 万多款农副产品、手工艺品，在义乌销售。

2021 年下半年，义乌又与丽水莲都区、遂昌县等浙江山区县建立山海协作合作关系，专设山海协作馆。山海协作馆一头牵着山区县的特色产品，一头连接义乌大市场，成为"共同富裕看'浙'里"的新窗口。

远在 1800 多千米外的四川巴州区，也与义乌有着深厚的感情。

"来，请喝一杯巴州杜仲茯茶。"2022 年 11 月 5 日，第 15 届中国义乌国际森林产品博览会（以下简称"森博会"）开幕首日，受邀参展的巴州区企业展位前围满了采购商和观众，大家争先品尝巴州的农特优产品。

2021 年 6 月，四川省巴中市巴州区与义乌市全面开展东西部协作帮扶工作。义乌—巴州物流运输专线，让生态农产品走出巴蜀大地，亮相义乌森博会；义巴国际商品城平地而起，义乌好货走进了巴中千家万户；义乌、巴州联手培养电商人才，打造出东西部协作的金名片。

如果说义乌在本地携手共同致富是小试牛刀，那么义乌走出去与"一带一路"沿线国家建立了紧密的贸易往来则是大手笔。

50来岁的张吉英,如今可以熟练使用英语、阿拉伯语等语言与外商沟通,她每天还要花2—3小时直播销售雨伞。

现在回头看,张吉英觉得2003年之前,自己像是雨伞的搬运工。产品不够好,市场上同质化竞争严重,利润微薄。张吉英的痛点也是义乌小商品的通病,义乌货甚至一度和质量差画上等号。2016年,义乌发出构建"义乌好货"联盟的倡议,并提出标准进市场、设计进市场等改革,鼓励产品供应链升级。原先前店后厂的经营户纷纷成立公司,创立自有品牌,步入规模化经营道路。

这些年,随着产业链转移,张吉英专门聘请法国专业设计团队,设计了公司全套海外宣传形象广告,还在100多个国家注册了涵盖20多个大类的"RST"商标。现在,张吉英每年都会根据市场变化,研发设计上百款雨具产品。

2020年,义乌更是上线义乌国际商贸城(Chinagoods)数字贸易平台,整合线下商户供应链资源,为跨境客户提供国际仓储、物流、支付、订舱等贸易服务,助力市场商户出海破局。

全球客商云集,一直是义乌能够"买卖全球"的关键优势之一。数据显示,2023年已有200多个国家和地区的1.5万多名外商常住义乌。不同国度、不同肤色、不同语言的外商,在资本奔流的义乌、在处处是商机的市场逐梦。

"在中国,外国人可以拥有许多创业机遇,在义乌尤其多。"约旦外商穆罕奈德说。

穆罕奈德20多年前来到义乌,他在外商众多的义乌开了一家地道的阿拉伯风味餐厅,把原汁原味的阿拉伯饮食文化带到了义乌。

现在,他又把餐厅开到了义乌国际商贸城附近,取名"贝迪",可以同时容纳 400 人就餐。充满异国风情的阿拉伯美食在义乌的名气越来越大,不仅受到外国人的喜爱,也"锁"住了中国人的胃。就餐高峰期,中国人的用餐桌数占到了 70%。

除了开餐厅,穆罕奈德还经营了一家外贸公司,把义乌小商品销往全球。这些年,他在义乌娶妻生子,交到了来自全世界的朋友,还在义乌买了房子。

20 年前,塞内加尔人苏拉第一次走进义乌小商品城。如今,苏拉的贸易公司一年营业额超过 5 亿元人民币, 每个月都会有 200 至 300 个装满货物的集装箱发往非洲。作为最早一批来义乌创业的非洲人,苏拉发现:"越来越多的年轻人愿意来义乌发展,他们知道在义乌有机会。"

"有空过累嘻""真侬十八力"……来自埃及的"90 后"外商穆罕默德到义乌 8 年多,练就了一口地道的义乌话。"我一开始拖着三轮车卖水果,培养了固定客源后又经营起了果汁店。"在穆罕默德看来,义乌改变了他的命运,还让他收获了不少朋友。

在义乌打拼的一个个外国人,书写了一段段传奇的致富故事。一根网线,让远在非洲的咖啡豆走向全球,参与全球贸易。

"大猩猩咖啡不是普通咖啡,而是一杯'数字咖啡'!世界电子贸易平台 e-WTP 使贸易成本降低, 让非洲兄弟每卖出一包就能多赚 4 美元(约 28.55 元人民币)。"远在非洲的义乌商城集团卢旺达项目负责人在微信里告诉笔者,e-WTP 这个神奇的线上平台,将非洲产地与更广阔的市场相连。

卢旺达人达蒂瓦·尼依法沙是直接受益者。"中国朋友将我家的咖啡豆卖到全世界,我们用赚来的钱盖了新房子。"视频那头,达蒂瓦·尼依法沙开心地说。除了咖啡豆,非洲的茶、蜂蜜、鳄梨油等产品通过 e-WTP 到义乌后,在各种电商渠道的销售额持续快速增长。

2019 年,义乌在卢旺达首都基加利落地数字贸易枢纽线下展厅,方便了非洲国家和地区的中小企业参与跨境贸易,使义乌与非洲之间的贸易活动实现线上线下联动,不断刷新交易额。

近年来,义乌积极响应"一带一路"倡议,在全球各地建立了"带你到中国"展厅、海外仓、海外市场,线上线下联动,境内境外合作,资本全球流通,携手共同致富。

3

说起理想大地,关于共同富裕"缩小收入差距"领域的省级试点新昌,肯定有许多不得不说的故事。

新昌东邻宁波,南接金华、台州,西北面与绍兴嵊州接壤,地域面积不大,俨然一座"边际小城"。由于基础条件相对较差,新昌曾是浙江省次贫县。

为了摆脱困境,此前,该县用 11 年时间实现了从该省次贫县到全国百强县的跨越,用 10 年时间实现了从浙江省污染监管重点区到国家级生态县的跨越。

面对地处偏远、经济薄弱、农民收入低等"先天不足",新昌县迅速建立"1+1+1"的组织架构,制定行动计划,构建起共同富裕示范区建设的"四梁八柱"，聚焦"扩中""提低""消薄"三大主攻方向，打出了一套改革创新的组合拳。

可以说，一步步逆袭，让新昌迈向共富有了更多基础。

先说一段他们"扩中提质"的故事。"我参与的项目研发成功，团队收到了 30 万元的额外奖励，我们干劲更足了！"日前，浙江捷昌线性驱动科技股份有限公司技术员王工说，自己进入公司 2 年就成了股权激励对象，团队每次攻克关键技术，公司就予以重奖。

小县城，大科技。拥有大量科技人才的新昌，将推动科技人员创富作为扩大中等收入群体工作的重要方向，启动"科技人员收入倍增行动计划"，积极推进薪酬制度、股权激励、晋升体系等改革，激发科技人员创新创富的积极性。

在新昌，科技人员薪酬普遍分为固定工资、绩效工资和专项奖励。其中，专项奖励根据技术攻关与研发项目的成果转化收益，按比例给予专项奖励。新和成公司蛋氨酸项目成功实现产业化后，企业对研发人员及产业团队累计发放奖励近 1500 万元。

智力变资产，人才成股东。新昌县通过揭榜挂帅，充分激发科技人员积极性，大力推动以技术成果入股公司获得股权激励。全县 7 家上市公司已实施员工股权激励计划，其中科研人员达 2000 余人。

如果说，"科技人员收入倍增行动计划"是一项针对特定人群的改革，那 2022 年启动的城乡边保户万人就业奔中行动则是面向大众的创富行动。

"我们发现新昌低收入人群主要集中在参保和享受城乡居民养老保险的一批人，数量大概有 8 万人，这部分人就业技能较弱、学历较低、收入较少,是新昌'扩中''提低'的重点群体,统称为'城乡边保户'。"新昌县委主要负责人这样说,"如果这五分之一的新昌人口能够顺利迈入中等收入行列,那么新昌作为全省缩小收入差距共富试点的成效就更有说服力了。"

针对数量较大的城乡边保户,新昌开展岗位托底安置、就业基地拓展、技能提升稳岗、自主创业指导、失业商业保险辅助、企业共富基金助富等 6 项行动,切实发挥开发岗位保障一批、灵活就业解决一批、自主创业带动一批、职业培训提升一批、商保基金托底一批"五个一批"作用,全力保障和提高城乡边保户收入。到 2022 年年底,新昌实现劳动年龄内的城乡边保户就业帮扶率达到 30% 以上,实现 60—70 岁年龄段的城乡边保户就业帮扶率达到 10% 以上。

再说说他们"提低富民"的故事。走进新昌县小将镇里小将村文化中心来料加工生产基地,村民正在熟练地折叠纸盒。这个来料加工生产基地与义乌一家纸盒厂达成合作,于 2022 年 3 月上旬开工,解决了 50 多人的就业问题,其中低收入农户 18 人。"一个月能有将近 2000 元的收入,既方便照顾家里的小孩,又能增加收入。"村民董菊兰开心地说。

据统计,小将镇有富余劳动力 1500 多名,其中低收入农户228 名。该镇探索成立"来料加工共富联盟",选定小将村、小将新村等 5 个村作为试点村开设来料加工生产基地,组织人员前往宁海、天台、义乌等地开拓市场、承接项目,金额超 2000 万元。到2022 年年底,小将镇实现农民增收 1000 万元以上。

没错,新昌是一个典型的山区县,农民收入偏低、缺乏增收渠

道是不少农村发展的难题。如何帮助低收入群体增加收入,享受
到改革和政策带来的红利?新昌在深入调研、摸清底数的基础上,
开启了以建立资源激活链、强化技能提升链、做实就业增收链、筑
牢兜底保障链、创新金融扶助链、夯实产业带动链、提升结对帮扶
链、共享慈善延长链为主要内容的"提低富民"八大行动。

　　这样的创新举措在新昌比比皆是,不断激发着群众增收致富
的内生动力。日前,在新昌县城南乡大山庄村,天姥电工光明志愿
服务队的队员免费为村民章大娘家安装屋顶光伏。作为低收入家
庭的章大娘家不仅可以用上免费的绿色电,多余的电能还能出售
给国家电网,预计每年能增加至少 2000 元的收入,可持续 20 年。

　　国网新昌县供电公司天姥电工光明志愿服务队牵头发起的
"光 FU 行"——乡村光伏慈善公益项目,以提高低收入家庭经济
收益为目标,力求让新昌的每一个低收入家庭和经济薄弱村用上
免费绿电,实现"光伏帮扶、绿色共富"。

　　大佛龙井、天姥红茶、小京生、新昌炒年糕……新昌农特产品
资源尤为丰富,为帮助农户拓展销售渠道,新昌县政府打造了"新
昌优选"区域公用品牌。事实上,"新昌优选"已涵盖了全县 31 家
优秀企业的 35 款名优特产,线下实体店已陆续运营,相关产品进
入浙江各大中型超市销售,2021 年实现全年销售收入 1200 余万
元。

　　在政府、企业全方位的帮扶下,不少山村因地制宜发展特色产
业,助农增收成效显著。镜岭镇外婆坑村原本是当地有名的"光棍
村",在该村党支部书记、村主任林金仁的带领下,外婆坑村依托
得天独厚的生态资源,大力推广龙井茶产业,家家户户制作起了

特色小吃玉米饼,并打造"江南民族村"的文化 IP,大力发展乡村生态游,村民的钱包迅速鼓了起来。

"现在我们每年的春茶销售额达 1200 多万元,玉米饼销售额也有近 700 万元,成为一张'黄金饼'。"林金仁介绍,2021 年该村接待游客 32 万余人次,村民人均年收入达到了 4.5 万余元。依靠这些特色产业,年收入超过 20 万元的农户比比皆是。

关于"提低富民",新昌已经定下了小目标:低收入农户人均可支配收入增长 20% 以上,低收入农户人均可支配收入与农民人均可支配收入比达 50% 以上。

不得不说,这里还有一个"消薄强村"的故事。眼下正是春茶采制的时节,东茗乡东茗村的茶农忙得不亦乐乎。该村党总支书记张楚指着一片郁郁葱葱的茶园告诉笔者,前几年那里还荒废着,如今却成为村民致富和集体增收的宝地。

几年前,张楚回村"掌舵"时,发现一个奇怪的现象:一方面村集体收入不高,另一方面不少租给农户的茶园被荒废,无法产生效益。为了改变这一现象,张楚在长乐自然村搞起了试点,将村集体租给村民的茶园全部收回,由村集体统一开发。

通过乡贤牵线,村里引进了一个面积约 0.13 平方千米的中药材基地,不仅每年带来了 11 万余元的租金收入,还解决了不少村民的就业问题。剩下的茶园则出租给真正需要种茶的村民,将土地资源完全盘活。"目前,我们已把村里的板栗林、荒山等效益不高的土地收归集体,在乡政府等部门的牵线搭桥下,努力引进农旅项目。"

2021 年,该村的集体收入达 31.49 万元,同比增长 76%。村集体有钱了,村民们就能享受到更加美好的生活。在张楚的带领下,村里建起了爱心食堂,70岁以上的老人、低保户和残疾人只需要交1元钱就能吃上可口的放心餐。

东茗村的探索,只是新昌大力推动农村"消薄"增收的一个缩影。以提升集体经济薄弱村"造血"功能为根本,新昌通过"因村制宜,逐个攻坚"的方式,实施"四联"工程、农村资源激活、土地和低效林流转、重大项目招商引资、新型帮扶共同体打造、强化金融扶持、地理标志富农、消债堵漏保增收八大"消薄强村"行动,一项项创新之举遍地开花。

澄潭街道梅渚村是有着800多年历史的宋韵古村。新昌探索乡村旅游市场化运营道路,确定了"新昌旅游集团+梅渚村"的乡村运营模式,梅渚村以集体资产经营权入股,由新昌旅游集团负责建设管理,以市场化运营激活乡村振兴的一池春水。2021年,村庄入选绍兴市乡村振兴先行村首批建设试点,累计吸引游客45万人次,村集体经济收入近400万元,比2020年翻了3倍。

新昌山林资源众多,有很大一部分都是毛竹、板栗、荒山等低效林,没有产生多少效益。新昌计划用3—4年时间改造66.67平方千米的低效林,推广种植香榧。据测算,盛产后香榧林价值超150亿元,年利润可达约5亿元,可以为经济薄弱村每年增加10万元集体经济收入。在实现名贵林增值收益的同时,新昌还能产生碳汇指标收益,同时依托香榧产业发展乡村全域旅游,实现"国企做大做强、村级集体经济增收、农户共同致富"的目标。新昌已经在小将镇开展了万亩香榧林的试点,已种植4000多亩(约2.67平方千米)。

为了给这些创新项目提供充足的保障，新昌还启动了农村产业发展基金行动。结合香榧产业、绿电产业，由县内优秀民企、绿色股权基金、强村公司共同设立该项发展基金，首期募集资金 1.6 亿元，投入万亩香榧和小水电等项目，实现村集体闲置低效资产盘活利用，有效增强村集体造血功能，高质量推动消薄增收。

"2022 年我们已经全面消除年经营性收入 40 万元以下的行政村，其中 50% 以上的行政村年经营性收入达 50 万元以上。"新昌县委主要负责人肯定地说。

"必须承认，当前共同富裕最艰巨的任务仍然在农村。通过'先富帮后富'，以及三次分配制度协调联动缩小城乡收入差距，这是百姓迈向共富的关键。"

说到底，促进共同富裕，实质上是均衡发展问题，只有缩小地区差距、城乡差距、收入差距，只有不断做大蛋糕，才会在不断增加财富总量过程中促进共同富裕，你说是不是？

第九章

基层治理变革之道

"欲筑室者,先治其基",这句话出自北宋苏辙的《新论》。

原句为:"欲筑室者,先治其基,基完以平,而后加石木焉,故其为室也坚。"意思是说,想要建造房屋,应当先打好地基。地基夯实平整,再在上面砌墙架梁,这样建成的房屋才会坚固耐用。

这就是说,治国安邦,重在基层。

基层是国家治理的末端、服务群众的前沿。提高基层治理效能,是推动社会治理水平提升,保障民生的重中之重。只有持续推动基层治理理念、制度、方法创新,夯实基层治理基石,才能保障百姓在共富路上安居乐业,实现国家长治久安。

2023 年 5 月 26 日, 由浙江省十四届人大常委会第三次会议审议通过的《浙江省平安建设条例》,于 7 月 1 日起正式施行。《浙江省平安建设条例》共 9 章 66 条,包括总则、工作体制、风险防控、重点防治、基层社会治理、数字平安建设、保障措施、考核与责任追究及附则。在有关法律、行政法规的基础上,该条例明晰了各方责任,推动各方形成合力,构建共建共治共享社会治理格局。

确切地说,自习近平任浙江省委书记,于 2004 年部署建设平安浙江以来,浙江深入推进社会治理变革,全面推进基层社会治理平台建设,建立健全风险闭环管控的大平安机制,形成了大量行之有效的政策、经验和做法,平安建设走在全国前列。《浙江省平安建设条例》的出台,正是对 19 年来平安浙江建设实践经验、做法的固化总结,针对平安建设领域的普遍性、综合性问题,做出不少具有浙江特色的规定。

比如《浙江省平安建设条例》将传承和践行"浦江经验"上升为法规内容,在立法层面予以确认,并与坚持和发展新时代"枫桥经验"等一并列为平安建设的基本原则。这也是本次立法的一大创新和突出亮点之一。

下面是有关浙江基层治理的几则故事,听罢应当有所启发。

1

说到基层工作的难点,许多人都会提及信访工作。有些地方流传着"天不怕、地不怕,就怕信访来电话""不怕苦、不怕累,就怕信访群众有误会"的段子。甚至还有很多人直言,信访工作就是"天下第一难事"。

然而,在 20 年前,时任浙江省委书记习近平把金华浦江县作为领导干部下访的第一站,在现场解决群众难题,开创了省级领导干部下访接访的先河,"浦江经验"由此形成。

20 年来,通过学习践行"浦江经验",浙江广大党员干部不仅进一步做好了信访这个"送上门来的群众工作",还让"天下第一难事"成了拉近干部群众距离、赢得老百姓真心点赞的好事。

这个故事可以从一条路说起。210省道浦江段(原20省道浦江段),是一条风光秀丽的公路。每天都有满载农产品的货车,把公路沿途村庄的新鲜蔬果送到义乌、兰溪等周边区域,甚至送到杭州、上海等地的餐桌上。当地老百姓盛赞这是"绿水青山"转化为"金山银山"的康庄大道。

但在20年前,这条始建于20世纪50年代的道路却因为山高坡陡、年久失修而漫天尘土、遍布坑洼、事故频发,不仅限制了当地山区村民的出行,影响了广大群众的生活质量,还严重制约了山区的经济发展。当地群众怨言很多,要求改建的呼声也很高。

事情的转机发生在2003年。这年9月8日,一则消息在《浦江报》头版连续刊登三天:9月中旬,省委主要领导及省级有关部门负责同志将与浦江县领导一起接待群众、处理信访。消息一出,全县轰动,大家纷纷报名,有的群众甚至翻箱倒柜,把几十年的积案都翻了出来。短短3天时间,登记报名就达429批次。面对这么大的阵仗,县里只能把接访地点放在浦江中学,并在学校中临时划分出14个接待室。

9月18日早上,时任浙江省委书记习近平如约而至,同时在现场的还有几百名来访群众。

50岁的村民蒋星剑作为第一批群众代表,向习近平反映了原20省道浦江段的拓宽改造问题。习近平仔细听完,征求一同接访的浙江省交通厅厅长意见后,当场拍板:这是一条山区群众的小康之路,不仅要建,而且要建好。

如此斩钉截铁的肯定答复,让整个浦江西部山区都沸腾起来。同年 12 月,原 20 省道浦江段改造工程破土动工。2005 年 10 月,全长 19.8 千米的 210 省道(原 20 省道)浦江段全线贯通。

这条路不仅带领群众致富、奔小康,也拉近了党委、政府和老百姓的距离。2005 年 10 月,新路全线贯通。沿线村民给习近平寄去一封盖有 97 个村民委员会鲜红印章、代表 20 多万村民心意的感谢信。

不只是一条路。浦江之行,习近平和有关同志总共接访 436 批 667 人次,当场解决了 91 个信访问题。这样大规模的领导接访活动,这么多基层群众主动参与,这么短时间里当场解决一批信访问题,多年来都是少见的。

由此,领导下访、接访的举措在浙江全面推开,并逐步形成省级领导带头下访、市级领导定期接访、县级领导值守接访、乡镇领导随时接访、村居干部上门走访的五级大接访机制。各级领导干部直奔基层、直面群众、直击矛盾、直接解决问题,面对面听民声、心连心解民忧、实打实惠民生,逐步形成以"变群众上访为领导下访,深入基层,联系群众,真下真访民情,实心实意办事"为主要内容的"浦江经验"。得益于此,2005 年浙江全省信访总量出现了自 1992 年以来的首次下降,信访秩序明显好转。

20 年后再度回首,"浦江经验"的成功绝非偶然。它能够破解"天下第一难事",至少是因为做到了以下四点。

首先,群众在哪里,目光就锁定哪里。基层既是矛盾问题的主要来源,也是解决问题的最佳主场。很多基层工作者说信访是"天下第一难事",但对一些群众而言,因诉求无门而选择信访又何尝不是"天下第一难事"？

"浦江经验"推动领导干部走出去、走下去，和群众同坐一条板凳、同围一张桌子，面对面了解民生疾苦、掌握实际需求，让群众对干部多份信任、少些怨气。问题解决了，老百姓心气顺了，信访问题自然也就迎刃而解了。

其次，矛盾在哪里，脚步就走向哪里。20年前，历史选择浦江并不是偶然。当时的浦江县是名副其实的信访大县，县信访局接访登记的案件可谓堆积如山。习近平的第一次下访颇有些"明知山有虎，偏向虎山行"的意味，就是要去情况最复杂、矛盾最尖锐、难度最大的地方。这既需要有迎难而上、硬着头皮往矛盾窝里钻的足够勇气，也需要有敞开大门、放下身段，坦诚面对各种困难的开放自信的心态。

"浦江经验"是对领导干部能力水平的一场考试，群众是考官、矛盾是考题，群众满意就是正确答案。

然后，需求在哪里，工作就做到哪里。"浦江经验"能赢得民心，不是因为做出了下基层的样子，更不是因为说了几句"漂亮话"、打了一套"太极拳"，而是因为把落脚点放在"事要解决"上，真正发现并满足群众的需求，让大家得到了实惠。

是真情实意、全心全意地来解决问题，还是虚情假意、三心二意地来作秀，对老百姓的需求是"马上就办"还是"层层空转"，每个人心里都有一杆秤。《习近平在浙江》记载，20年前习近平拍板改建的这条路，被当地老百姓亲切地称为"近平路"。真真切切为群众做实事解难题的人，不会被群众忘记。

最后，发展到哪里，治理就跟到哪里。许多信访问题就是社会发展后利益纠纷的反映。21世纪之初,社会转型带来的矛盾冲突不断凸显。浙江省作为市场经济先发省份,"春江水暖鸭先知",利益诉求多样复杂、矛盾纠纷频繁多发、信访问题新老交织,社会治理面临不少难题。

"浦江经验"能够及时发现政府政策和社会治理中的苗头性、倾向性问题,从源头上预防减少矛盾纠纷的产生,"抓前端、治未病",让领导干部每一次走下去,都成为对基层治理底座的一次加固夯实。"浦江经验"和同样发源于浙江的"枫桥经验",一个由上而下,一个由下而上,互为补充、相互贯通,成为浙江社会治理的"金钥匙"。

现在看来,"浦江经验"不仅是一次创举,更是时代变迁中的一次激荡回响。

当时面对严峻复杂的信访形势,习近平开辟了信访工作的一种新探索和新思路——领导干部下访接访。各级领导干部必须到基层去,和群众面对面地了解情况、解决问题,变群众上访为领导下访,从源头上、根本上化解矛盾。

20年弹指一挥间,实践反复证明,在大量减少上访数量、及时化解社会矛盾、推动社会治理创新和人民安居乐业方面,"浦江经验"是行之有效的有益创举。时至今日,浙江基层治理水平、社会公平程度、群众安全感指数仍走在全国前列。

2

2023年是毛泽东批示学习推广"枫桥经验"60周年暨习近平指

示坚持和发展"枫桥经验"20周年。2023年11月6日,习近平在北京人民大会堂亲切会见全国"枫桥式工作法"入选单位代表,向他们表示诚挚问候和热烈祝贺,勉励他们再接再厉,坚持和发展好新时代"枫桥经验"为推进更高水平的平安中国建设做出新的更大贡献。

60年来,发端于枫桥小镇的"枫桥经验",也如江水一样流向并滋润着更为辽阔的大地。

2023年9月,习近平在浙江考察时,专程来到"枫桥经验"发源地诸暨市枫桥镇,参观"枫桥经验"陈列馆,了解新时代"枫桥经验"的生动实践。没错,"依靠群众就地化解矛盾""小事不出村、大事不出镇、矛盾不上交"……跨越半个多世纪,作为"全国政法综治战线的一面旗帜",新时代"枫桥经验"更加强调党的领导、更加彰显法治思维、更加突出科技支撑、更加注重社会参与。

习近平在中国共产党第二十次全国代表大会上的报告中从"一镇之计"到"一国之策","枫桥经验"在新时代的之江大地有哪些新实践、新成果?

那天,阳光刚刚洒进诸暨市枫桥镇上古老的榧树林,笔者应邀参加了当地一场公开庭审。

来自诸暨市人民法院的环境资源巡回审判车,又一次开到了群众家门口。在诸暨市赵家镇古树名木司法保护联络站,被告人赵某某涉嫌滥伐林木案正式开庭。

"被抓进去之后才知道这是违法的,我以后绝对不干了。也要告诉身边的亲人朋友,必须遵纪守法!"非法采伐林木约29吨的赵某某,在被判缓刑后懊悔地说道。

"用一个判决,教育大家懂法、守法,才是巡回审判的最终目的。"庭审结束后,法官向被告人、村社干部、群众开展以案说法和案后释疑,宣讲《中华人民共和国森林法》等法律知识,引导大家树牢法治意识,共护生态环境。

"作为地处'枫桥经验'发源地的基层法庭,除了要努力让人民群众在每一个司法案件中感受到公平正义,更应该主动把法庭工作融入基层社会治理。别看法庭很小,也能发挥大能量!"诸暨法院枫桥人民法庭庭长杜敏丽表示。

把"枫桥经验"发源地的使命担当扛在肩头,通过"三步工作法",枫桥法庭最大限度地把矛盾纠纷消除在萌芽状态。2018年以来,法庭收案实现五连降,降幅近60%!

何为"三步工作法"?杜敏丽给出了解释:靠前一步防风险,变"末端治理"为"前端预防";跨实一步解纠纷,变"诉讼为主"为"诉讼断后";走深一步树公信,变"结案事了"为"案结事了"。"三步工作法"环环相扣,展现出新时代"枫桥经验"的别样"枫"景。

2022年4月,枫桥镇海角社区被纳入诸暨市房屋征收重点区域。社区的李家三兄妹,因房屋继承份额问题准备打官司。

考虑到征迁工作时常会伴随继承、分割、买卖等各类纠纷,法庭随即与海角社区进行沟通,对征迁中存在的法律问题提供专业指导,并对整体征迁项目进行了摸排。法庭又会同镇和社区对这起纠纷进行诉前联合调解,最终帮助李家兄妹三人解开了心结,握手言和。在枫桥法庭的助力下,海角社区拆迁征收最终以签约率100%、群众零投诉零上访零诉讼的成绩圆满收官。

在枫桥,我们还听到群众家门口的"司法驿站"故事。有一天,老陶拿到了 19 万元的赔偿款,心里头一下子亮堂了许多。

老陶名叫陶水根,家住杭州市临安区板桥镇上田村。几年前,老陶帮村里人办丧事,没想到在放爆竹时发生意外,爆竹横向爆炸,老陶的左眼最终没能保住,10 多万元的医疗费让一家人背上了沉重的包袱。

老陶认为爆竹存在产品质量问题,他的伤应该由生产厂家负责赔偿。然而厂家远在湖南,该怎么维权?他一时没了主意。

设在村委会的共享法庭,帮老陶解了燃眉之急。上田村党总支书记潘曙龙兼着上田共享法庭的庭务主任,在他的帮助下,老陶借助共享法庭和厂家在"浙江解纷码"平台上进行了调解。加上法官的在线指导,双方很快就达成了调解协议。

"省时、省力,更省钱!"看似简单的共享法庭,让老陶尝到了法律的甜头。

"村里人脾气火爆,加上有习武的传统,以前动不动就打架。"谈起上田村以前的状况,潘曙龙直摇头,"把矛盾纠纷都推到法院去,判是能判了,可是大家抬头不见低头见,心里那本账如何销得掉?"

2018 年,临安区人民法院在上田村试点建设首个共享法庭。依托村委会的办公室,通过一块显示屏、一条数据线、一台电脑终端,共享法庭可以进行调解指导、网上立案、在线诉讼、普法宣传等。这个共享法庭,也成为共享法庭的雏形。

如今的共享法庭,像满天星斗散落在之江大地上。截至 2023 年 8 月,浙江全省已建成共享法庭 2.7 万个, 覆盖 100% 的镇街、98% 以上的村社;指导调解 24.7 万次,普法宣传 5.9 万场,化解矛盾纠纷 18.8 万件……共享法庭，成为老百姓家门口的"司法驿站"。

当然，"办理一案"不是目的，目的是要达到"治理一片"。

在安吉，我们听到一个茶农对法官正在说："杜法官，现在市场上的假茶少了，咱们的安吉白茶更好卖了！"

2023 年 4 月，春茶销售旺季。时任湖州市中级人民法院院长杜前听到被告发自肺腑的感慨后长舒一口气，心里更踏实了。

这名被告曾是一起侵犯商标权纠纷案件的当事人。自 2021 年起，其未经许可在淘宝店铺商品名称、商品介绍页面等处显著标注"安吉白茶"字样，以此吸引顾客、提升销量。安吉茶叶站以侵犯地理标志商标权为由，将其诉至湖州市中级人民法院。法庭判决被告立即停止使用"安吉白茶"标识，并赔偿原告 2 万元经济损失。

"还有好多店铺在售卖，跟他们比起来，我是亏大了！"被告败诉后的抱怨，让杜前开始思考，如何让一个案件的判决发挥出最大的示范效应。

于是，湖州市中级人民法院联合湖州市场监管局共同打造"法护知产"协同应用，强化多部门协同联动，对知识产权进行全链条保护。法院通过该应用将上述案件信息推送给湖州市场监管局后，监管部门进行了专项监督检查，对未经授权销售"安吉白茶"标识产品的十多家店铺进行了处罚。

借助"法护知产"在线协同应用，湖州知识产权诉源治理迈上新台阶：通过"一地侵权+全省预警"，实现批量纠纷源头性预防；通过"行政调解+司法确认"，促进诉前纠纷实质化解；通过"司法执行+行政监管"，对继续侵权、重复侵权等进行精准化防控。自该应用 2022 年 8 月试点上线以来，湖州全市一审知识产权民事案件调撤率上升近 20%，平均审理天数下降了 29 天。

司法力量守护了一片金贵的叶子，也守护了苍翠的森林竹海。作为"两山"理念的发源地，湖州市安吉县是著名的竹乡。近年来，安吉法院建立"一镇（乡、街道）一庭一法官"的网格化治理模式，为基层村社点对点配备工作人员，他们被群众亲切地称为"森林法官"。在这里，已有 120 名"森林法官"下沉到全县 215 个村社，进行法律咨询、纠纷调处、巡回审判和普法宣传等工作。

"以前我们总是觉得法官坐堂办案、高高在上，现在很多事情都需要法官提供专业的指导和帮助，为我们解决纠纷提供思路。"安吉溪龙乡农技站站长钱义荣，跟茶叶、茶农打了快一辈子交道，他感慨地说："法官越来越多地走到老百姓中间，越来越接地气了！"

有一天笔者下乡调研，在永康市龙山镇，路过南宋著名思想家、文学家陈亮故里。人们知道，"止讼息争达无讼之境"是陈亮对于太平社会的愿景。

位于龙山镇桥下南村的龙山人民法庭，下辖龙山、西溪两个乡镇，辖区总人口超 10 万人。这里经济发展起步早，市场化程度高，外来务工人员多。只有两名法官、一名法官助理加两名书记员，小小的法庭如何应对多发的矛盾纠纷？

自 2013 年恢复设立以来，龙山法庭就将陈亮的"义利并举"思想与"无讼"理念植入基层社会治理，发展形成了以"党委领导、各方联动、靠前履职、分层递进、矛盾减少"为核心的永康版"枫桥经验"——"龙山经验",推动从源头上预防和化解矛盾纠纷。从2013年的806件到2022年的123件,10年间,龙山法庭一审民商事案件收案量降幅达84.74%。作为浙江曾经的诉讼大市,永康市一审民商事案件收案量也从峰值2014年的11040件,下降至2022年的6372件。

来自永康市的全国人大代表黄美媚,见证和参与了"龙山经验"在基层社会治理中的不断深化。2019年,在她和多名代表的推动下,"龙山经验"永康市人大代表联络站成立。联络站就设在法院,以矛盾化解、当事人救助等为主要内容。联络站成立以来,各级人大代表们参与成功化解矛盾纠纷和信访积案258件,涉案标的额2.73亿元,发放救助金近130万元。

在永康市人民法院院长朱赟清看来,通过人大代表联络站,"人大代表和法官可以通过司法案件一个'点'的调处,深化对社情民意'面'的认识,以更好地回应民声"。

本来剑拔弩张的当事人,在劝解中避免了对簿公堂;原本缄默不语的被执行人,在开导中解开了心结……"每当我们帮老百姓化解了心头最大的难事,他们总是会激动地说:'感谢党、感谢国家!'"这时,黄美媚总能更深刻地感受到,党的群众路线已经在司法一线扎根生长。

3

19年前,武义白洋街道后陈村通过村民代表会议选举产生了全国第一个村务监督委员会。这一创新,后来被提炼总结为"后陈经验"。

自"后陈经验"诞生以来,村务监督委员会制度已经在浙江落地生根,覆盖全省3万多个行政村。从最早的"治村之计",逐步上升为"治国之策",源起武义的"后陈经验",如今在全国69万余个行政村的基层治理中发挥着重要作用。

历史的经验,总是需要在传承中不断完善、成熟,才能历久弥坚。再入武义,再看后陈,群山之间,已是一派新的风景。多年来,武义传承践行"后陈经验",探索全过程人民民主,逐步构建起现代化的基层民主运行体系。以"后陈经验"为指引,武义孜孜以求的"善治之道",正在让强村富民的愿景一步步成为现实。

老实说,在基层治理中,人们最关心的还是怎样把村级权力管得更好。

一般来说基层干部权力虽小,但若损害到群众利益,群众的感受是最直接的。20世纪90年代末,后陈村和不少村庄一样,由于大量集体土地被征用,村集体资产暴增。然而,部分村干部因缺少监督,专权擅权,导致财务管理乱象频出,村里三天两头有人上访。两年里,后陈村换了3任村支书。900多人的村子,请愿的"红手印"就按了500多个。

而"后陈经验"的诞生,可谓是因时因势的创新。在后续发展过程中,坚持"规范用权",不断加强对村级权力的监督,坚持村务公开,成了始终不变的主线。

2023年年初,后陈村新建了一支群众监督员队伍。由于同时推进十几个建设项目,原先村监委的规模有些捉襟见肘,为了补充村级民主监督力量,村里从村民代表、离任村干部里确定了第一批群众监督员,专门负责为村级工程建设"找问题""挑毛病"。

在桐溪镇芦溪村,仙溪自然村的村民过去若想从三务信息公开栏了解信息,需走 2 千米到上芦自然村,十分不便。为此,芦溪村试点乡村治理数字化平台,把三务信息发进"村友圈"。即使是在外务工子弟和出门不便的村民,都能实现村里有事"码"上知晓。

从最初只涉及财务领域,到如今逐项细化,武义对村级权力的监督体系,不断向全过程、制度化、标准化、数字化嬗变。

在监督流程上,武义完善升级村务监督"20 条",聚焦村务重点领域和关键环节,梳理出台村级事务高频流程 32 条,既做到按图索骥、规范办事,也便于按图溯源、全程监督。在"一肩挑"后村级权力趋于集中的背景下,武义构建了纪检监察、"第一书记"、村务监督委员会和村民群众监督的"四位一体"监督体系,横向强化了村级党务、财务、社务"三合一"监督。2021 年,武义在全省率先开发建设"后陈经验"村级事务数字化工作平台,集成村级工程、资产资源等六大模块,实现村务事项全部线上审批流转、行权留痕,一旦发现问题自动预警。截至 2023 年,武义已经有 27 个村连续 16 年保持村干部零违纪、村务事项零上访、建设零投诉、不合规支出零入账的"四零"纪录。

不久前,武义举行"溯源新思想·从'后陈经验'到全过程人民民主"理论研讨会。专家学者在会上表示,村监委制度的设立,改变了中国农村传统的村级权力结构,延伸拓展了党和国家的监督体系。尽管时代环境变迁,"后陈经验"仍对当前构建多元主体参与的新型民主监督体系有着重要的启示和实践意义。

说到底，基层治理强调的就是如何践行全过程人民民主。

多年来，武义积极完善"一肩挑"背景下村级组织运行"五个一"工作机制，以村务监督委员会为平台，推进民主选举、民主协商、民主决策、民主管理、民主监督一体建设，努力构建"权力受约束、村务全公开、群众好监督、自我能纠偏"的源头治理体系，打造村级民主全链条闭环。

"我觉得这笔钱得好好用，不能一分了之。"

前不久，在后陈村的"邻舍家"议事会上，对于如何使用村里拿到的 1000 万元征地款，村民代表各抒己见。经过讨论，大家达成共识，要用这笔资金扩建村里的厂房。

一段时间后，又有村民提议，应该再建一些配套设施，方便工人日常生活。为此，村里再度召开议事会，并邀请施工方和设计单位出席。经过商量，工程资金的 8%将被用于宿舍、商超等配套设施建设。

"有了这些渠道，村民的纠纷越来越少，参与治理的积极性越来越高。"后陈村党支部书记吴兴勇说。专家学者认为，"后陈经验"的实践不应只局限于财务村务的监督，而是可以沿着"发展全过程人民民主"的方向，做进一步延伸、完善。

后陈村的"种子"，在武义各地各领域的基层民主实践中生根发芽。例如，茭道镇实施村民代表票决制，实现"村级矛盾村民自治"；熟溪街道设立"百姓议事点"，组建"熟溪大妈""小巷监事"队伍，把对"后陈经验"的探索带进城市社区的监督治理。

践行"后陈经验"，人民群众是主角。武义所形成的成果，"接地气"，也"冒热气"——民主选举上，武义在浙江全省率先创新居民参选村干部制度,还要求村干部选前作出竞职承诺、创业承诺、辞职承诺,选后紧盯"三项"承诺;民主协商上,持续推动村民说事议事主事,开展民主恳谈会、民主听证会、民主议事会,设立民情沟通日等;民主决策上,做到群众的事由群众决定,村务重大事项决策推行"五议两公开"机制;民主管理上,确保人民群众充分享有权利;民主监督上,涌现"新居民和合促进会""乡贤驻镇导师"等特色品牌,以监督促选举、促决策、促管理、促协商。

这里得肯定,基层善治就是要带动乡村振兴。

作为"后陈经验"发源地的武义,同时也是浙江 26 个山区县之一。如何将"后陈经验"的制度优势,转化为发展的胜势?随着共同富裕大背景下乡村振兴战略的全面推进,这是检验武义基层善治成效的最直观体现。

以村务监督为切口,打造勤廉并重的基层治理骨干队伍。村社干部的不正之风及"微腐败"问题,是乡村振兴的阻碍。"后陈经验"表明,乡村的和谐稳定发展,离不开"干事且干净、干净加干事、干事能成事"的村级公权力监督体系。在武义,分管纪检的村党组织班子成员 100% 担任村监委主任,村监委既要向村民负责,又要向村党组织定期报告。每月 15 日,由村监委主任公开"唱账",通过强有力的村务监督,倒逼激励农村党员干部清正有为,衡量带动创富产业等干事实绩。

以基层民主为抓手,构建共治共享的发展格局。随着时代发展,越来越多的人员、组织、资源开始流入乡村。近年来,武义集成"五星三强"党组织、清廉村居、民主法治村等涉村考评制度,开展新时代"后陈经验"示范村创建,发挥"提点扩面"效应,在新的大环境下进一步激发基层群众首创精神。在浓厚的干事创业氛围下，村民的声音更受尊重，村子与产业之间的对接协作更加紧密高效。

几年前，武义履坦镇坛头村还是个"破烂村"。在改造过程中，村里举办了多次村民座谈会。积极性高涨的村民，不仅纷纷建言献策，还自发贡献老石板、古木梁等材料。来自兰溪的投资者徐成斌开办了入驻坛头的第一家企业，给村里带来了咖啡馆、民宿、画展等新业态。作为新村民的他广受村民认可，高票当选为村委委员，并成为武义县政协一村一委员的联系委员。新村民的融入，开启了"一花引来百花香"的局面，后续有 17 家企业入驻坛头，村集体收入从 5 万元增长到 140 多万元。

"后陈经验"在坛头的故事，也是整个武义发展的缩影。近 20 年间，武义村社集体经济总收入、农村居民人均可支配收入分别增长了 5.7 倍、6.5 倍。乡村旅游、现代农业等特色产业得到了发展。2022 年，全县村社集体经济总收入 4.7 亿元，同比增长 18.8%。绿色转型、强村富民的愿景，正随着对"后陈经验"探索的不断深入，一步步走向现实。

4

与前面几个基层治理故事不同，乌镇探索了数字乡村治理模式，即以"乌镇管家"云治理平台为抓手，运用物联网、大数据、云计算、人工智能等现代治理手段，创新治理模式，提升治理能力。

乌镇位于浙江省桐乡市，是世界互联网大会永久会址。全镇总面积约 110.93 平方千米，辖 26 个行政村和 4 个社区，总人口约 8.7 万人。2019 年，乌镇就实现了地区生产总值 68.3 亿元，财政总收入 12.5 亿元。近年来，为解决基层治理体系效率不高、资源不匹配等现实问题，乌镇镇党委、政府在全镇 108 个网格中发动村民组建了"乌镇管家"队伍，并同步建立"乌镇管家"云治理平台，将"乌镇管家"融入基层社会治理和民生服务工作中，用指尖与脚尖共同构筑起平安堡垒，为乌镇乡村治理凝聚起强大力量。

2023 年 11 月，笔者到乌镇参加"2023 中国文学盛典——茅盾文学周"活动，乌镇古朴的青石板路上，一群身穿红马甲的"乌镇管家"走街串巷，还真的引发了我们的好奇。一打听，他们的"管理"范围从垃圾分类到家庭琐事事无巨细，矛盾隐患一经发现，立马上报智治平台。

平台调度堪称神速，1 分钟内便会受理，2 分钟内联系当事人，3 分钟内指挥中心调派工作人员，10 分钟内工作人员到达现场，问题均会得到快速、专业、精准解决。

原来，"乌镇管家"是伴随世界互联网大会而产生的一支基层自治力量。2015 年 11 月，第二届世界互联网大会召开前夕，为解决基层管理力量不足的问题，乌镇开始招募"乌镇管家"，29 人成为首批队员，石建英便是其中之一。从此，这支由上至 70 多岁的阿姨、下至 20 多岁的年轻小伙组成的"乌镇管家"队伍，开始了一次次有序高效的志愿服务。

要知道，常有全国性会议在乌镇举行，面对各种会议带来的压力，"乌镇管家"如何高效地帮助老百姓解决问题呢？

作为一名"乌镇管家"，66 岁的石建英志愿服务时长已超 7000

小时,她告诉我们,那是因为在 4000 多名"乌镇管家"的背后,还有一个无形的"大管家"——"智慧大脑"。

后来我们知道,这个"智慧大脑"一直在升级。2017 年,"乌镇管家"联动中心成立。那时"乌镇管家"发现问题后,会通过微信公众号"乌镇民情"进行信息报送,联动中心工作人员获悉后,打电话联系相关部门处置。后来,"乌镇管家"发挥人熟、地熟、情况熟的优势,按照"四清四报"的要求,通过"三站合一""线下收集+线上报送"等多种渠道,有效覆盖了以往工作模式中难以触及的领域,扫除了信息收集的盲点。

2020 年年初的那段特殊时期,"乌镇管家"综合运用"网格化+大数据"手段,牢牢筑起"防控墙",为保护人民健康安全做出了较大贡献。

时至 2022 年,"乌镇大管家"应用上线,在"浙里办"设有信息上报端口,信息推送不再需要人工打电话了,通过平台就能直接筛选,推送到相关部门。

2023 年,乌镇的基层治理"智慧大脑"再次完成迭代升级——"乌镇社会治理中心综合应用"系统上线,接入物联感知设备 1100 余个,整合"乌镇管家"、AI 视频巡查、"民声一键办"等 7 大平台,实现乌镇全域社会面信息一网统收。

笔者走进乌镇镇社会治理中心,一个数字大屏幕将乌镇"复制"到互联网上,屏幕中间是乌镇的数字地图,两边还有各种模板,数据正在实时更新。大厅内,公安、综合行政执法、市场监管、"民声一键办"等多个部门、专班已经实体入驻并集中办公,实时处理系统内上报的问题。

"如果说'乌镇管家'是基层治理的'神经末梢',那么'乌镇社会治理中心综合应用'系统就是中枢神经。"乌镇社会治安综合治理办公室副主任王越说,基层社会治理一直是块"硬骨头",可以说是面广事杂,小到家长里短,大到民生安全,事无巨细而与之对应的管理成本和工作人员却相对有限。所以乌镇一直在探索"互联网+"社会治理新模式。

"过去是'人为判断',现在是'人工智能辅助判断',办事也更加精准高效了。"王越说,"乌镇管家"上报的信息很多都是居民生活的琐事,一键上传到"乌镇社会治理中心综合应用"系统后,此类事项经智治平台流转,再匹配专业力量,能实现精准处置。

为了更智慧、更合理、更高效地服务当地百姓,"乌镇管家"和"智慧大脑"进行了各种线下线上合作,打造乌镇乡村治理共同体。

实现医疗服务"触手可得"。建立乌镇智慧养老综合信息平台,运用智能物联健康信息系统,可以实现智能家居照护、跌倒呼叫与报警定位、网络医院预约挂号及网上会诊等功能。通过集纳线上线下系统,乌镇把各村社散居的老人通过互联网"链接"在一起,建起了一座没有围墙的养老院,形成了综合、立体,以居家养老服务为主导的智慧化社会养老服务体系。同时,乌镇设有全国首家互联网医院,"在家就能挂上专家号"早已成为现实。

打通公共出行"最后一公里"。建立智慧交通诱导系统,通过合理规划进出镇区的运行路线,在主要道路设置停车场引导及停车位数量实时显示电子屏,落实乌镇主要道路标牌、标识建设。用手机扫描二维码就可以进行公共自行车租赁,实现低碳便捷出行。通过手机应用可实时查看所有公交车的实时位置、线路,科学安排候车时间,方便公共交通出行。在城市开放道路开遍"5G 自动微公交"示范线路,正式投入使用商用的智能驾驶汽车,解决村民回家"最后一公里"问题。

完成法律服务"时空跨越"。建立互联网司法所、5G 智慧法庭,创新推出 24 小时"法超市"等智能化应用。通过网络信息平台,实现了网上立案、网上受理、网上庭审,切实做到了"最多跑一次"。乌镇法庭利用智能语音识别系统,配合现有的高清数字法庭系统、庭审录音备份系统和"审务云",形成了"视频+音频+文字"的全链路、多层安全、同步识别智能记录系统,庭审记录方式从"绿皮车时代"迈入"高铁时代",庭审同步录音录像达 100%。

故事说到这里,最令乌镇人开心的是,随着这些"乌镇管家"的影响力越来越大,也带动了越来越多的人来管理小镇上的事,乌镇走出了一条"乌镇的事由乌镇百姓自己来管"的居民自治道路。

"现在的乌镇人,不管是不是'乌镇管家',都有主人翁精神,都在融入乌镇的社会治理。"与石建英握手告别时,她自豪地说,"为了更好的乌镇,大家都乐在其中。"

没错,为了推进乡村治理体系和治理能力现代化进程,前不久,乌镇探索的数字乡村治理的做法,还被农业农村部列入第二批全国乡村治理典型案例。

基层治理的故事说到这里,可能还有人不解欲问:基层治理许多都是看不见摸不着的事情,怎么考核呀?

坦率地说，近年来，浙江已制定和实施平安建设考核相关制度，在全国首创"平安浙江指数体系"。

值得一提的是，浙江将每年 5 月的第二周定为平安浙江文化周。这意味着平安浙江不再只是一项系统工程，而是成为一种文化符号和特色标识，根植于广大浙江人民心中。

说得更明白一点，浙江通过打通基层治理的"最后一公里"，努力以法治手段解决平安建设中存在的难点问题，以法治思维和法治方式推进社会治理体系和治理能力现代化，来支持浙江高质量发展建设共同富裕示范区，为全国扎实推动共同富裕提供了省域范例。

这里再次强调并提醒人们的是：治国之道，富民为始；治国安邦，重在基层。

后　记

开创共同富裕新时代

治国之道,富民为始。

正如本书开篇所写,共同富裕是千百年来人类的一道未解之题。从老子的"大同世界"到陶渊明的"桃花源",从柏拉图的"理想国"到莫尔的"乌托邦",人类始终在求索共同富裕的实践方式。

21世纪以来,在"八八战略"指引下,浙江率先破解了"成长的烦恼"和"转型的阵痛",无论是"绿水青山就是金山银山"理念把人和自然统一到新的文明形态中,实现超越工业文明的文明新境界,还是"千万工程"找到了解决城乡问题、生态问题的钥匙,浙江在实践共同富裕方面迈出了一条发展的逆袭之路,实现了资源存量"小个子"勇挑全国经济"千斤担"的转身。浙江以全国1%左右的土地面积、全国4.7%的人口,创造了全国6.4%的生产总值。城乡居民人均可支配收入连续多年居全国首位,人均生产总值、人均预期寿命等指标甚至可以比肩发达国家水平。

2021年,党中央、国务院发布了《关于支持浙江高质量发展建设共同富裕示范区的意见》，正式赋予浙江建设共同富裕示范区的历史使命。为了不辜负光荣与梦想，浙江聚焦国家所需、浙江所能、群众所盼、未来所向，以"每年有新突破、5年有大进展、15年基本建成"为目标，把缩小"三大差距"作为主攻方向，使得浙江的共同富裕样本为全国，甚至全球社会治理提供了有益借鉴。

鉴于共同富裕本身就是一种深奥的理论，而报告文学必须远离纯理论，必须尽可能用群众语言来表达，像小说讲故事那样吸引读者，使枯燥的理论鲜活地进入大众视野，尽可能多地展示具有全国知名度、浙江辨识度、群众认可度的标志性成果。在创作的过程中，笔者紧紧围绕共同富裕"谁来抓"，共同富裕"抓什么"，共同富裕"怎么抓"，努力带着感情、带着温暖，拉近共同富裕这一宏大命题与读者之间的距离。

感谢百花文艺出版社的精心策划、扎实推进，以及中国社科院财经战略研究院夏杰长院长（研究员）、浙江理工大学文创院朱晓军院长（教授）的鼎力推荐，本书能够入选国家出版基金项目，极大地鼓励了笔者写作的信心和勇气。

感谢《中国作家》杂志社程绍武主编的精心指导，纪实版编辑部佟鑫主任的细致编辑，拿出版面首发了本书的有关章节，极大地激发了笔者为时代讴歌的写作智慧和力量。

感谢浙江义乌市、安吉县、南浔区、长兴县等11个地市的宣传部门、发展和改革委员会（局），对本书采访给予的帮助和支持。

写作本书时，笔者引用的国家领导人的讲话和事迹，均是新华社、《人民日报》、中央电视台等媒体和中共中央党校出版社、浙江人民出版社等公开发表和出版过的内容。主要参考图书包括《之江新语》(习近平著,浙江人民出版社2007年版)、《习近平新时代中国特色社会主义思想在浙江的萌发与实践》(浙江省习近平新时代中国特色社会主义思想研究中心编著,浙江人民出版社2021年版)、《习近平科学的思维方法在浙江的探索与实践》(浙江省习近平新时代中国特色社会主义思想研究中心编著,浙江人民出版社2021年版)、《"八八战略"与"五大历史使命"》(浙江省"八八战略"研究院编著,浙江人民出版社2022年版)、《干在实处 勇立潮头——习近平浙江足迹》(浙江省委宣传部组织编写,浙江人民出版社2022年版)等。参考的媒体报道主要来自新华社、《人民日报》、国务院发展研究中心《中国发展观察》、浙江日报报业集团《浙江日报》、中共浙江省委《今日浙江》、浙江省发展和改革委员会《浙江经济》。在此一并鸣谢。

本书通过一个个鲜活故事,将浙江立足新阶段、寻找新思路、解决新矛盾、开创新境界的共同富裕实践与探索娓娓道来,立体呈现了浙江上下以"敢为天下先"的精神解放思想、开拓创新、锐意进取的光辉业绩。书中所展现的浙江一张蓝图绘到底,以创新理念赢得先机、制胜未来的一整套思维方法和工作方法,是取之不尽、用之不竭的宝贵财富,为全国甚至全球提供了可推广复制的浙江经验与制度安排。

钱江浪潮不息,共富之树常青。相信通过浙江先行探路,必将共富如歌,未来可期。

张国云

2023年11月23日于杭州卿云斋

257